건축의 신

건축의 신 16

반자개 장편 소설

초판 1쇄 찍은 날 | 2017년 9월 21일
초판 1쇄 펴낸 날 | 2017년 9월 28일

지은이 | 반자개
펴낸이 | 예경원

기획 | 위시북스
편집책임 | 이규재
편집 | 이즈플러스

펴낸곳 | 예원북스
등록번호 | 제396-2012-000132호
등록일자 | 2012. 7. 25
KFN | 제1-157호

주소 | 경기도 고양시 일산동구 호수로 646-24 위너스21 II 빌딩 206A호 (우)10401
전화 | 031-819-9431 팩스 | 031-817-9432
E-mail | yewonbooks@naver.com

ISBN 979-11-6098-465-1 04810
979-11-5845-549-1 (set)

※ 이 도서의 국립중앙도서관 출판시도서목록(CIP)은 서지정보유통지원시스템 홈페이지(http://seoji.nl.go.kr)와 국가자료공동목록시스템(http://www.nl.go.kr/kolisnet)에서 이용하실 수 있습니다.

반자개 장편 소설

WISHBOOKS MODERN FANTASY STORY

건축의 신

16

Wish Books

CONTENTS

건축의
신

103장
모든 게 완벽! 하나만 빼고……(2)

눈이 좋아서 보인다고? 그건 헛소리다. 장담컨대, 양 눈이 9.0, 매 눈이라도 나와 똑같은 것을 볼 수는 없다.

'아는 만큼 보이는 거지!'

장인들이 흠을 짚어낼 때, 요모조모 꼼꼼히 둘러보는 줄 아는가? 대충 슥 봐도 보인다. 과학적 원리? 그런 거 필요 없다. 그 부분만 현미경으로 확대한 듯이 눈에 들어오는데 어떻게 모를 수가 있지? 눈에 뻔히 보이는 결함을 어떻게 못 본 척 지나칠 수 있는가?

그걸 없애기 위해 정진하다 보면, 사람은 장인이 되고 제품은 명품이 된다.

'애써 못 본 척 지나치면, 사람도 작품도 쓰레기가 되지.'

내 작품을 만들어갈 사람들은 하나하나가 장인이어야 했

다. 설혹 내가 실수를 했다고 할지라도, 그 결함을 짚어낼 수 있는 전문가들, 나는 그런 사람이 필요했다.

처음은 샘플실에서 몰딩을 눈으로 훑었다.

손 반장이 자신만만한 눈으로 물었다.

“없지라, 잉?”

최 과장과 곽 이사도 심각한 표정으로 나를 주시하고 있었다. 현장에서 우두머리가 위신이 상하면, 작업자들이 기사들을 무시하거든. 다음부터는 손 반장이 하는 일에 함부로 지적할 수 없을 것이다.

‘그래서 우두머리는 절대로 실수해서는 안 되지.’

그들을 보며 웃어줬다.

‘그럴 일 없습니다.’

“터치한 흔적이 17개가 있네요.”

손 반장의 눈 아래가 심하게 꿈틀거렸다.

“그게 무슨 말씀이쇼잉! 절대로 그럴 리가 없는디?”

“그것도 3미리 이하의 터치 자국은 뺀 겁니다.”

터치펜으로 가볍게 콕 찍으면 3미리가 나온다.

손 반장이 눈을 비비며 물었다.

“워디? 워디에 그런 게 있당가요? 나가 아무리 눈을 비벼도 안 보이는디?”

손으로 천정을 지적했다.

“저기 보이시죠?”

내 손가락의 끝을 따라 몰딩을 보고는 눈을 부라렸다.

“워디? 무어시 터치당가요?”

웃으며 말했다.
“안 보이시면 좀 더 앞으로 가보시지요.”
“안 보인당께요. 나가 눈먼 봉사가 아닌디!”
그의 짜증 섞인 목소리에 곽 이사의 얼굴이 험상궂게 굳었다. 하지만 느긋한 목소리로 말했다.
“좀 더 앞으로 가보세요. 제 눈에 보이는데, 반장님 눈에 안 보일 리가 없죠.”
입을 댓 발이나 빼고 투덜거리며, 손 반장이 걸음을 내디뎠다.
“대체 뭐가 보인다는 말이여? 나가 참말로 어이가 없…….”
몰딩 앞 1미터에 도달했을 때, 그의 투덜거림이 멎었다.
뭔가를 봤으니, 나불거리던 입을 멈춘 거겠지?
“보이십니까?”
손 반장이 살짝 상기된 얼굴로 돌아섰다.
“워매! 팀장님! 눈도 좋으시구만요.”
넉살 좋게 웃는 그를 보며, 최 과장에게 말했다.
“과장님도 가서 보시죠.”
“네. 넷!”
최 과장의 뒤를 따라, 곽 이사도 걸음을 옮겼다.
“보이시죠?”
“네? 아. 네!”
“좌측으로 3미터 가세요.”
지시대로 걸음을 옮긴 그들에게 말했다.

"거기 몰딩 모서리 맞닿는 부분, 까진 거 보이시죠? 터치로 잘 감추긴 했는데, 눈 크게 뜨시면 보입니다. 어떻습니까?"

잠시 후 최 과장이 눈썹을 씰룩거리며 나와 눈을 맞췄다.

'거기서 이게 보이십니까?'라는 표정으로.

당황한 손 반장이 손사래 치며 넉살을 떨었다.

"아따. 팀장님두. 손톱 맹키로 까진 거 터치한 거를 가지고서리."

"최 과장님."

낮은 목소리에 그가 긴장하며 말했다.

"네. 팀장님!"

"제가 이틀마다 톱날 교체하라고 말씀드렸던 거 같은데, 전달이 잘 안 된 모양입니다."

최 과장의 얼굴이 순식간에 붉게 물들었다.

"그, 그게……."

"총괄이 최 반장님이죠?"

"네. 그렇습니다."

"호출하세요."

"네. 네!"

그가 다급히 허리춤의 무전기를 꺼내 들었다.

손 반장이 혀로 마른 입술을 축이며 말했다.

"아따. 팀장님. 이 정도 터치는 아무도 이야기 안 한대니께……."

박 반장이 험상궂은 표정으로 그의 손을 잡아 뒤로 끌며 말했다.

"톱날 교체 지시는 들었습니다. 현장이 급하게 돌아가다 보니, 실수를 했습니다."

"아따 성님!"

"쓰읍! 그 입!"

"지시사항이 제대로 이행되고 있는지 확인하지 않은 건, 우리 기사들의 잘못입니다."

그들을 타박한 것이 아님에도, 박 반장의 얼굴이 붉어졌다.

"아, 아닙니다. 이행하지 못한……."

"지금은 그게 중요한 게 아니니까요. 터치를 세심하게 한 것 좋았습니다. 그걸 탓할 생각은 없습니다."

"……."

"하지만 눈에 보인다는 게 문제죠."

그리고 이제는 다른 기사들도 그걸 중점적으로 확인할 것이다.

손 반장이 박 반장을 옆으로 젖히며 물었다.

"거시기. 내기에서 졌응께, 할 말은 없다손 쳐도, 다른 대책이라도 있으믄 말씀해 보쇼? 물건 자체에 하자가 있는디, 어째 터치를 안 한다는 말이오?"

"공장에 조색해 달라고 말씀을 하셨어야죠."

"말 안 해본 줄 아쇼, 잉?"

"뭐라던가요?"

"다음 물량 보낼 때, 같이 보낸다고 합니다."

"왜 기사들에게 말씀을 안 하시고……."

"얘기해도 마찬가지입니다. 공장이 현장 따위를 취급이나 하는 줄 아십니까?"

이건 좀 다듬을 필요가 있다. 지금까지 해온 관성이 있으니, 어찌 이들만 나무랄 텐가?

'다르다는 걸 보여주는 수밖에 없지.'

"최 과장님. 몰딩 업체 전화번호 아시죠?"

"팀장님, 한국 지금 막 출근 시간인데……."

"그래서요? 작업자들 놀리자고요?"

현장이 놀면 새는 돈이 얼마인데, 그 사람들 사정을 봐주자는 말인가? 거기다 귀책사유가 공장에 있다면, 일말의 배려를 해줄 이유가 없었다. 잘못한 놈은 맘 편하고, 애꿎은 사람이 피해를 보는 게 어느 나라 법인가?

최 과장이 즉시 수화기를 들었다.

젊은 여직원이 전화를 받았다.

–신영 몰딩입니다.

"현재건설 사우디 현장, 최 과장입니다. 담당자 부탁드립니다."

–아! 최 과장님! 거기는 저희 이사님께서 담당하시는데, 무슨 일로 그러시는데요?

"몰딩 흠집 때문에 현장에서 도장액을 요청했는데……."

–잠깐만요. 이사님 오셨어요. 바꿔드릴게요.

걸걸한 목소리가 들려왔다.

–아이구! 머리야.

–으……. 술 냄새. 어제 또 드셨어요?

–김 양아. 이게 다 니들 월급 주려고 이 한 몸 희생하는

거 아니냐? 쯧쯧.

중년의 능글거리는 목소리였다.

—몰라요. 현재건설 사우디 현장 최 과장이래요.

—사우디?

—네.

—깐깐이 최 과장? 왜? 뭐 때문에 전화했대?

—말조심하세요. 들려요.

—흥. 누가 없는 말 했어?

—몰딩 흠집 때문이라는데, 자세히는 몰라요. 자요. 급한 것 같던데, 빨리 받아보세요.

—이리 주고. 꿀물 좀 타와라.

—제가 무슨 다방 레지예요?

—잡소리 하지 말고 타오라면 타와라. 어제 현재 자재부 최 부장하고 4차까지 달렸다.

—또 사장님 아시면 잔소리…….

—아! 됐고!

털썩!

—전화 바꿨습니다.

"최 과장입니다. 오랜만입니다. 이사님."

—오! 최 과장! 그 현장에 가 있는 줄 몰랐네. 오랜만이야.

느물거리는 목소리로 하대하고 있었다.

최 과장이 씁쓸하게 얼굴을 찌푸리는 게 보였다.

"현장에서 도장액을 요청한 것으로 알고 있습니다."

—아! 그거! 다음 물량 갈 때, 같이 전해 주는 거로 이야기

다 끝났는데?
“다음 물량 들어오기로 한 게, 한 달 뒤입니다. 그때까지 손 놓고 기다리라는 말입니까?”
–에헤이. 최 과장, 선수들끼리 왜 그래?
최 과장이 강수를 꺼내 들었다.
“사장님 바꿔 주십시오. 직접 통화하겠습니다.”
–어허. 또 그러시네. 아무리 갑이라도 이런 건 아니지. 우리 사장님이 현재하고 계약했다고, 말단이 이래라저래라 할 수 있는 건 아니잖소.

듣고 있자니, 기가 찼다.
‘어디에나 저런 사람이 있지. 한 번의 인연으로 공사를 구분 못 하는 인간들.’
하지만 최 과장이 얼굴이 벌게지면서도 화를 참는 것으로 보아, 한 번의 인연은 아닌 모양이었다.
눈썹을 으쓱하며, 최 과장에게 손을 내밀었다.
‘네?’
‘이리 줘요. 제가 받을게요.’
‘이 자식, 완전 너구립니다.’
미소를 지으며 눈으로 말했다.
‘이리 달래도요.’
마지못한 표정으로 최 과장은 전화기를 건넸다.
“전화 바꿨습니다. 김성훈 팀장입니다.”
–아! 반갑습니다. 신영 심 이삽니다.

"용건만 말씀드리겠습니다."

—네. 말씀하세요.

"도장액 즉시 제조해서, 비행기편으로 내일 아침까지 현장에 도착하도록 해주십시오."

—어허이! 김 팀장님. 무슨 그런 말도 안 되는 소리를 하쇼?

"불가능한 겁니까?"

—당신 현장 급한 건 아는데, 이런 식으로 일 처리하시면 곤란하지.

"제가 억지 요청을 한다는 겁니까?"

다른 사람의 기분은 어떤지 몰라도, 내 얼굴에는 웃음이 떠올라 있었다. 그러는 동안, 심 이사가 능글거리며 말했다.

—잘 먹고 잘살자고 함께 일하는 건데, 이런 식의 일방적인 요청은 곤란하지.

"도장액 때문에 현장이 멈춰선 상태입니다."

—에이. 고작 그거 때문에 현장이 선다고? 우리 팀장님. 농담이 심하시네. 그 정도는 현장에서 마무리 지어 줘야지. 우리 물건 가다가 흠집 생겨도, 우리가 말 안 하잖아? 안 그래?

고작이라…….

"고작 그 도장액 하나 때문에 현장을 멈춰 세운다는 말입니까?"

—허 참! 뭘 모르시고 하는 말씀 같은데, 그쪽에서는 고작 도장액 하나 보내라고 하면 끝나는지 몰라도, 우리는 그거 때문에 공장 전체를 멈춰야 한다고. 조색 세팅을 몽땅 바꿔야 하는데, 그게 고작이라는 말이 나오요? 엉?

곽 이사가 부들부들 떨며, 손을 내밀었다.

'저한테 주시죠? 제가 아주 박살을…….'

고개를 흔들며 거부 신호를 보냈다.

'무슨 말을 하는지 들어나 보자고요. 아까 최 부장 언급한 것도 있고요.'

곽 이사가 나서면, 지금 당장은 해결이 되겠지.

갑은 갑다워야 하고, 을은 을다워야 한다.

'갑은 을에게 제 살을 파먹는 억지 요청을 하지 말아야 하고, 을은 갑에게 최선을 다해, 물건을 공급해야 한다는 말이지.'

그중에서도 최고의 갑은 현장이어야 했다.

다른 부서는 현장을 돌리기 위한 지원부대니까.

'지금 상황만 놓고 보면……. 신영이 현재건설의 갑인 것 같잖아.'

일선의 장교가 물자 지원을 요청하는데, 이딴 핑계를 대?

'나로서는 이런 상황을 이해해 줄 수도, 이해해 주고 싶지도 않다고!'

내가 왜 공장에 두 배에 달하는 금액을 지급했는데!

이런 하소연 듣기 싫어서라고! 충분히 이득을 보고 있는 상황에서 다른 현장에 들어가는 물량을 위해서, 내 현장을 멈추겠다? 다른 여타의 이유를 댄다고 해도, 결론은 그쪽으로 수렴되는 거잖아. 말로 안 되면, 다른 수단을 동원하는 수밖에!

그에게 자르듯 말했다.

"용건은 분명히 말했습니다."

—뭐, 뭐!

차분하게 말을 이었다.

“계약서 제대로 보시죠. 무슨 일이 있더라도 리야드 현장에서의 요청은 24시간 이내에 처리한다는 조항이 있을 테니까요.”

미쳤다고 내가 돈을 많이 준 줄 알아? 이럴 때를 위한 안전장치 하나 없을 줄 알았어?

당황한 심 이사가 말을 더듬거렸다.

—이, 이봐!

“이 요청이 이행되지 않을 시에는 현장이 멈춘 데 대한 책임을 지겠다는 거로 알겠습니다.”

모든 외주업체의 계약서에 그렇게 명시했거든!

심 이사가 언성을 높였다.

—이봐! 김 팀장! 내가 모르는 거 보니까, 어디 다른 건설사에서 스카우트라도 된 모양인데! 그딴 식으로 실적에 매달리다가는 바로 아웃이야!

피식 웃으며 가만히 듣고 있었다.

‘이 인간이 큰소리를 치는 근거가 어디 있을까?’

든든한 배경이 있으니, 이런 말이 나오는 거겠지.

‘하지만 이 현장은 사장 백이라도 안 되는 건 안 돼!’

고래고래 고함을 지르던 심 이사가 말을 맺었다.

—이 봐! 우리가 당신 현장 하나에만 물건 공급하는 줄 알아? 지금 걸려 있는 것도 당신네 현재 현장에 들어가는 거야! 그 현장 늦추면, 김 팀장 당신이 책임질 거야? 엉?

차분하게 결심을 굳혔다.

'외주업체를 길들이기 전에, 내부 기강을 먼저 잡아야겠군.'

"이사님! 말씀 끝나신 겁니까?"

-안 끝났다. 왜! 우리 신영이 구멍가게야? 당신 현장에서 갖다 달라고 하면, 네! 하고 맨발로 달려가게? 요청을 하기 전에 제대로 된 절차를 밟으라고. 알아들었어?

그는 거창한 훈계로 말을 맺었다.

"훗! 알겠습니다. 절차대로 가죠."

쾅! 콰직.

수화기 부서지는 소리가 들렸다. 그리고 부서진 수화기 뒤로 그의 투덜거림이 들렸다.

-현장 소장도 아니고, 감히 팀장 나부랭이가 어디서! 부탁을 해도 시원찮을 판에! 협박을 해! 걸리기만 해봐! 작살을 내놓을 테니까!

-이사님. 들린다니까요.

-언제 시킨 꿀물인데, 아직도 안 와! 잘리고 싶어? 엉!

너무 어이가 없으니, 웃음이 나왔다.

"허허허. 이거 참."

웃는 얼굴로 곽 이사를 바라보았다.

"이거 어떡할까요?"

곽 이사가 굳은 얼굴로 대답했다.

"팀장님, 제가 바로 전화해서……."

고개를 삐딱하게 물었다.

"누군지 아시죠?"

십 년 이상 거래를 했다는데, 곽 이사가 모를 리 없다. 그도 신영에서 봉투 몇 번 받았겠지.

"네, 압니다. 그 친구가 성격이 좀……."

손을 들며, 그의 말을 끊었다.

"절차대로 갑시다."

"네?"

피식 웃으며 말을 이었다.

"이 사람은 착각하는 것 같네요. 왜 현장에서 바로 전화를 하는지?"

"그게 무슨 말씀이신지?"

내가 왜 현장에서 바로 전화를 하느냐고? 그가 말한 대로 절차가 귀찮아서? 물론 그것도 있지! 하지만 갑이 곧이곧대로 절차에 따른 진행을 하면, 얼마나 무서워지는지를 너무나 잘 알기 때문이다.

'다 당신들을 위한 건데? 뭐가 어쩌고저째?'

말로 할 때가 좋았다는 걸, 뼈가 저리도록 느끼게 될 거야.

"절차대로 하라는데, 그렇게 해야죠. 외주 관리 자재부에서 총괄하죠?"

"네. 그렇습니다."

"거기부터 정리하죠."

"네?"

정리라는 말에 의아했는지, 곽 이사가 되물었다.

"또 이런 일이 생기면, 좀 짜증 날 것 같기도 하고."

"그럼…… 어떻게?"

"어쩌긴요. 자재부 정리해 달라고, 사장님하고 딜해야죠."

인수인계하는 데 시간이 좀 걸리기는 하겠지만, 불가능하리라고는 생각되지는 않는다.

"사장님과…… 말씀이십니까?"

"이 주 정도면 충분하겠죠?"

최 과장을 보며 말을 이었다.

"과장님, 자재부 전화번호가 어떻게 되죠?"

최 과장이 수첩을 뒤적이는 동안, 곽 이사가 내 손의 전화기를 붙들며 말했다.

"제, 제가 전화하겠습니다."

그를 물끄러미 쳐다보았다.

'왜요?'

"전화번호, 제가 알고 있습니다."

그의 대답에 피식 웃음이 나왔다.

'가만히 있다가 뒤집어버린다니까, 직접 전화를 하겠다?'

삐딱한 내 눈빛에 그는 고개를 모로 돌렸다.

"그, 그게…… 자재부 최 부장. 제 새낍니다."

'그게 왜요?'

말없이 노려보는 내 눈빛을 견디며, 그가 광대를 씰룩거렸다.

"부장된 지 얼마 안 되기도 했고…… 아들놈 이번에 대학도 들어가고……."

"……."

"말도 잘 듣고, 착한 놈입니다."

'당신 기준에서는 그렇겠지.'

하지만 제 새끼 모가지 날리는 꼴을 보고 싶은 사람이 누가 있을까?

곽 이사가 애절한 눈으로 수화기를 꽉 쥐었다.

"이사님."

"네! 말씀하십시오."

"현장이 최우선입니다."

"알고 있습니다."

"그리고…… 절차대로. 아시죠?"

"암요. 이를 말씀입니까?"

확답을 받고, 그에게 전화기를 건넸다.

곽 이사는 크게 심호흡을 하고 전화를 들었다.

–네. 자재부입니다.

내내 굽어 있던 곽 이사의 허리가 꼿꼿하게 펴졌다.

그는 인사치레 따위는 가뿐하게 생략했다.

"자재부? 누구? 네가 자재부냐?"

고압적인 목소리에 전화를 받은 이의 긴장된 대답이 들려왔다.

–바, 박 대리입니다. 뉘신지?

"곽 이사다. 최 부장 바꿔!"

–네. 알겠습니다.

절도 있는 대답으로 말을 맺었다.

–부장님. 부장님.

–으응. 왜? 아침 댓바람부터…….

부장이 박 대리를 타박하는 목소리가 들렸다.
그 소리에 곽 이사가 노호성을 터뜨렸다.
"최 부장! 이 새끼! 당장 전화 못 받아?"
이래야 곽 이사지!
수화기 건너편에서 아수라장이 벌어졌다.
쿠당탕!
—어이쿠! 부장님. 갑자기 일어나시면…….
하지만 이내 원하는 목소리가 들려왔다.
—비켜. 새끼야! 네! 이사님! 최 부장입니다!
대뜸 육두문자부터 시작하는 곽 이사였다.
"야! 이 좀만 한 새끼야! 네가 회사에서 하는 일이 뭐야?"
—이, 이사님! 대체…….
"닥쳐. 이 새끼야! 외주업체 관리를 어떻게 하길래, 현장이 이렇게 멈추냐고? 앙!"
—시정하겠습니다. 이사님!
선임의 분노에 후임이 할 수 있는 말이 몇 개나 될까?
'더구나 이런 성격의 선임이라면…….'
"네가 그따위로 공장에서 접대나 받고 다니니까, 씨팔! 군기가 이따위잖아! 너 이 새끼, 당장 현장으로 튀어와!"
—아, 아니. 이사님 지금 사우디…….
"지금!"
—…….
"내가 하는 말에 토 다는 거냐?"
곽 이사가 비아냥거림이 분명했지만, 상대는 분노하지 않았다.

–아닙니다. 죄송합니다.

바짝 군기든 최 부장에게 곽 이사가 말을 이었다.

"네가 신영 심 이사를 만나서 술을 처먹든, 지랄을 하든 상관 안 하는데."

–아닙니다.

"아니긴 뭐가 아니야? 안 봐도 눈에 훤한데."

–죄, 죄송합니다.

"일은 바로 해야 할 거 아니냐? 그치?"

–네! 그렇습니다!

쩌렁쩌렁 울리는 목소리가 현장에 다 울려 퍼질 정도였다.

'대체 언제까지 군기만 잡고 있을 거야?'

귀를 후비며 곽 이사에게 말했다.

"이사님. 군기 그만 잡으시고, 본론이나 말씀하시죠. 작업자들 기다리잖아요."

곽 이사가 수화기를 가리며, 허리를 숙였다.

"네! 팀장님. 알겠습니다. 현장 멈춰선 거 어떡할 거야? 엉?"

어물거리는 소리로 질문이 들려왔다.

–이사님. 무슨 일인지는 알아야…….

허나 친절하게 답해 줄 곽 이사가 아니었다.

곽 이사가 어이없게 웃었다.

"허허. 이 새끼가 부장 달고 외주업체 이사들하고 어울리니까, 이제 나 정도는 좆으로 보이나 보네. 그렇지?"

–아, 아닙니다! 절대! 절대 아닙니다!

"내가 이런저런 일이 있었습니다. 하고 너한테 보고해야 하는 거다. 그치? 흐흐. 세상 존나 편해졌네."

–아닙니다. 제가 바로 조치하겠습니다.

신영 얘기를 했으니, 신영에서 누군가가 곽 이사 비위를 건드린 거다.

'하지만 그 회사에서 감히 곽 이사와 맞대응을 할 사람이 있을까?'

"뭘 조치하겠다고? 엉?"

–신영 심 이사, 그 인간이 실수한 거 아닙니까?

최 부장의 눈치에 곽 이사의 화가 한풀 죽었다.

"알긴 아네."

–그 인간이 미친 거 아닙니까? 바로 사과 전화 드리라 하겠습니다.

피식 웃음이 나왔다.

'또 똑같은 짓거리를 하라고?'

곽 이사의 옆에서 푸념하듯 말했다.

"훗! 또 한바탕 훈계나 듣겠네요. 그쵸?"

그가 몸을 굳히며 고함쳤다.

"뭐! 내가 그 인간이랑 말할 레벨이야? 장난쳐?"

–그, 그럼.

그의 주변을 어슬렁거리며 투덜거렸다.

"뭐라고 했더라? 자기네가 현재랑 계약했지. 최 과장 같은 나부랭이랑 계약했냐고 했던가요?"

쩝쩝거리며 말을 이었다.

"그 회사 사장님은 현재건설 사장님을 직접 만나서 계약했나 봅디다. 허 참!"

그 말을 들으니, 곽 이사도 욱하는 듯했다.

"우리가 심 이사하고 계약했어? 엉. 이 새끼야!"

—아닙니다. 바로 신영 사장에게 전화…….

그의 옆을 거닐며 말을 뱉었다.

"어떻게 생기신 분인지 봤으면 좋겠네요. 얼마나 대단하신 분인지."

곽 이사가 목소리를 높였다.

"전화 같은 소리 하고 자빠졌네. 심 사장, 당장 이리 날아오라고 해! 알았어?"

—네? 네! 알겠습니다.

5분이 지났을까.

분위기와 전혀 어울리지 않는, 흥겨운 트로트가 현장에 울려 퍼졌다.

—짜짜라짜라짜라짠짜짜.

곽 이사가 허둥지둥 전화기를 빼 들었다.

"제 전홥니다."

"네. 곽 이삽니다."

—신영 심 사장입니다.

곽 이사의 얼굴에 비웃음이 걸렸다.

"이거 영광입니다. 사장님."

—그, 그게 무슨 말씀이신지…….

"거. 동생분은 아주 현재건설을 동네 구멍가게 취급하던데. 왜 전화를 주셨습니까?"

―하하하. 설마 그럴 리가 있겠습니까? 곽 이사님 안 계셨으면, 현재랑 연결도 안 되었을 텐데. 에잇!

쿠당탕!

이 갈리는 소리가 나직하게 들려왔다.

―미친놈이! 회사를 말아먹으려고!

쿠당탕!

"거 좀. 시끄럽습니다."

―하하하. 아무것도 아닙니다. 어쨌거나……. 공장을 올스톱시키는 일이 있더라도, 바로 조색해서 보내겠습니다. 내일 아침에 물건 보내도록 하겠습니다.

그의 변명을 들으며, 웃음이 나왔다.

'온다는 소리를 쏙 빼놓고 말이야. 하지만 어쩌나? 난 당신들을 꼭 봐야겠는데.'

곽 이사에게 손을 내밀었다.

'전화기 이리 주세요.'

"우리 팀장님께서 하실 말씀이 있으신 거 같으니까, 한 마디도 빼지 말고 시행하쇼. 엉!"

곽 이사가 다급하게 잇소리로 엄포를 놓았다.

"아까 심 이사님과 통화한 김성훈 팀장입니다."

그는 젊은 목소리에 놀란 듯했지만, 그것도 잠시 사람 좋은 웃음을 흘렸다.

―하하. 아까는 우리 심 전무가 실례를 했습니다. 죄송합

니다. 팀장님.

"용건만 말하겠습니다."

–네. 네. 말씀하시지요.

"자재부장님이 말씀을 제대로 안 전했나 봅니다."

–네?

"내일 아침까지 현장에 도착하라고 했습니다만. 곽 이사님, 제가 잘못 들었습니까?"

"아 참! 맞습니다."

그러고는 전화기를 향해 으르렁거렸다.

"심 사장! 지금 나하고 장난해?"

–곽 이사님, 저도 사정이 있는지라……. 물건만.

'자기 사정만 피력하시겠다?'

심 사장의 말에 짜증이 솟구쳤다.

'갑질이 얼마나 더러운 건지, 직접 겪게 해주지.'

곽 이사에게 전화를 넘기며 말했다.

"곽 이사님."

"네. 팀장님!"

"바로 한국으로 가세요."

"네?"

"가실 때, 여기서 사용할 자재만 가려서 남기시고, 나머지 몽땅 가져가서 반품하세요."

"네? 하하하."

이런 결정을 생각지도 못했던지, 곽 이사가 멍한 표정으로 웃었다.

하지만 농담이 아닌 걸 알 텐데.

"신영에서 제품 검수 직접 하세요."

곽 이사가 수화기를 귀에 댄 채, 굳은 얼굴로 답했다.

"네. 알겠습니다."

"그리고 생산 라인에 우리 물건 말고 다른 현장 제품이 걸리면 바로 뒤집어버리세요."

"네, 무슨 말씀이신지 알겠습니다."

그를 보며 진지하게 말을 이었다.

"직접 검수를 하셨는데도, 제 눈에 흠집이 보이면 각오하셔야 할 겁니다."

대답을 못 하는 그에게 물었다.

"제가 직접 갈까요?"

권주는 마다하고, 벌주를 택하니, 나로서도 별다른 방법이 없질 않나!

"아, 아닙니다. 제가 가겠습니다."

그리고 수화기에 대고 울분을 터뜨렸다.

"심 사장, 각오해라. 좋게 말하니까 우습지?"

—곽 이사님! 곽 이사님!

찰칵!

작업자들을 돌아보니, 바짝 긴장한 표정이었다.

작업이 지연될까 봐, 걱정하는 거겠지.

"현장 진행을 지연시켜 죄송합니다. 직접 가서 물건의 상태를 살폈어야 하는데."

아까부터 도착해 있었던 듯, 반장의 우두머리 최 반장이 앞으로 나서며 말했다.

"아닙니다, 팀장님. 제가 관리를 잘못했습니다. 안 해도 될 터치를 한 것도 그렇구요. 적어도 앞으로는 현장에서 하자가 발생하는 일은 절대로 없을 겁니다. 지적하신 톱날은 반드시 시간에 맞추어 교체하도록 하겠습니다."

"조금 더 수고하셔야 할 것 같습니다."

최 반장이 눈매를 좁히며 물었다.

"말씀드린 바와 같이, 필요 자재만 빼고 한국으로 돌려보낼 겁니다."

"네. 들었습니다."

"이 중에서 일주일 동안 사용할 분량만 추려내세요. 일주일 후부터는 정상적인 몰딩으로 공급하겠습니다. 배편이 아니라, 비행기편으로요."

비용 부담은 신영에서 해야 할 거다.

최 반장이 안도의 한숨을 쉬었다.

"그 정도라면, 응당 해야지요."

"그리고 원래의 현장 작업 외에 따로 들어간 공수는 별도로 계산해서 지급하겠습니다."

"그러면 저희야 감사하지요."

"그리고……."

–짜짜라짜라짜라짠짜짜.

흥겨운 트로트 선율이었지만, 명곡도 처음 한두 번이 즐겁지 않던가!

'삼 분도 안 됐는데, 다섯 번째라고!'

입술을 꾹 다물고 눈을 감았다.

"지금 몇 번째입니까? 이사님."

"그게…… 신영 심 사장이……."

당황해서 전화기를 끄려는 그에게 출입문을 가리켰다.

심 사장이 얼마나 똥줄이 타는지, 말해서 무엇하랴!

"나가서 받으세요. 당장!"

"네. 네."

곽 이사가 전화기를 열고 짜증을 부렸다.

"심 사장! 내 뜻대로 되는 게 아니라니까!"

-거기서 곽 이사님보다 높은 사람이…….

"어허이! 이 사람이!"

그의 고함에 짜증 내며 말했다.

"제가 말하고 있잖아요. 좀 나가서 받으세요!"

내 눈치를 받고는 황급히 복도로 나갔다.

복도로 나갔던 곽 이사가 들어왔다.

그에게 물었다. 멋쩍게 웃는 표정으로 보아, 심 사장이 납작 엎드렸음이 분명하다.

"뭐래요?"

곽 이사가 히죽거리며 웃었다.

"제깟 놈이 뭐라고 하겠습니까? 지금 바로 공장 스톱시키고, 조색해서 온답니다."

그의 말에 피식 웃었다.

"스톱은 무슨……."

생산 라인을 건드리지 않고도 조색하는 방법은 수만 가지다. 그만큼 최선을 다하고 있다는 생색을 내는 거였다.

'칫! 알고도 모른 척하는 거지.'

곽 이사가 웃으며 말했다.

"그래도 성의가 가상하지 않습니까?"

그도 오랫동안 알고 지내온 거래처가 곤경에 처하는 건 바라지 않을 것이다.

"일에 차질만 없다면, 뭐 상관하지 않겠습니다."

"감사합니다."

"도착 시간은요?"

"제가 내일 아침 8시까지 도착 못 하면 아작을 내놓겠다고 엄포를 놨으니, 무조건 도착할 겁니다. 하하."

"수고하셨습니다."

"그럼 저는 한국으로 안 가도……."

뭔 소리를 하고 있어? 여기서 제일 할 일 없는 사람이! 초롱초롱한 그의 눈빛으로 보아, 어떤 속셈인지는 분명했다.

'알리와 국왕을 만나는데, 재미 들렸군.'

꼭 좀 만나고 싶다고 하도 부탁을 해서, 왕을 만날 때 몇 번 대동했었거든! 그의 웃음에 피식 웃으며 말했다.

"저 이번에 한국 들어가면, 자재부 정리합니다."

"네? 그건……."

"이번에 확실하게 군기 안 잡으면 앞으로도 힘들 거고, 아예 이참에 우리만 전담할 자재팀을 새로 구성하려고요."

"아! 그러십니까?"

그를 비스듬히 보며 물었다.

"이사님께서 자재 쪽을 좀 아시는 것 같아서 맡기려고 했는데……."

곽 이사가 얼른 뒤의 말을 이었다.

"걱정 마십시오. 제가 KT팀 전담으로 확실하게 구성하도록 하겠습니다."

슬쩍 던진 기회를 잽싸게 잡는 곽 이사였다.

'자신의 사람으로 구성하겠지.'

누가 되든 상관없지 않나? 확실히 통제만 된다면 된다.

'이번에 혼쭐이 났으니까, 다른 생각은 하지 않겠지.'

입에 걸린 웃음을 참는 곽 이사에게 말했다.

"믿어도 되겠습니까?"

그가 호언장담했다.

"염려 마십시오. 제가 최고의 인선으로 배치하겠습니다."

"대신! 또 똑같은 일이 벌어지면……."

"절대로 그런 일이 없도록 하겠습니다."

"알겠습니다. 믿겠습니다."

"믿어주십시오."

입술을 비틀며 각오를 다지는 그에게 물었다.

"그런데, 혼자 온답니까?"

신영 사장의 방문자 수를 묻는 말이었다.

"아닙니다. 직원 두 명을 대동하고 온답니다."

피식하고 어이없는 웃음이 나왔다.

"도장액 통을 들 사람이 필요한 모양이네요."

"그렇습니다."

곽 이사에게 물었다.

"세 통인가요?"

"아닙니다. 두 통이랍니다. 급한 대로 두 통이면 어느 정도 해결될 거고, 나머지는 이 차분 물량이 들어올 때 같이 가져오라고 했습니다."

고개를 끄덕이며 말했다.

"그래요?"

고귀하신 몸이라 페인트 통도 들지 않으시겠다.

'전형적인 갑이시군.'

양복 쫙 빼입고 맨몸으로 와서는, 딸랑 고개 한 번 숙이고 다시 한국으로 가시겠다? 자기들 때문에 현장 작업자들이 얼마나 고생을 했는지, 전혀 감이 잡히지 않는 모양이었다.

'그렇게 곱게 돌려보낼 거라 생각했다면, 나 김성훈을 완전히 잘못 본 거야!'

입맛을 다시며 고개를 저었다.

"쩝! 눈치가 없으면 손발이 고생하는 거죠."

"네?"

"아닙니다. 그 대단하신 이사님도 오신답니까?"

순간 곽 이사의 눈에 불길이 일었다.

주먹을 꽉 쥐며 짜증을 내뱉었다.

"아 참! 그걸 안 물어봤군요. 그 망할 자식을 물어봤어야 했는데."

전화통으로 아무리 열불을 내봤자, 화는 풀리지 않는다.

말로는 죄송하다 하면서, 두 다리는 책상에 쫙 뻗고 있을지 누가 아는가?

'한 교수 같은 사람이 없다고 확신할 수 있어?'

좀 다른 경우이긴 하지만, 생각해 보라고! 내가 그 상대편이었다고 생각하면, 자연스럽게 뒷골 잡는다고!

'으으. 내가 그런 꼴은 또 못 보지.'

사고 친 놈도 와야, 그게 인과응보 아니야? 엉뚱한 놈 아무리 괴롭혀 봤자, 변하는 건 없다.

'스스로 땀 흘려 봐야 몸이 기억하지.'

곽 이사 또한 그에게 나만큼이나 감정이 많은 듯했다.

"그 인간도 반드시 같이 오라고 하겠습니다."

"네. 그리고……."

"또 있습니까?"

"그 이사가 포함되어 있으면, 한 명 더 데리고 4인 구성으로……. 아니, 제가 직접 통화하죠."

이사라는 놈도 하는 짓으로 봐서는 페인트 통을 지고 올 놈으로 보이지는 않았다.

머리가 나쁘면 손발이 고생해야지. 별수 있어?

"팀장님. 여기……."

통화음을 확인한 곽 이사가 두 손으로 전화기를 내밀었다.

–곽 이사님. 지금 공장 라인 멈추고…….

오버하기는? 하지만 곽 이사 말대로 하는 척이라도 하는 게 어딘가?

"김성훈 팀장입니다."

—아! 팀장님. 아까는 죄송했습니다.

"생산 라인 오래 멈추시면 안 되니까, 용건만 말씀드리겠습니다."

—아! 네. 뭐든지 말씀만 하십시오. 바로 제가…….

"이사님이라는 분도 같이 오세요."

의아한 듯 되물었다.

—네? 심 이사를 말입니까?

"네!"

—우리 심 이사는 뭐 하시려고?

'흠. 아직도 말에 토를 달 정신이 있군!'

사장이야 무슨 죄가 있겠어? 일부러 불량을 만들었을 리는 없잖아.

'하지만 동생 교육을 잘못시킨 건, 죄가 크지.'

그리고 그 인간! 부를 때는 부르더라도, 멀쩡하게 오면 내가 약 오르지.

코웃음 치며 물었다.

"아차! 죄송합니다."

—아닙니다. 불량을 낸 저희가 죄송하지요.

'그런 말이 아니거든요. 이 양반아!'

"제가 깜빡했습니다. 그분은 우리 사장님이 직접 가서 모셔오지 않으면 안 오실 분이신데 말이죠."

사장을 언급하자 당황했던지, 심 사장의 음성이 심하게 떨렸다.

—네? 그게 무슨 말씀이신지?

"너네 사장하고 계약했지, 너 같은 말단이랑 계약했냐? 어딜 오라 가라 하느냐! 라고 혼이 났었는데, 쯧, 제가 잠시 잊었습니다."

–에엥? 그게 정말입니까? 자, 잠시만요. 팀장님.

다급히 수화기를 막은 듯, 소리가 멀리서 들렸다.

–야! 너 이 새끼! 무슨 짓을 한 거야! 엉!

–형님. 그, 그게…….

잠깐의 설명이 이어지고, 굉음이 터져 나왔다.

쿠당탕탕!

–이런 미친 자식!

–으악! 내 다리!

–할 줄 아는 게 술 처먹는 거밖에 없어서, 술 상무를 맡겼더니, 뭐가 어쩌고저째? 똑바로 안 서?

짝! 짝!

–혀, 형님. 잘못…….

짝! 짝!

–회사를 말아먹으려고. 엉!

내 옆에서 곽 이사가 입을 막고 터져 나오는 웃음을 참고 있었다. 최 과장 역시도 고개를 모로 돌렸지만, 몸이 부르르 떨리는 게 보였다.

'쯧쯧. 그 사람, 내일부터 잡부로 뛰어야 하는데, 벌써 몸이 망가지면 안 되죠. 사장님!'

"사장님."

–아! 헉헉. 죄송합니다. 정말 죄송합니다.

"괜찮습니다. 숨 가다듬고, 천천히 말씀하세요."
몇 번의 심호흡 후에 그가 말을 이었다. 하지만 흥분이 쉬이 가라앉지 않은 듯, 말을 더듬고 있었다.
–티, 팀장님. 우, 우리 심 이사 말은 그게 아니라…….
'아직도 변명하실 정신이 있어요?'
이유야 어찌 되었든 그 인간이 우리 현장에 오는 건 변하지 않을 거다. 내가 그렇게 만들 거니까!
말을 버벅거리는 그에게 말했다.
"어려우신가 봅니다."
–그, 그게 아니라…….
"알겠습니다. 제가 사장님께 직접 전화 드리죠. 공장으로 가서 모셔오라고요."
사장의 입에서 쇳소리가 나왔다.
–아! 아닙니다. 팀장님! 내일 아침에 반드시 데려가도록 하겠습니다.
"정말입니까?"
따각따각따각.
'전화기 흔들리는 소리인가?'
–티, 팀장님. 반드시 데려갑니다. 그럼 머, 먼저 끊어도 되겠습니까? 조, 좀 바쁜 일이 있어서…….
분노를 참는 듯, 부들부들 떨리는 음성이었다.
'참으면 병 됩니다. 확실히 푸시죠.'
차분한 목소리로 답했다.
"네. 감사합니다. 서둘러서 될 일이 아니니, 천천히 확실하게 하십시오."

—네. 아무 문제 없도록 하겠습니다. 그럼!

"고생하십시오."

통화를 끝내고 전화기를 곽 이사에게 전했다. 그가 받아 폴더를 접으려는데, 수화기에서 처절한 비명이 울려 나왔다.

—형님! 빠따는 제발……. 저 죽습니다.

—죽어도 싸지! 이 새끼야. 네가 사람 새끼냐?

—형님! 제발…….

—어허! 이 손 안 놔? 이것 봐라. 네가 죽으려고 애를 쓰는구나. 박 과장! 김 대리!

기다렸다는 듯이, 힘찬 대답이 들렸다.

—네! 사장님!

—이 새끼, 떼!

—네! 사장님!

발악하는 소리가 들려왔다.

—안 놔! 이 새끼들아!

그리고.

콰직!

—아이고! 나 죽네! 헉! 피! 형니……. 으헉!

쾅! 뿌직!

—허허허. 이게……. 지금 피해?

—혀, 형님. 제발 이번 한 번만 살려……. 으악!

사장의 비장한 목소리가 들렸다.

—똑바로 잡고 있어라.

그가 크게 고함쳤다.

–김 양아! 오늘 가꾸목 입고 됐지?

–네. 아까…….

–하나만 빼 와라. 내 오늘 형제의 연을 끊는다!

–네!

후다닥!

–어머! 수화기가 잘못 놓여 있었네?

아쉽다는 듯, 그제야 곽 이사는 수화기를 접었다.

"쩝! 심하게 싸우지는 않으셔야 할 텐데……."

곽 이사가 웃음을 참으며 말했다.

"설마 친동생인데, 죽이기야 하겠습니까?"

'그게 아니라 내일 일해야 하는데, 저래서 일할 수 있겠냐는 말이죠.'

대기하고 있던 최 과장에게 말했다.

"과장님!"

웃음을 참던 그는 짐짓 진지한 표정으로 답했다.

"네! 팀장님! 크흡."

"이제 그만 웃으시고."

"우흡! 네. 말씀하십시오."

그는 입을 막으며, 고개를 숙인 채 대답했다. 그의 웃음이 그치기를 기다려 말했다.

"몰딩은 내일 오전 작업할 것까지만 골라내라고 하세요."

"네?"

하지만 그는 의문을 제기하지 않았다.

"네! 알겠습니다."

진지한 표정으로 최 과장은 작업자들에게로 발걸음을 옮겼다. 곽 이사가 의아한 눈으로 물었다.

"팀장님!"

"네. 말씀하세요."

"왜 갑자기 내일 아침 것까지만 지시를 하시는지요?"

갑작스러운 지시 변경에 대한 물음이었다.

"아! 그거요?"

몰딩을 골라내는 인부들에게로 눈을 돌렸다. 그 옆에는 아직도 분류되지 않은 몰딩이 산처럼 쌓여 있었다.

"몰딩이 왜?"

"지금 지하창고에 저것보다 몇십 배는 더 쌓여 있죠?"

곽 이사가 고개를 끄덕였다.

"그 자재들 내일도 우리 비싼 작업자들에게 분류시킬 겁니까?"

곽 이사가 박장대소하며 손뼉을 짝 쳤다.

"아하! 그럼……."

"네. 공장에서 직접 골라내야죠."

"아! 그럼 아까 네 명 말씀하신 게, 그런 의미였군요!"

그에게 의미심장한 웃음을 보내며 말했다.

"어떤 일이든 2인 1조라야 작업능률이 높죠."

"지당하신 말씀이십니다."

곽 이사가 은근한 눈빛으로 물었다.

"그런데…… 팀장님."

"왜요?"
"내일 그놈들 작업하는 것만 보고 가면 안 되겠습니까?"
피식 웃으며 고개를 끄덕였다.
"그러세요."

지시를 받아 내일 쓸 몰딩만 골라 어깨에 메고, 현장으로 이동하던 인부들이 수군거렸다.
"총괄 책임자는 곽 이사님 아니셨어?"
"그러게. 나도 그렇게 알고 있었는데……."
"그런데 그런 게 아닌가 봐! 완전 팀장 꼬붕이던데?"
"그렇지? 자네도 그렇게 봤구만. 난 믿기지가 않아서 눈을 몇 번이나 비볐는지 몰라!"
인솔 중인 최 반장의 눈치를 힐끗 보고는 속삭였다.
"반장님, 곽 이사가 원래 저런 사람이었수?"
최 반장이 혀를 찼다.
"쓸데없는 소리들 하지 말고, 몰딩이나 조심해서 옮기라고."
그의 질문에는 다른 인부가 답했다.
"아니던데? 현장에 온 걸 한 번 봤는데, 현장 소장을 아주 쪼아 죽이던데?"
"그렇지? 나도 그렇게 들었거든. 그런데 저 팀장한테는 꼼짝을 못하네."
한 인부가 슬쩍 결론을 내렸다.

"현재그룹 핏줄이라는 게, 사실인게 벼."

최 반장이 속으로 코웃음을 픽 쳤다.

'그것만은 아닌 것 같은데.'

어디 현장관리학과라도 있는 건가? 하는 생각이 절로 들 정도로 베테랑이라고.

'저 깐깐돌이, 최 과장이 주눅 들 정도로!'

엘리트?

하지만 스스로의 추측에 고개를 저었다. 엘리트는 응당 책상에서 일하지, 현장을 뛰어다니지 않는다.

'도무지 이해할 수 없는 사람이야.'

하지만 하나는 확실했다. 눈썰미와 현장을 지휘하는 실력은 아무도 팀장을 따르지 못한다는 걸.

'사공이 많아서 배가 산으로 갈까 걱정했는데, 기우였어!'

저렇게 확실한 선장이 있다고 생각하니 가슴이 뿌듯해졌다.

'잘하면 이 현장이 내 인생작이 될 수도 있겠구만! 허허!'

그는 웅성거리는 작업자들에게 일갈했다.

"거기 모서리에 부딪힌다고! 몰딩 고른다고 또 반나절 날릴 거야? 엉!"

최 반장이 다급하게 걸음을 옮겼다.

곽 이사가 호텔 입구에서 불같이 화를 내고 있었다.

"지금 우리 작업자에게 이걸 옮기라고 한 거야? 심 사장!

제정신이야? 자네 직원들이야? 엉?"

작업자들이 물건을 나르는 것을 보더니, 버럭 하며 역정을 내는 중이었다.

"아니. 곽 이사님 그게 아니라……."

"안이고 밖이고. 당장 멈춰! 최 반장, 여기 구루마나 몇 개 갖다 주고 밥이나 먹으러 가!"

최 반장이 어깨를 움찔하며 말했다.

"예? 이사님. 그래도 우리 주려고 선물로 가져왔다는데……."

"선물?"

심 사장이 재빨리 앞으로 나서며 설명했다.

"네. 현장 인부들에게 먹일 고기입니다."

"고기?"

곽 이사가 코웃음을 픽 쳤다.

'일단 먹는 걸로 인부들을 달래시겠다?'

"누구한테 주는 선물인데?"

"그야 현장 인부들에게……."

"자네는 선물 받을 사람더러 옮기라고 하나?"

"그게……."

"그게 선물이야? 일이지."

말문이 턱 막힌 심 사장이 눈만 굴리고 있었다.

보통 이런 경우라면 두루뭉술 넘어가는 법이건만, 왜 이리 까칠하게 군다는 말인가?

곽 이사가 말을 이었다.

"먹을 때 먹고, 쉴 때 제대로 쉬어줘야, 정작 일을 할 때, 제대로 힘을 쓸 것 아닌가? 엉?"

말이야 바른 말이니, 반론의 여지가 없었다.

"최 반장! 자네 휘하 인부들은 우리 현재건설 일만 하면 돼! 쓸데없이 힘쓰지 말라고! 그게 우리 현장 방침이야! 자네들이 이런 잡일을 왜 해?"

심 사장을 돌아보며 말했다.

"심 사장, 선물은 말이야. 자기 손으로 들고 오는 거야! 그것도 몰라?"

선물을 가져오고도 욕을 먹으리라고는 생각도 했으니, 심 사장은 잠시 어리둥절했다.

"정신 똑바로 차려. 팀장님이 다 반출시키라는 거. 내가 얼마나 빌었는지 알아?"

자기 얼굴에 금칠을 하면서도, 얼굴 하나 붉히지 않는 곽 이사였다.

허나 진실을 모르는 심 사장이야, 연신 허리를 숙일 뿐이었다.

"감사합니다. 곽 이사님 덕에……. 헤헤."

그리고 허리를 펴며 말을 이었다.

"팀장님이라는 분은 어떤 분이신지."

"자네 정도가 독대하는 것만도 영광인 줄 알아! 이 친구야. 그리고……."

딱!

"으윽! 이사님."

부지불식간에 심 이사의 정강이뼈를 걷어찬 곽 이사가 허리에 양손을 올렸다.

"너 이 새끼! 뭐가 어째? 사장님하고 계약을 했다고?"

"아니…… 그게 아니라요."

"아니긴 뭐가 아니야! 너 잘하면 나 같은 말단은 치겠더라? 엉!"

"죄송합니다. 이사님. 앞으로는……."

심 이사는 무릎을 꿇고 정강이를 만지며, 연신 고개를 조아렸다.

곽 이사의 훈계가 이어졌다.

"이 새끼야. 현장에서는 기사가 법이야! 뒤에서 후방지원도 못 할 거면, 알아서 빠져. 너희 말고도 업체는 널렸으니까. 이것들이 좀 안면 있다고 기어올라. 엉!"

"죄송합니다. 제가 단단히 교육시켰으니까, 다시는……."

하지만 아직 화가 덜 풀린 듯, 곽 이사가 고함쳤다.

"똑바로 안 서? 어디서 엄살이야!"

무릎을 꿇었던 심 이사가 힘겹게 바로 섰다.

"이게 오냐오냐……."

다시 구두를 뒤로 빼던 곽 이사가 동작을 멈췄다. 푸르뎅뎅한 심 이사의 얼굴이 눈에 들어왔기 때문이다. 얼굴에 분칠한다고 했지만, 터진 입술과 부어오른 눈두덩을 감출 수는 없었다.

심 사장이 애절한 눈으로 곽 이사의 소매를 붙들었다.

"용서해 주십시오. 제가 단단히 주의를 줬습니다."

아무리 독한 곽 이사라도 차마 다시 때리기는 미안한 마음이 들 정도의 몰골이었다.

곽 이사는 주먹으로 입을 가리며 헛기침을 했다.

"큼. 큼."

하지만 아직도 화가 덜 풀린 듯, 앙칼진 눈으로 쏘아보았다.

"심 이사! 지켜본다. 한 번만 더 걸리면, 이 계통에서 네가 설 자리는 없을 거다."

"네. 네. 이사님."

곽 이사가 주변을 둘러보며 말했다.

"최 반장, 뭐 구경났어? 가서 구루마 두 개 가져오고, 나머지 인부들은 얼른 가서 하던 식사나 마저 하라고!"

"아. 네! 이사님."

최 반장을 비롯한 삼, 사십 명의 잡부들이 레스토랑으로 발걸음을 옮겼다.

심 사장 뒤의 두 명을 힐끗 보며 말을 이었다.

"자네 직원들이야?"

"네. 최 과장, 김 대리 인사……."

"됐고! 시간 없으니까, 자네들은 이따가 최 반장이 구루마 가져오면, 알아서 정리하고!"

두 명의 직원이 절도 있게 고개를 숙였다.

"네! 이사님."

"자네 둘은 나 따라와. 그리고 앞으로 한 번만 더 인부들 맘대로 부리면, 그때는 죽었다고 복창하는 게 좋을 거다."

화가 나서 화풀이를 하기는 했지만, 영 어색했던지 곽 이사가 걸으며 말문을 열었다.

"나한테 걸린 게 다행인 줄 알아! 팀장님이 봤으면, 선물이고 뭐고 바로 빠꾸야! 알아?"

"네. 알겠습니다."

"그리고 마지막으로 말하는데……."

"네!"

"우리 팀장님 말에 토 달지 마라. 진짜로 죽는 수가 있다. 내 손에. 알았어?"

"네! 알겠습니다. 그런데 팀장님은 벌써 나오신 겁니까?"

"당연하지. 항상 제일 먼저 나오시는데."

"얼굴 뵙고 갈 수 있을까요?"

곽 이사의 눈가에 옅은 주름이 걸렸다.

'당연하지. 자네들을 얼마나 기다리셨는데. 쯧쯧. 양복 입은 꼬라지 하고는…….'

여기서 일을 하게 될 거라고는 생각도 하지 않고 온 게 분명했다.

'여기서 개고생을 해봐야 현장이 어떤지 알지.'

문을 열고 들어가니, 성훈이 결재서류를 보고 있었다.

곽 이사가 둘을 소개했다.

"팀장님, 여기 신영 심 사장과 심 이사……."

서류에서 눈도 떼지 않고 물었다.

"호텔 앞에 있던 물건들, 그분들이 가져오신 겁니까?"
"네. 고기랍니다."
곽 이사를 힐끔 보며 물었다.
"우리 작업자들 식사하는데, 방해된 건 아니죠?"
"감히 그럴 리가 있겠습니까?"
성훈이 고개를 끄덕이며 말했다.
"그럼 됐구요. 무슨 고깁니까?"
심 사장이 앞으로 나서며, 고개를 조아렸다.
"네. 돼지고깁니다. 먼지 마신 후에는 그게 최고 아니겠습니까? 여기서는 팔지 않는다고 해서."
"이슬람 국가에 돼지고기라……."
성훈이 씁쓸하게 입맛을 다셨다.
'한우라도 가져 왔으면 궁에 가져가서 의부한테 맛이나 보여주려고 했는데. 쩝!'
뜬금없는 생각에 피식 웃음이 돌았다. 그동안 정이 많이 쌓이긴 쌓인 모양이었다. 이 정도로 아쉬운 걸 보니.
피식 웃자, 곽 이사가 버럭 고함을 질렀다.
"여기 이슬람인 거 몰라? 돼지고기를 가져와? 정신이 있어? 도로 가져가."
'오버하시기는. 자기도 군침 꿀꺽 삼켜놓고는.'
동시에 작업자들의 얼굴이 떠올랐다.
'하긴 작업자들이 무슨 죄가 있어? 지금쯤 침 흘리고 있을텐데.'
그를 제지하며 말했다.

"괜찮을 겁니다. 교리 때문에 돼지를 안 먹는 거뿐이지, 신성하게 여기는 건 아니니까요. 그렇게 편협한 사람들은 아니더라고요."

곽 이사가 고개를 끄덕이며 호응했다.

"네. 의외로 너그럽지요."

"식당 창고로 넣으라고 하셨죠?"

"네. 팀장님."

"조리장에게 말해 둘 테니까, 오늘 저녁은 그걸로 하세요."

"아! 네. 그렇게 조치하겠습니다."

그리고 그의 눈이 심 이사의 양손으로 향했다.

"그건 뭐요? 심 이사."

긴장하고 있던 심 이사가 얼른 앞으로 나섰다.

"아! 이건……."

곽 이사의 눈치를 보며, 어렵게 말을 이었다.

"티, 팀장님. 드리려고 가져온 한우 등심입니다. 횡성에서 잡아서 바로 가져온……."

'이 정도면 알리한테 생색은 내겠네.'

책상 귀퉁이를 눈짓하며 말했다.

"이사님, 받아두세요. 가져온 성의가 있는데……."

꿀꺽!

곽 이사의 울대가 꿈틀거렸다.

"네. 알겠습니다."

냉큼 받아 책상 귀퉁이에 쌓았다.

"팀장님, 이번 일은 저희의 불찰이 분명합니다. 반드시 책임지고, 현장에 차질이 없도록 하겠습니다."

"네. 그럼 그렇게 하신다고 믿겠습니다."

심 사장이 고개를 번쩍 들며 물었다.

"네?"

'욕을 먹을 각오를 하고 들어왔는데, 이건 너무 쉽잖아?'

"그럼 용서를……."

"그건 하는 거 봐서요."

"아!"

심 사장의 얼굴에 미소가 돌았다.

'역시 이럴 줄 알았어! 선수는 선수구만!'

안도의 한숨을 쉬며 양복의 안주머니로 손을 집어넣었다. 그리고 책상에 올리며 성훈에게 내밀었다.

"그리고 팀장님. 이건……."

"훗!"

성훈이 의자에 앉은 채로, 심 사장과 봉투를 번갈아 바라보았다.

'곽 이사를 통해서 줄 걸 그랬나?'

긴장했지만 호흡을 가다듬으며 심 사장이 말을 이었다.

"섭섭지 않도록 넉넉하게……."

나름의 계산도 있었다.

'고기도 받는데, 돈을 거부할 리가 없잖아!'

성훈이 의자에 등을 기대며 피식 웃었다.

"사장님."

"네! 팀장님."

"뭐. 한 백억쯤 됩니까?"

금액에 놀라 숨을 너무 급히 들이쉰 듯, 심 사장의 안면이 쉴 새 없이 꿈틀거렸다.

"아, 아니…… 그……."

같잖은 투로 성훈이 고개를 좌우로 흔들었다.

"그럼, 긴장할 것도 안 되잖아요. 그리고! 같이 일하는 처지에 봉투가 뭡니까? 봉투가!"

곽 이사를 힐끗 바라보자, 그도 어이없는지, 실실 웃으며 책상 위 봉투를 집어 들었다.

그러고는 혀를 차며 말을 이었다.

"심 사장. 봉투도 내밀 상대가 있고, 안 그런 상대가 있는 거야. 쯧쯧. 눈치가 없어."

그러고는 심 사장의 상의 안으로 도로 집어넣었다.

심 사장의 가슴이 두근거렸다.

'얼마인지 확인하지도 않아? 백억? 이거 미친놈들이야?'

그의 심정은 아랑곳하지 않고, 곽 이사는 봉투가 든 가슴 부위를 툭툭 치며 말했다.

"이 금액만큼 직원들 상여금 주고……."

"네? 네!"

심 사장의 등을 토닥이며 말을 이었다.

"불량을 줄이라는 말이야. 우리 팀장님을 뭐로 보고……. 쯧쯧."

성훈이 사장을 올려다보며 말했다.

"사장님, 무슨 말씀이신지 아시겠죠?"

"네! 팀장님. 명심하겠습니다."
"그럼, 이사님."
"네."
나가라는 말에 심 사장과 이사가 허리를 구십 도로 접었다.
"그럼 한국에서 뵙겠습니다."
그 말에 성훈이 고개를 갸웃하며 물었다.
"이사님, 말씀 안 드리셨어요?"
"아! 네. 바로 인사드리러 오느라……."
'무슨 말'
서로 얼굴을 확인하는 심 씨 형제에게 곽 이사가 말했다.
"가긴 어딜 가? 불량품들 다 골라내고 가야지."
"아, 아니. 아까 선물들 다 받으시고, 용서……."
성훈이 손톱을 만지작거렸다.
"흣! 하는 거 봐서라고 했습니다만……."
그들의 눈길이 책상 위 한우 상자로 향했다.
성훈이 작은 소리로 투덜거렸다.
"그건 그거고. 이건 이거지. 쪼잔하게."
그리고 여전히 손톱을 주시하며 말했다.
"곽 이사님! 현장에서 손해를 볼 만큼 봤는데, 저 몰딩들, 또 현장에서 정리해야 합니까? 네?"
"아닙니다."
곽 이사에게 물었다.
"이사님께서 제 다리 분질러놓고, 미안하다 고개 숙이고, 선물 보따리 좀 하고, 돈 봉투 내밀면?"

곽 이사에게 비릿하게 웃으며, 말을 이었다.

"그럼 사과 다 했으니까, 제가 용서할 거 같습니까?"

곽 이사가 웃으며 말을 받았다.

"팀장님, 저 아직 안 미쳤습니다."

"그렇죠? 진짜 미안하고 그러면, 응! 그 사람이 정상적으로 일어서서……."

책상을 탕 치며 의자에서 일어섰다.

"사회활동을 할 때까지! 물심양면으로 도와줘야! 그게 기본 아닙니까? 예?"

곽 이사가 맞장구쳤다.

"그렇지요."

"그런데 그걸 안 하면?"

"어떤 개자식이 그런 짓을 합니까? 말씀만 하십시오. 제가 사지를 몽땅 아작을 내놓겠습니다."

정말 흥분한 듯, 곽 이사의 얼굴이 벌겋게 달아올랐다.

"전 아마도 앞으로 그 사람 얼굴만 봐도 짜증 날 것 같은데요. 맞은 데가 욱신거려서. 앞으로 같이 일할 수 있겠어요? 이사님 같으면?"

곽 이사에게 눈짓하자, 그도 빙글거리며 대답했다.

"아니요. 저는 절대 그렇게 못 하지요. 팀장님!"

식은땀을 삐질삐질 흘리던 심 사장의 허리가 점점 앞으로 숙어졌다.

"티, 팀장님. 저희가 그렇게 안 하겠다는 말이 아니라……."

성훈이 능글맞게 말을 이었다.

"저도 압니다. 말이 그렇다는 거죠."
곽 이사를 타박하며 말을 이었다.
"왜 이런 말씀은 미리 전달 안 하셔서, 제가 오해하게 만드세요? 이사님은. 참!"
성훈이 책상을 가로질러 나오며 물었다.
"안 하실 생각이신가 봅니다. 대답이 없으신 걸 보니."
"아닙니다. 당연히 저희가 분류해야지요."
"역시 도리를 아시는 분이시군요."
심 사장이 식은땀을 흘리며 고개를 끄덕였다.
"그럼…… 말씀하신 대로…… 그렇게."
"저 아직 말 안 끝났는데요?"
"무슨 말씀을 더……."
"하시는 김에 딜리버리까지 부탁드립니다."
"네? 현장에 배달까지 하라는 말씀이십니까?"
어림도 없다는 표정의 그를 내려다보며 물었다.
"작업자들한테 물어볼까요? 화가 풀렸는지 아닌지?"
이미 답은 정해져 있는 것이 아니던가?
심 사장이 한숨을 내쉬었다.
"저희가 딜리버리까지 다 하겠습니다."
성훈이 만족스럽게 웃으며 말했다.
"곽 이사님, 들으셨죠?"
"암요. 제가 누차 말씀드렸잖습니까? 심 사장이 실수한 거지. 원래 나쁜 사람은 아니라고 말입니다."
"그럼 그렇게 하는 걸로 알고! 기사들 몇 명 대동해서 책임지고 분류 작업 감독하십시오."

"네! 알겠습니다."

문밖을 나서기 전 한마디를 잊지 않았다.

"흠집의 기준은 뭐라고요?"

곽 이사의 얼굴에 비장한 미소가 떠올랐다.

"팀장님 기준은 언제나 일 미리 아닙니까?"

"그렇죠. 그러면 수고하십시오. 참! 저녁에 이사님은 저하고 궁에나 들어가실래요?"

곽 이사의 눈이 휘둥그레졌다.

"저, 정말이십니까?"

이제껏 바짓가랑이 붙들면서 따라간 적은 있어도, 성훈이 먼저 가자고 한 적은 없지 않던가?

성훈이 웃으며 말을 이었다.

"곽 이사님도 여기 오신 지 오래되셨는데, 저랑 같이 한우나 구우시면 어떨까 싶어서요. 뭐 내키지 않으시면……."

함박웃음을 띠며 말을 잘랐다.

"내킵니다. 그리고 제가 고기 굽는 데 일가견 있는 건 아시잖습니까?"

문을 열며 말했다.

"그래요. 그럼 오늘 저녁에 뵙죠?"

문을 닫기 전 성훈의 작은 투덜거림이 들렸다.

"오늘 작업은 정상적으로 되려나? 쩝! 어제처럼 자재 수급이 끊기면 안 되는데, 밤샘 작업이라도 시켜야 하나?"

성훈이 사라지자, 곽 이사의 눈이 심 사장 형제에게로 향했다.

살기 어린 눈빛에 심 사장의 등에 땀이 맺혔다.

"내가 오늘 만찬에 못 가기만 해봐라!"

어금니를 갈며 말을 이었다.

"똑똑히 보여주지. 내가 누구부터 조지는지!"

"이사님께서 고기를 구우시니, 입에 착착 달라붙습니다. 이 늙은 입에 딱 맞는 부드러운 고기를 먹을 줄은 몰랐습니다."

왕궁의 한편에서 숯불에 간장 양념을 한 한우를 굽고 있는 곽 이사에게 아크람이 말을 건넸다.

"꿀꺽! 맛있게 드셔 주시니, 감사할 따름이지요."

고기를 굽자기에, 기쁜 마음으로 따라왔었다.

'보통은 같이 굽자는 건, 같이 먹자는 말이잖아.'

하지만 정말 고기만 굽게 될 거라고는 미처 생각하지 못한 곽 이사였다.

성훈의 칭찬이 발단이었다.

"와! 전 아직도 울산에서 이사님 처음 뵈었을 때, 구워주신 그 한우 맛을 잊지 못한다니까요."

곽 이사가 어깨를 으쓱하며 말했다.

"고기를 굽는 데도 도가 있습니다. 얼마나 불과의 거리와 시간을 잘 조절하느냐? 그것이지요!"

"역시! 이사님."

"아마 식도락으로는, 우리 현재건설에서 저 따라올 사람은 없을 겁니다."

성훈이 엄지를 척 세웠다.

"역시! 전 그럼 곽 이사님만 믿겠습니다."

칭찬에 들뜬 곽 이사가 말했다.

"걱정은 꽉 붙들어 매십시오. 제가 오늘 성훈 님께 최고의 한우 맛을 보여드리겠습니다."

그렇게 호언장담하는 게 아니었는데.

'하나를 잘한다고 해서, 다른 것도 다 잘하는 건 아니더라고!'

아니나 다를까? 한두 번이나 뒤집었을까? 까맣게 태운 한우를 들어 보이며 성훈이 말했다.

"전 고기 굽는 데는 소질이 없나 봐요."

곽 이사가 미간을 찌푸리며 탄성을 내질렀다.

"어찌 이리, 귀한 횡성 한우를……."

성훈의 만행에 순간 집게로 따귀를 날리고 싶은 팔을 말리느라, 식은땀을 삐질삐질 흘려야만 했다.

"에이. 다시 해봐야겠어요."

"네. 아무리 성훈 님이라도, 어찌 처음부터 잘하시겠습니까?"

그렇게 두 번을 더 태우고 나자 곽 이사의 인내심이 바닥났다.

'만리타국에서 어떻게 공수해 온 한우인데. 이러다가 반도 못 먹겠네.'

결단을 내렸다.

"성훈 님, 제가 굽겠습니다. 제발 저리 가셔서……."

"쩝! 곽 이사님 하시는 거 보니까 쉬워 보였는데. 거 참!"

성훈은 집게를 곽 이사에게 넘기고는 투덜거리며, 국왕에게 가버렸다.

그 뒤로 들려오는 말은 한 종류뿐이었다.

"이사님! 진짜 맛있어요. 한 접시 더요."

왕세자가 말을 보탰다.

"곽 집사! 내 정신 좀 봐라. 집사란다. 곽 이사! 접시가 비었어! 자넨 정말 굽기의 달인이군. 우리 궁에 들어올 생각 없나? 지금 연봉보다 두 배를 쳐주지!"

그러고는 말을 이었다.

"부왕! 이런 야들야들한 고기라면 매일 드셔도 질리지 않으실 겁니까?"

그에 답하듯, 근엄한 목소리도 들렸다.

"어허. 보기에는 튼실해 보이는데, 한국 고기는 어찌 이리 부실하누! 두어 번 씹기도 전에 녹아버리는구만. 쩝!"

얄미운 목소리가 들려왔다.

"이사님! 힘드세요? 제가 가서 도울까요?"

곽 이사가 욱한 심정을 참으며, 버럭 고함을 질렀다.

"아이고! 일 없습니다. 금방 갑니다."

국왕에게 바짝 태운 고기를 먹였다가는……. 성훈이야 양아들이니 별 탈 없겠지만, 자신은……. 꼭 말로 해야 운명을 예측할 수 있는 건 아니지 않던가?

한 시간 동안 쉬지도 못하고 고기만 굽고 나르기를 수십 차례 반복하고 나서야, 칭찬에 휩쓸려 고기를 굽겠다고 한 자신의 경박한 입을 때리고 싶은 곽 이사였다.

"에라이!"

'니들만 입이냐?'

막 구워서 자르지도 않은 한우를 집게로 들어 바로 입으로 넣어버렸다.

국왕의 근엄한 목소리가 들렸다.

"아크람. 맛있나?"

"이를 말씀이십니까? 근래에 먹은 것 중에 최고입니다."

"많이 먹었지?"

그는 국왕의 말에 미간을 좁히며, 눈치를 살폈다. 바닥을 보여가는 접시를 달그락거리며 포크를 들었다 놨다 하는 것이 영 심상치 않았다.

"전하, 요즈음 신이 치아가 부실하여, 아직 많이 먹지는 못했나이다."

허나 그의 변명은 통하지 않았다.

"어허! 내가 두 점씩 찍어가는 것을 봤는데, 치아는 무슨. 늙으면 식탐만 는다더니. 쯧쯧."

왕을 앞에 두고, '당신은 네 점씩 찍어가시지 않으셨습니까!'라고 할 수는 없는 노릇!

"크흠. 전하."

크게 헛기침을 했지만, 그에게 돌아오는 것은 빈 접시뿐이었다.

"제가 가져올게요."

성훈이 일어섰지만, 아크람이 접시를 잡아채며 노구를 일으켰다.

“은인께 심부름을 시켜서야 되겠습니까? 노신이 가져오겠습니다.”

마지못해 아크람이 접시를 드는 소리가 들렸다.

“끄응.”

아크람이 접시를 내려놓으며 부드럽게 웃었다.

“저는 요즘 곽 이사님을 뵈면서 배우는 점이 참 많습니다.”

뜬금없는 소리에 곽 이사가 되물었다.

“그게 무슨 말씀이신지.”

“부하 직원은 놀고 있는데, 이리 직접 고기까지 구우시고. 사우디아라비아의 모든 왕족에게 보여주고 싶은 장면이군요. 허허허.”

눈으로 보이는 사실이니 무슨 말을 하겠는가? 그렇다고 성훈에게 집게를 맡겼다가는, 숯덩이 한우를 보며 눈물을 삼킬 게 뻔한데.

“그야…….”

“높은 자리에 있으면서도, 항상 겸손하시고. 정말 대단하십니다.”

아크람의 진지한 말에 속으로 헛웃음이 나왔다.

‘존중이 아니라, 복종으로 보이지는 않더이까?’

하지만 그 말을 어떻게 내뱉으랴!

속없이 웃으며 말했다.

“워낙 성훈 군이 일을 워낙 잘하니…….”

아크람이 조용히 고개를 끄덕였다.

"그것 또한 마찬가지입니다. 경력이 훨씬 기시니, 부족한 부분이 어찌 보이지 않겠습니까? 허나 그것을 탓하지 아니하니, 그런 사람을 동양에서는 군자라고 부른다지요."

곽 이사가 머쓱하게 웃었다.

"하하하."

'부족한 부분이라 하셨습니까? 그런 거 없습니다. 집사님. 기계처럼 완벽합니다. 허허.'

칭찬을 들으니 기분은 좋으면서도 한편으로 의혹이 들었다.

'왜 이리 듣기 좋은 말만 골라서 하는가?' 하는.

"혹시 집사님. 하실 말씀이라도……."

곽 이사가 은근한 목소리로 운을 떼었다. 포크질이 바쁜 국왕 쪽을 힐끗 쳐다보고는 아크람이 입을 열었다.

"이사님."

"네. 말씀하시지요."

"오면서 봤습니다."

뜨끔한 곽 이사가 반문했다.

"뭐, 뭘 말입니까?"

노회한 아크람이 의미심장한 미소를 지으며, 입술을 혀로 핥았다.

"허나 그게 무슨 흠이 되겠습니까? 일하는 소에게는 멍에를 씌우지 않는다는 속담도 있던데."

곽 이사가 피식 웃으며 집게를 들었다.

"어느 녀석으로 드리리까?"

"고, 아니, 고 옆에 세 번째 놈으로 주시면 고맙지요."

고기를 뒤집으며 곽 이사가 말했다.

"좀 더 익어야 합니다. 기다리시지요."

군침을 꿀꺽 삼킨 아크람이 말했다.

"좀 덜 익어도 괜찮습니다. 이 늙은 입이 근질거리는구려. 쩝!"

곽 이사가 큭큭 거리며, 한 번 더 뒤적인 고기를 접시에 올리는 척하며, 집게째로 아크람에게 내밀었다.

"집사님! 아! 하시지요."

육즙이 질질 흐르는 고기를 꿀꺽 삼키면서도, 아크람의 입에서는 곽 이사에 대한 칭송이 끊이지 않았다.

"현장 총책임자이시면서도, 항상 성훈 님의 의견을 절대적으로 존중해 주는 것, 그게 말이 쉬운 일이지, 나이 든 자가 하기에 절대 쉬운 일이 아닙니다."

곽 이사가 웃으며 고기를 가리켰다.

"다음엔 이게 어떻습니까? 제가 보기엔 이게 제일……."

"허허허. 저야 주면 주는 대로 먹는 처지이지, 어찌 좋고 나쁨을 따지겠습니까?"

고기를 뒤적이며, 곽 이사가 말을 이었다.

"저는 오히려 집사님이 부럽습니다. 집사님과 국왕 전하의 관계는 세계 모든 지도자가 부러워하지 않습니까?"

아크람이 익살스레 웃으며 고개를 저었다.

"크흠. 우리끼리니까 하는 말이지만, 우리 국왕께서 고집이 보통이 아니십니다. 허허허."

그 말에 곽 이사는 울고 싶어졌다.

'성훈 님께 비하면, 국왕은 천사이십니다.'

마음 같아서는 서로 상사를 바꾸자는 말을 하고 싶은 곽 이사였다.

허나 동병상련이라 했던가?

숨어서 고기를 나눠 먹으며 둘은 나이를 넘어선 우정을 다졌다.

"국왕께서 기대가 크십니다. 얼마나 멋진 작품을 만들어 낼지 말입니다."

"네. 마음에 드실 겁니다."

"허나 저는 걱정이 되는군요. 도면을 보는 것과 실재는 엄연히 다르니까요."

그는 이상과 현실의 괴리를 말하고 있었다.

하지만 곽 이사는 고개를 가로저었다.

"아닙니다. 어쩌면 이 현장은 도면으로 보시는 것보다 더 나을 수도 있습니다."

아크람이 놀라며 물었다.

"그럼 완벽하다는 말입니까? 완벽한 현장이 있을 수 있습니까?"

육안으로 확인하기 힘들 정도의 흠집도 잡아 족치는 성훈이었다. 그런 것을 완벽이라 말하지 않으면, 무엇을 완벽이라 칭한단 말인가? 허나 곽 이사의 관점에서 완벽이라 말하기에는 약간 무리가 있지 않을까?

'이건 현장 사람 모두가 공감하는 거라고! 선장이 너무 뛰

어나서 문제가 되는 거지.'

노 젓는 사공이 긴장의 끈을 놓지 못하니, 그게 문제였다. 잘 먹이고 잘 재우고, 최고급 비데만을 사용하건만, 성훈만 지나가면 뒤통수 머리털이 번쩍 서니…….

그는 씁쓸하게 웃으며 답했다.

"완벽합니다. 하나만 빼고……."

"하나만 빼고요? 그게 뭡니까?"

아크람은 궁금증에 귀를 기울였지만, 대답을 들을 틈도 없이 국왕의 투덜거림이 들려왔다.

"아크람, 속도가 점점 느려지고 있어! 혹시 먼저 먹고 있는 건 아니겠지? 어험!"

뜨끔 놀란 아크람이 얼른 고기를 삼키고, 냅킨으로 입술을 꼼꼼히 훔치며 곽 이사에게 물었다.

"꿀꺽! 티 안 납니까? 곽 이사님?"

곽 이사가 말없이 고개를 끄덕였다.

"좀 있다가 둘이서 오붓한 시간을 가져 봅시다. 또 오리다."

의미심장한 웃음을 보이며, 아크람이 뒤돌아섰다.

뒷모습을 보며 곽 이사가 중얼거렸다.

"성훈 님만 안 계시면, 이보다 완벽하고 평화로운 현장이 어디 있겠습니까?"

"역시 이건 한국식이 아니네요."

성훈의 말에 알리가 물었다.

"그럼 한국식은 뭔데? 그러나?"

"다 같이 숯불 주위에 둘러앉아서 구워 먹어야 제맛이죠."

국왕이 눈을 빛내며 물었다.

"오호라! 그게 한국의 고기 먹는 법도인가?"

"뭐 법도까지는 아니고요."

성훈이 입맛을 다시며 말을 이었다.

"접시 들고 오는 동안 다 식잖아요. 안 식으면 더 맛있다고요."

왕이 고개를 갸웃했다.

"그, 그런가? 뜨거울 때 먹어야 제맛이다……."

그는 실눈을 뜬 채, 부드러운 미소를 지었다.

"아크람?"

"네. 전하."

"성훈의 말이 참말인가?"

아크람이 시치미를 뚝 떼며 딴청을 피웠다.

"그, 그게 무슨 말씀이신지, 소신은 당최!"

"에이. 또 이런다. 일어서자."

아크람이 국왕을 말렸다.

"전하! 직접 요리장으로 가시다니요. 국왕의 체통을……."

"우리밖에 없는데, 무슨 체통은!"

왕이 투덜거리며 말을 이었다.

"그리고 이 사람아. 거짓말을 하려면, 윗니에 끼인 그 덩어리나 빼고 하게나!"

알리도 자리에서 일어서며 항변했다.

"정말입니까? 아크람? 저기서 드시고 오신 거요? 뜨거운 게 더 맛있어서?"

아쉽다는 표정으로 아크람이 혀로 이 사이에 낀 고기를 빼내며 말했다.

"심히 그러하더이다. 왕세자 전하."

"아크람 이 배신자! 당신만은 믿었건만!"

알리가 벌떡 일어서며 말을 이었다.

"성훈! 가세나!"

허나 그의 진격은 국왕에 의해 가로막혔다.

그가 자리에서 일어서며 말했다.

"내 뒤로 서거라, 알리. 왕가의 법도도 모르는 고얀 놈 같으니!"

곽 이사가 고기를 굽는 가운데, 오붓한 대화를 나누고 있었다.

"성훈!"

"네. 의부?"

"샘플이 거의 완성되었다면서?"

"네. 일주일 정도면 될 겁니다."

"내가 가서 봐도 되는 건가?"

"가능하세요. 언제든지 말씀만 하세요."

"꺼억! 맛있다고 자꾸 먹었더니……. 끙."

토브 속으로 허리띠를 풀며, 왕이 말을 이었다.

"내 자꾸 궁금하여 한 번 가 봤으면 하니, 그리 알고 있게나."

"네. 의부."

왕이 자리에서 일어섰다.

"알리!"

"네. 부왕!"

"오늘의 만찬은 곽 이사의 공이 크다. 입맛이 없어 힘들었건만, 오래간만에 허리를 끄를 정도로 먹었으니. 꺼억!"

알리가 국왕의 말을 이어받았다.

"곽 이사에게는 상을 내리도록 하겠습니다. 부왕!"

"그래. 그래. 그럼 나는 먼저 일어나겠네. 열심히 굽게나. 곽 이사."

104장
왕의 거처

일주일 후 리야드 호텔 로비.

땡!

엘리베이터 문이 열렸다.

열리는 문틈으로 국왕과 알리 왕세자, 그리고 아크람을 비롯한 수행원들이 보였다.

성훈이 고개를 숙이며 인사했다.

"어서 오세요, 의부."

"성훈, 아직 공사 중이라 하지 않았더냐?"

"네. 아직 공사 중입니다."

"흠. 공사 중인 현장이 이렇게 깨끗하다고?"

어이없는 눈으로 성훈을 보며, 주변을 훑었다. 막 준공 청소를 끝낸 것처럼, 로비에는 먼지 한 톨이 보이지 않았다. 공사 중이면 어련히 자재들이 널브러져 있어야 하며, 먼지로 자욱해야 하는 것 아니던가?

그 상황을 예상했던 듯, 왕의 손에는 주치의가 당부한 손수건이 쥐어져 있었다.

그가 얼마나 신신당부했던가?

'현장의 공기는 전하의 기관지에 좋지 않사옵니다. 신이 드린 이 손수건을 꼭 지참하시옵소서.'

주치의가 손수 특별 비법으로 소독 처리한 손수건이었다. 하지만 현장 상황은 그의 예측을 전혀 빗나가고 있었다.

'이건 무슨…… 무균실 로비를 연상시키는군.'

먼지는커녕, 공기청정기를 틀어둔 것처럼 현장의 공기는 맑기 그지없었다.

'허허. 이토록 생각이 깊다니…….'

자신의 몸 상태를 염려해, 이렇게 청소를 한 성훈의 배려가 몸으로 느껴졌다.

'주치의, 자네 예상은 완전히 빗나갔어.'

손에 꼭 쥐고 있던 손수건을 은근슬쩍 주머니로 넣으며 왕이 물었다.

"들어가도 되겠는가? 성훈."

로비로 첫발을 내딛기 전 왕이 한 말이었다.

성훈과 나란히 걸으며, 왕이 물었다.

"흠. 상당히 이국적이야. 이게 한국의 풍경인가?"

"네. 최대한 심플하게 디자인했습니다."

쭈욱 뻗은 복도 양쪽으로 붉은 나무 기둥들이 간격을 맞춰

줄지어 서 있고, 열주 아래에는 둥근 화강석의 초석들이 놓여 있었다.

"오호라. 끝없이 이어지는 열주라! 아주 간결하지만, 그 인상은 강렬하군."

왕의 감상처럼, 고급 벽지나 화려한 문양 없이 은은한 다홍빛 벽과 검붉은 나무 기둥만이 복도를 채우고 있었다.

성훈이 설명했다.

"이 로비는 행각(行閣)을 모티브로 해서……."

"행각? 행각이 뭔가?"

다른 문화권이니, 왕이 의문을 가질 수밖에.

성훈이 미소 지으며 설명했다.

"아! 한국의 궁궐이나 사찰의 복도라고 보시면 됩니다."

왕이 미간을 좁히며 말했다.

"궁궐이면 왕궁을 말하는 거지?"

"네. 하지만 지금 이 분위기와는 좀 다릅니다."

기둥들의 반복이 상당히 마음에 들었던 모양이다. 좌우 기둥 사이를 느린 걸음으로 거닐며 왕이 물었다.

"어떻게 다른 거지?"

"나중에 사진으로 따로 설명해 드릴 테지만, 차이점만 간단하게 말씀드리면, 경복궁의 행각들은 한쪽이 트여서 개방되어 있죠."

왕이 고개를 끄덕였다.

"편복도를 말하는 거구만."

"네. 여기보다 훨씬 개방적인 느낌이죠."

"하지만 지금은 이렇게 할 수밖에 없다?"

호기심을 보이는 왕에게 설명을 이었다.

"원래 생각했던 것은 훨씬 더 복잡합니다. 천정에는 대들보가 있고, 단청을 칠해서 훨씬 더 화려하죠."

"그래? 그럼 그렇게 하지 않고서?"

"그건 3차 공사에서 진행할 겁니다."

"오호. 그래? 왜 그런가?"

"아무래도 다른 나라의 문화이니, 호불호가 갈릴 수밖에 없죠. 이 층은 그 층을 이용하기 전, 한국 전통문화에 대한 일차 적응을 위한 장소라고 할까요?"

"흐음. 그런가? 쿠웨이트에서 반응이 좋았으니, 대번에 그렇게 할 줄 알았더니."

왕의 은근한 물음에 성훈이 머쓱하게 웃었다.

"하하. 모형의 반응이 좋다고 해서, 한 방에 올인할 수는 없죠. 그게 실제 건축에서 성공을 장담하는 건 아니잖아요."

왕이 성훈에게 흐뭇한 미소를 지었다.

"성급한 속단은 하지 않겠다? 신중하군. 성훈."

"한국에는 돌다리도 두드려 건너라는 말이 있습니다."

"그래. 그게 옳지."

고개를 끄덕이던 왕이 기둥을 쓰다듬었다.

"이건 나무에 무슨 처리를 한 건가? 거친 듯 부드러운 데다, 묘한 향이 나는군. 색깔도 좀 짙고 말이야."

자신이 평생을 살았던 곳과 전혀 다른 문화에 왕은 강하게 호기심을 드러내고 있었다.

“예리하십니다. 의부.”

성훈의 칭찬에 왕이 너털웃음을 터뜨렸다.

“허허허. 나를 너무 띄우는군.”

그는 웃음 띤 얼굴로 말을 이었다.

“사막에서는 맡을 수 없는 향이거든. 살짝 씁쓸하면서 톡 쏜다고 할까? 내 맘에 쏙 드는군.”

그의 순백의 토브와 검붉은 나무가 극명한 대비를 이루었다.

‘그런데 묘하게 잘 어울리네.’

“옻칠을 한 겁니다.”

“흠. 옻? 콜타르 비슷한 건가? 그럼 이런 느낌이 안 날 텐데?”

그의 손에 남는 느낌은 끈적함이 아니라, 뽀송뽀송하게 잘 마른 나무의 결이 느껴지는 부드러움이었다.

“옻나무의 진액을 가공해서 나무에 바르는 겁니다.”

“아! 그래서 나무 향 말고 다른 향이 나는 거로군.”

국왕은 크게 숨을 들이쉬며, 입꼬리를 올렸다.

“이 향 때문에 바르는 건가?”

옻의 향은 그리 좋지 못하다. 오히려 강한 축에 속한다. 심하면 역하기도 하다. 물론 시간이 지나면 자연적으로 옅어지지만, 바로 쓰기 위해서는 그 강렬한 냄새를 지우는 다른 방법이 동원되어야 할 정도로.

하지만 충분히 시간을 들인 기둥에서는 그런 강한 향은 나지 않았다.

“아뇨. 기둥의 수명 때문이죠. 잘 건조한 나무에 옻을 칠

하면 습기와 벌레에 강해집니다."
"그렇군."
고개를 끄덕이던 왕의 눈이 다른 곳으로 향했다.
"이건 벽지가 아니로군. 석고도 아닌 것 같은데?"
왕은 연붉은 벽의 부드러움을 손가락으로 즐기고 있었다.
"황토입니다."
"황토? 누런 흙?"
뜨거운 모래만 가득한 사막의 나라에서 황토라니, 생소했던 모양이다.
"네."
"인테리어에 흙을 쓴다고?"
"네. 옛날 한국에서는 집 짓는데 흙을 많이 사용했습니다."
"호오. 그랬군. 그런데 그런 흙이 이 나라에 있던가?"
고개를 갸웃하는 왕에게 성훈이 말했다.
"아뇨. 한국에서 가져왔습니다."
"엥. 굳이 시멘트도 있는데 왜?"
"콘크리트는 건조함의 상징이죠."
왕이 동의하듯, 조용히 고개를 끄덕였다.
"고객은 쉬러 오는데, 몸도 편하게 쉬게 해야죠. 자연 친화적으로요."
"자연 친화? 그런데 왜 황토인가?"
지금은 아니지만, 조만간 황토에 대한 연구 결과가 속속들이 나오고, 황토에 열광하는 붐이 일어날 것이다.
"저는 전문가가 아니라서, 통계나 숫자는 없지만, 황토로

병도 고치고 하거든요."

믿을 수 없다는 듯, 국왕이 헛웃음을 터뜨렸다.

"헛! 이 흙으로 병을 고친다고?"

'벌써 연구 결과가 나왔나? 아니던가?'

가물가물하는 기억을 떠올리며, 성훈이 말을 이었다.

"일단 습도 유지에 좋고, 항균 작용이 있는 데다, 인체의 독소를 없애주거든요."

"그래?"

의외의 답변이라 의문이 들었던 모양이다.

성훈이 설명을 덧붙였다.

"네! 예전에 우리나라에서는 왕과 왕자들을 위한 황토방이 따로 있었다고 합니다. 그곳에서 찜질로 땀을 빼고 나면, 몸속의 노폐물도 함께 빠져나왔거든요."

"오호라. 자네 나라 왕들이 그랬다고?"

"네. 아무래도 격무에 시달리고 스트레스를 많이 받는 직업이다 보니, 잔병치레가 많았겠지요."

"그렇지. 왕이 결코 쉬운 직업은 아니지!"

왕은 격렬히 동의하며 성훈의 말을 기다렸다.

"당뇨에도 좋고, 항암 효과도 있다고 들은 기억이 납니다."

그의 눈이 커다래졌다.

"다, 당뇨에도?"

의심스러운 눈으로 수염을 쓰다듬는 왕에게 성훈이 말했다.

"네. 조선 시대 세종이라는 왕이 황토로 당뇨를 다스렸다고 들었습니다."

"오호……."

탄성을 지르는 왕을 보며 성훈이 눈을 굴렸다.

'혹시 왕이 당뇨인가? 어쨌든 세종대왕이 황토방 썼다는 건 맞잖아.'

체질이 달라 안 통하는 건 몰라도, 사실은 사실이었다.

'그리고 의부! 그 눈빛은 뭐냐고요?'

의혹과 기대가 묘하게 뒤섞인 눈빛!

'이거 이러다가 허풍쟁이가 되겠는걸!'

약을 파는 느낌도 없지 않아 있었지만, 이왕 시작했으면, 끝을 봐야 도든 모든 될 것 아닌가? 전문가가 아니면 어떤가?

성훈도 몸이 피곤해서 한동안 다닌 적이 있었다.

'거기서 땀 한 번 쫙 빼면, 몸이 얼마나 개운해지는지 아는 사람은 다 안다고!'

오죽하면 황토가 만병통치약이라 말하는 신봉자가 생겼겠는가?

'에라이. 몰라!'

성훈은 끝까지 약을 팔기로 했다.

"이 황토에 열을 가하면 원적외선이 나오는데, 그게 그렇게 사람 몸에 좋대요."

눈을 왕방울처럼 크게 뜬 왕이 물었다.

"그 말이 참말인가?"

확신을 강요하는 왕이었지만 성훈은 슬쩍 발을 뺐다.

'이건 백 마디 말보다, 한 번의 체험이 중요하다고!'

직접 해보면, 알겠지!

왕에게 말했다.

"지하에 황토 찜질방 만들어 뒀거든요. 한 번 가셔서 체험해 보세요."

"벌써 만들었다고 한 달밖에 안 되었는데?"

성훈이 어깨를 으쓱하며 말했다.

"네. 하지만 아직 영업은 안 해요."

"왜?"

"장사하려고 만든 게 아니거든요."

호텔 벽체용으로 쓰려고 황토를 들여왔더니, 작업자들이 몰려와 부탁한 적이 있었다.

"팀장님! 추워 디지겄습니다."

그게 사우디아라비아에서 나올 소리냐고?

쓸데없는 소리 말라며 일축하려 했지만, 오십 줄의 나이 지긋한 작업자의 말에는 차마 반박을 할 수 없었다.

"팀장님도 나이 먹어 보쇼! 에어컨 끈다고 선잠 잔다니께!"

내가 그 나이를 먹어 봤어야 알지?

"어떻게 해드릴까요?"

"황토방에서 땀 한 번 빼보는 게 소원입니다."

그러니 무슨 말을 할 수 있겠어? 공간 있으면 만들라고 했지! 그 후 이 주 정도 지났더니, 수영장 탈의실을 개조한, 황토방이 만들어져 있었다.

왕이 물었다.

“그런데도 쓸 수 있다고?”

“네. 쓸 만합니다.”

성훈도 사용해 봤었다.

‘급조한 것치고는, 의외로 꼼꼼하게 잘 만들었다고. 그걸 국왕이 사용하리라는 생각은 하지 못했지만.’

어차피 지금은 한국인 노동자를 제외하고는 사용하는 사람이 아무도 없었다. 더운 중동에서 다시 땀 빼러 들어가라고 하면, 어느 미친 중동인이 그걸 하겠는가?

‘임시로 쓰고 없애려고 했었는데, 의부에게 도움이 된다면 그것도 괜찮지.’

게다가 지금은 모두가 일하는 시간!

누가 있을 리가 없다.

“낮에는 아무도 없으니까, 맘대로 이용하셔도 됩니다.”

왕이 기대에 찬 표정으로 고개를 끄덕였다.

“그러도록 하지.”

왜앵!

전동 톱 돌아가는 소리가 들리며, 한 무리의 사람들이 객실에서 나왔다.

“작업 중이었던 게 맞기는 하구만. 허허.”

“네. 방음이 잘 되어서 문 닫고 안에서 작업하면, 작업하는지 모를 때도 있습니다.”

최 과장이 한 무리의 작업자들을 인솔하다, 성훈의 일행과 눈이 마주쳤다.

긴장한 표정으로 한쪽으로 일렬로 걸어왔다.

성훈이 물었다.

"작업 끝나신 겁니까?"

최 과장이 고개를 숙이며 대답했다.

"네. 이제 배관작업 끝내고, 아래층으로 이동하는 중입니다."

"내장작업은요?"

"재단하고 부착만 하면 됩니다."

"네. 그럼 계속 부탁드립니다."

최 과장이 고개를 재차 숙이고, 일행의 옆으로 소리 없이 지나갔다. 인부들도 긴장한 듯, 꾸벅거리며 옆을 지나갔다.

왕이 고개를 갸웃했다. 현장이니 작업화를 신었을 터!

'딱히 걸음을 조심하지도 않는 것 같은데, 아무런 소리가 나지를 않아? 이 인원이 지나가는데?'

왕은 귀를 의심했지만, 역시나 발소리는 하나도 들리지 않았다.

왕이 궁금해졌던 모양이다.

"성훈, 자네 부하들은 특수부대원들만 모았나?"

"네? 갑자기 그게……."

성훈의 물음에 왕이 피식 웃으며 물었다.

"수십 명이 지나가는데도, 발소리 하나 들리지 않아서 하는 말일세!"

아크람이 뒤돌아보더니 답했다.

"전하, 저들의 신발에 비밀이 있는 것 같군요."

왕도 뒤돌아보더니 성훈에게 물었다.

"인부들 신발에 씌워놓은 게 무엇인고?"

"대리석 바닥에 흠집을 내기 싫어서요. 가죽 보호대를 씌운 겁니다."

작업자들의 소리 없는 걸음을 보며, 왕이 고개를 갸웃했다.

"보통은 그……. 뭐냐? 뭘 종이로 깔지 않더냐?"

일반적으로는 골판지를 사용한다. 보양은 각 공종의 작업을 끝낸 후 가장 먼저 하는 거니까.

"그것도 한 가지 방법이지만, 작업자들의 인식이 바뀌지 않으면 파손되는 건 마찬가지더라고요."

보양재를 몇 겹을 덮었다고 해도, 외부 충격으로부터 완벽한 방어는 되지 않는다. 그저 긁힘을 최소화하기 위한 궁여지책일 뿐! 그리고 이해할 수 없는 현상이지만, 일부의 몰상식한 작업자들은 일부러 흠집을 내고는 다시 보양지를 덮어두기도 한다. 기사들에게 불만이 있는 건지, 아니면 그 공종에 악감정이 있는지는 알 수 없다.

'그런 쓰레기들을 이해하고 싶지도 않고!'

하지만 분명한 것은 작업자들의 의식 수준이 높을수록 보양재는 적게 필요하다는 것이다.

확신하며 말했다.

"모든 파손은 사람으로부터 시작되죠."

왕이 고개를 갸웃하면서 물었다.

"호오. 그래서 아예 방법을 바꾸어버렸다?"

"네!"

아크람이 고개를 끄덕였다.

"그래서……. 현장이 이렇게 깨끗한 거로군요."

국왕이 갸웃하며 물었다.

"그래? 그래도 불편할 것 아닌가? 다시 작업장을 들어갈 때는 어떻게 하고?"

"벗고 들어갑니다."

"저걸 또 벗는다고?"

성훈이 고개를 끄덕였다.

"네. 그렇게 해야 확실히 작업장과 분리가 됩니다. 공간이 아닌, 인식으로 말이죠."

"이 현장 전체에서 모두 다 이렇게 한다고?"

믿지 못하는 그에게 고개를 끄덕였다.

"네, 의부."

"흠."

왕이 걸음을 멈추었다.

턱을 당긴 채, 수염을 쓰다듬었다.

득실을 따져보는 모습이었다.

국왕에게 말했다.

"귀찮을 것 같지만, 이게 더 경제적이고 합리적입니다."

"이게 경제적이라. 이유는 뭔가?"

"보양재를 부착하는 것도 모두 비용이 드는 일입니다."

보양? 예전에는 무엇보다 중시했었다. 하지만 그때는 어쩔 수 없는 선택이었고!

'보양도 전부 돈이라고!'

보양재도 돈이고, 운반비도 돈이라고. 그럼 부착은?

'가서 붙어?'

그러면 알아서 제자리에 붙는가? 기사들은 보양이 잘되었는지를 또 확인하러 가야 한다고!

'이 얼마나 낭비냐고?'

공사 끝난 뒤에는? 뜯고, 확인하고, 버리고!

'보양재로 썼던 것들은 재활용도 어려워!'

깨끗한 골판지도 아니고, 시멘트 가루 잔뜩 묻은 그 골판지를 누가 재활용하냐고? 게다가 버리고 태우는 데도 돈이 든다.

'휴!'

나열하는 것도 힘들 정도로 불필요한 일이다.

'보양하는 순간 쓰레기더미를 예약하는 거라고!'

왕이 고개를 갸웃하며 물었다.

"그럼 보양은 아예 하지 않을 생각인가? 파손이라도 되면, 더 손해가 클 것 같은데?"

"아무리 조심해도 나가는 모서리 부분에는 해야겠지요. 그래도 최소화할 작정입니다."

왕이 눈매를 좁혔다.

"인식의 변화로 현장을 바꾸겠다, 라……."

아크람 또한, 걱정이 되는 모양이었다.

"성훈 님의 의도는 백번 이해가 가지만, 사람의 인식이라는 것이 쉽게 바뀌지 않지요."

하지만 나는 시간이 넉넉했다. 내일을 기약할 수 없는 나이가 아니라, 스물 중반! 올해로 안 되면, 내년에 하고.

'지난 삶처럼 그렇게 갑자기 가지만 않는다면?'

아니!

지난 삶처럼 마흔하나에 죽는다고 해도, 충분해.

'아직 15년이나 남았다구!'

씁쓸하게 웃으며 말했다.

"천천히 바꿔 갈 겁니다. 저는 이게 불가능한 게 아니라는 걸 증명하고 싶습니다."

내게 이 현장은 소중한 실험실이었다.

자재의 불량률은 어디까지 낮출 수 있는지, 인부의 의식 수준은 얼마나 높일 수 있는지, 그리고 현장을 얼마나 깨끗하게 유지할 수 있는지 말이다.

'인부들에게 인건비를 두 배 주는 건 아깝지 않아.'

이로 인해, 불필요한 자재파손이나 쓸모없는 작업이나 청소가 줄어든다면, 그것은 그대로 시간과 비용의 절약이 된다. 자재 불량이 안타까운 것보다, 일에 집중해야 할 작업자가 자재 찾으러 가는 시간이 더 안타까운 거라고.

게다가 이 실험의 결과는 다음 현장에서 나타날 것이다.

난 이 사람들을 그대로 데려갈 거니까. 왜 그리 확신하냐고? 나보다 더 많은 임금을 주는 사람은 없다! 적어도 한국에는…….

'아니. 어떤 놈이 돈을 더 주고 빼가려고 한다면, 난 더 좋은 대우를 해줄 거야! 대신 건축주에게 더 받아내면 되지 뭐.'

조리 과정을 알 수 없는 짜장면, 반대로 오픈된 주방에서 만드는 짜장면이 있다면, 어떤 게 가격이 더 높을지는 금방 알 수 있잖아.

'난 입주자가 언제 확인해도 부끄럽지 않을 현장을 만들 거라고.'

그러기 위해서는 내 방식으로 훈련된 작업자들이 필요하고, 나는 자신이 있었다.

'무슨 수를 쓰든, 이 중에 반 이상은 데려간다.'

나의 마음을 이해한 것인가?

왕이 흐뭇하게 웃으며 말했다.

"어찌 되었든 이거 하나는 확실하군."

아크람이 물었다.

"뭡니까? 전하?"

"난 누가 디자인을 했든지 간에, 시공은 무조건 성훈에게 맡길 거야."

"아!"

"더불어 일절 간섭하지 않겠네."

무결점의 로비로 눈을 돌리며 말을 이었다.

"이렇게 공사를 하는데, 무슨 군소리가 필요할 텐가? 안 그런가? 아크람."

흡족해하는 왕과 눈을 맞추며 그가 대답했다.

"이를 말씀입니까? 100% 신뢰할 수 있으니까요."

국왕의 말에 마음이 따뜻해졌다.

언제나 고민했었다. 아니, 염려했었다.

'이번 삶에서 나는 너무 성공했다고.'

다시 시작할 때, 이런 결과가 나오리라 예상이나 했던가? 그런데 성공하고 나니, 두려움이 밀려왔다.

처음 돌아왔을 때의 초심을 잃은 것은 아닌가? 다른 사람들의 의견을 무시하는 것은 아닌가?

나의 운명 따위는 중요하지 않다.

'고민해 봤자 알 수도 없는데, 뭐가 중요해?'

다만 하나.

후회로 점철되었던 내 인생을, 그 인생을 되풀이하지 않는 것, 그것만이 내 목표였다.

쉬운 일은 없었다. 하늘이 나를 위해 안배해 놓은 듯한 부드러운 성공도 없었다.

'악다구니를 쓰며, 지금까지 달려온 거라고.'

흙수저에서 금수저로 자수성가한 사람들의 자신감, 그것이 지나쳐 교만한 모습.

'그렇게 되지 않기 위해 얼마나 노력했던가?'

스스로 파멸의 구덩이를 파는 행동이 아니던가?

그래서 매일 밤, 독불장군이 되지 않기 위해 거울을 보며 되물었었다.

'나는 지금 잘하고 있는가?'

'후회하지 않을 자신이 있는가? 김성훈!'

내 안의 김성훈은 때로는 질책하며, 때로는 격려했었다.

'하지만 그건 나 자신이었다고.'

돈을 많이 벌었다. 노력의 결과로 내 가치를 인정받았다. 때로는 칭송받았다. 하지만 나는 그런 모든 칭찬, 부러움보다 국왕의 이 말을 듣고 싶었다.

'너라면 믿을 수 있어!'

아직 결과가 나오지도 않았는데, 나를 믿는다는 거잖아. 의부의 말은 몇 년간의 내 인생이, 그리고 내가 한 선택이 틀리지 않았음을 증명하고 있었다.

그리고 확신할 수 있었다. 이 정도 실력자들이 그에 맞는 의식까지 갖춘다면, 얼마나 이상적인 현장이 될 것인가?

'생각만 해도 두근거리지 않아? 게다가 충분히 승산이 있다고!'

그리고 지금까지는 충분히 성공적이었다.

'세계에서 현재건설을 말할 때는 KT팀을 떠올리게 될 거고, KT팀 하면 세계에서 가장 신뢰할 수 있는 건축팀으로 기억할 거라고.'

왕이 뿌듯하게 웃으며 말했다.

"성훈! 계속 안내해 주겠나?"

"그러죠. 이쪽으로."

"오호라. 이것도 처음 보는 문양인걸."

객실로 들어가는 문을 보며 묻는 것이었다.

"아! 이건 한국의 창호를 그대로 문에 붙인 겁니다."

삼각 격자의 연속으로 만들어진 창호였다.

그는 창호지 앞으로 튀어나온 살대를 손으로 만졌다.

"단순한데, 재미있는 문양이구만."

"'세모솟을빗꽃살'입니다. 이것 말고도 많은데, 여러 가지를 섞으면 혼란스러울 것 같아서, 이 층은 이걸로만 했어요."

잠시 후, 그가 물었다.

"어떻게 여는가? 손잡이가 없는데?"

고개를 갸웃하다, 나를 보며 물었다.

"여기는 살대가 없네. 아직 공사가 덜 끝난 모양이야."

그의 말에 웃으며 허리 높이를 가리키며 말했다.

"그 구멍 안에 버튼이 있습니다."

손가락으로 누르자, 미닫이문이 스르르 열렸다.

"오! 미닫이문이었나?"

"네. 자동문이기도 하죠."

왕이 성훈을 보며, 의외라는 표정을 지었다.

"껍데기는 전통식인데, 알맹이는 최신식이구만."

"정신을 이어받는다고 해서, 그게 문명을 거부할 이유는 안 되죠."

왕이 못 이기겠다는 듯, 고개를 흔들며, 객실로 들어섰다.

"기대가 되는군. 어떻게 꾸몄을지 말이야."

"어허. 시원하다."

불가마에 장작을 던져넣던, 국왕의 입에서 나온 나른한 감탄사였다. 처음으로 경험해 보는 찜질이었지만, 몸에 잘 받는 모양인지 왕은 점점 수위를 높였고, 정신을 차려보니 불가마 앞에 있었다.

"어허! 이런 좋은 게 있었다니 말이야. 녀석이 말한 '이열치열'이라는 게 이거였군."

그는 성훈이 가르쳐 준 대로 양반다리를 하고는 연신 탄성을 토하다가 밖으로 고함을 질렀다.

"알리, 아크람, 안으로 들어오라."

그리고 중얼거렸다.

"이렇게 좋은 걸 나 혼자 즐기다니, 안 될 말이지."

한편, 혀를 빼물고 땀을 식히던 알리와 아크람은 부름에 당황한 기색이 역력했다.

"부왕! 벌써 오 분이나 들어가 계십니다."

"그러하옵니다. 전하. 옥체를 생각하시어……."

뜨거워서 들어오기 싫어하는 변명임이 뻔한데, 거기 넘어갈 국왕이던가?

"그럼 내가 나가랴? 할 말이 있느니라!"

마지못해 아크람이 불가마의 문을 열었다. 훅하니 다가오는 뜨거운 열기에 그의 가슴이 턱 막혔다. 타오르는 장작 앞에 왕이 찜질복 차림으로 지긋하게 눈을 감고 있었다.

"이리와 앉게나."

"네. 전하."

"알리는?"

"물 한 바가지 끼얹고 오겠답니다."

왕이 혀를 찼다.

"녀석. 고작 이런 온기를 못 참아서……."

아크람이 문 쪽을 돌아보며, 인상을 찡그렸다.

'이게 어떻게 온기입니까? 열기지요!'

눈을 감은 왕이 근엄한 목소리로 말했다.

"이리 오게나. 어찌 그리 오늘은 멀리 앉는가?"

"신은……."

왕이 방바닥을 탁탁 치며 말했다.

"어허. 이리 오래도!"

엉덩이를 질질 끌며, 마지못해 왕에게 다가갔다.

그의 생애 처음으로 왕에게 불경을 저질렀다.

"아크람? 오늘 어떻던가?"

아크람이 땀을 비 오듯 흘리며 답했다.

"재미있는 경험이었지요. 전하께서도 즐거우신 것 같아 좋았습니다."

"그게 아니라, 자네 느낌이 어떻더냐고 묻는 거 아닌가?"

"연유를 여쭤도 되겠습니까?"

왕이 크게 헛기침을 했다.

"커흠. 이제 알리도 어느 정도 자리를 잡았고……."

"……."

"궁을 녀석에게 맡겨도 되지 않겠냐는 말이지."

마침 들어오던 알리가 부리나케 달려왔다.

"부왕, 소자는 아직……."

호들갑 떠는 알리에게 장작을 건네며 말했다.

"이거나 넣어라."

"부왕! 불길이 천장에 닿을 듯합니다."

"넣으래도."

눈물인지 땀인지 모를 물기를 흘리며, 알리가 울상을 지었다.

"어차피 알리, 네가 이어받을 궁이다. 나는 거처를 옮기련다."

"하지만 왕궁에 부왕이 안 계시면……."

"얼마 남지도 않은 인생, 궁에서만 보내기는 내 삶이 짧구나."

"부왕."

"누가 죽는다더냐?

"그럼 어디로……."

"성훈이 녀석이 마지막으로 소개한 그 객실이 나는 참 마음에 들더구나."

"네? 그 바닥에 앉는 데 말씀이십니까?"

왕이 객실을 떠올리며 미소를 지었다.

"그래. 그리고……. 이 불가마라는 것도 쓸 만하고 말이다."

왕은 팔뚝의 땀을 죽죽 밀어 바닥에 뿌렸다.

"이거 보거라. 육수가 줄줄 흐르지 않느냐? 몸이 날아갈 듯 가볍구나."

"성훈에게 궁에다가 이걸 하나 만들어 달라……."

왕이 손을 들어 알리의 말을 막았다.

"알리, 네 생각에는 성훈이 녀석에게 그 객실을 내 전용으로 내어달라고 줄 것 같으냐?"

알리가 입술을 내밀며, 대뜸 고개를 저었다.

"녀석이 제 손에 들어간 걸 내놓을 놈입니까?"

"네 생각에도 그렇지? 아크람 자네는?"

"소신의 생각도 그러하옵니다."

왕이 고심에 잠겼다.

"그렇다고 궁에다가 그걸 설치할 수도 없는 노릇이고. 안 그런가?"

고민하는 왕에게 아크람이 말했다.

"전하, 곽 이사를 부르심이 어떠할는지요?"

"곽 이사?"

"네. 아무래도 우리 중에 성훈 님을 가장 잘 아는 사람은 곽 이사가 아닐는지요."

"옳은 말이로다. 부르도록 하라."

다음 날 아침, KT팀장실 앞!

"아크람, 곽 이사가 잘하고 있을까?"

"전하, 너무 염려하지 않으셔도 될 것 같습니다. 곽 이사가 이미 분위기를 만들고 있을 테니 말입니다."

"그 친구 믿을 만한가? 내 보기에는 고기 굽는 거 말고는 딱히 믿음이……."

아크람이 빙긋이 미소 지었다.

"어제 듣지 않으셨사옵니까? 그 사람만큼 성훈에 대해서 속속들이 아는 자가 또 있겠습니까?"

"크흠. 그렇기야 하지만……."

알리가 진지한 표정으로 말했다.

"제가 있지 않습니까? 부왕."

확신의 말이었지만, 왕이 석연찮은 표정이었다.

"너라서 더더욱 믿음이 가지 않는구나!"

"네? 그게 무슨 말씀이십니까? 저 아버님 아들 알리입니다. 알리!"

항변하는 그에게 국왕이 혀를 찼다.

"쯧쯧. 녀석하고 엉켜서 네 녀석이 이긴 적이 한 번이라도 있었더냐? 압둘 하고 둘이 쌍으로 성훈에게 휘둘린 녀석이!"

곽 이사가 말했던 알리와 성훈의 첫 만남을 이야기하는 것이었다.

"커헉! 부왕. 그게 언제 적 일인데……."

억울한 표정으로 말을 이었다.

"그래도 저는 우리 가문의 문장을 얻었습니다."

"내가 보기엔 불쌍해서 만들어준 것 같더만."

알리가 고개를 세우며 대꾸했다.

"그거나 저거나! 압둘 녀석은 아무것도 못 얻었습니다."

"압둘은 문장 대신, 성훈이라는 친구를 얻었지!"

"커흠. 커흠! 곽 이사, 그 친구 참! 쓸데없는 말을 해서는……."

뺄쭘해하는 알리에게 왕이 말을 이었다.

"쯧쯧. 호텔 하나를 통째로 주는 것도 모자라서, 대출금에…… 공사비까지……."

알리는 억울한 표정으로 반박했다.

"부왕! 대출금은 부왕께서……."

찔리는 게 있었던 왕이 말을 잘랐다.

"이제 그 이야기는 그만하자꾸나."

중간에 말이 잘린 알리가 고개를 돌리며 똥 씹은 표정을 지었다.

"어쨌건 저만 믿으십시오. 부왕!"

"그래. 너만 믿는다. 들어가자꾸나."

아크람이 사무실 문을 열었다.

왕의 방문에 성훈이 일어나며 인사를 건넸다.

"의부, 어서 오십시오. 알리, 아크람도."

그러고는 곽 이사에게 말을 이었다.

"이사님, 차 좀."

"네. 쌍화차로 달달하게 올리겠습니다."

왕이 눈으로 재촉했다.

'아크람, 어찌 되었는지 알아보게나.'

아크람이 웃으며 앞으로 나섰다.

"말씀들 나누시지요. 제가 곽 이사를 돕도록 하겠습니다."

성훈이 눈인사로 고마움을 전했다.

"감사합니다, 집사님."

그리고 상석을 가리키며 말했다.

"의부, 앉으시지요. 알리도요."

"커흠. 고맙구나."

왕이 자리에 앉자, 성훈이 물었다.

“얘기를 들어보니, 어제 곽 이사와 같이 황토방에서 시간을 보내셨다면서요? 어떠셨는지요?”

왕이 너털웃음을 터뜨렸다.

“좋더구나! 아주 좋아.”

“그런 것 같아 다행입니다. 혈색이 좋아지셨습니다.”

성훈의 말처럼 왕의 안색은 어제보다 좋아 보였고, 몸도 한층 가벼워져 있었다.

왕이 웃음 가득한 얼굴로 말을 이었다.

“그래. 그래. 그리 좋은 걸 왜 이제 알았나 싶더구나. 이 뜨거운 나라에서 장작을 때며, 땀을 빼다니, 내 평생 한 번도 생각해 보지 못한 경험이었다.”

“저도 부르시지 그러셨어요. 하하.”

왕이 뜨끔한 눈으로 성훈을 흘겼다.

‘요 녀석아! 당사자를 데리고, 계획을 짤 수는 없잖느냐?’

아크람이 왕에게 차를 대령했다.

눈앞에 차를 내려놓는 아크람에게 왕이 작게 소곤거렸다.

‘뭐라던가?’

‘말은 했다는데, 아직 확답은 듣지 못했답니다.’

‘에잉!’

‘하지만 잘 이야기했답니다.’

국왕의 눈초리에 곽 이사가 머쓱한 표정으로 웃으며 고개를 슬쩍 돌렸다.

‘왕 체면에 직접 말할 수도 없고!’

천상 그가 믿을 사람은 알리뿐이었다.

왕이 헛기침하며 알리에게 눈짓했다.
“크흠.”
왕의 재촉에 알리가 입을 열었다.
“험. 성훈. 부탁할 것이 있어서 들렀네.”
성훈이 웃으며 말했다.
“네. 들었습니다.”
“그래서 말인데…… 어떻게…….”
“해드릴게요.”
“그렇지. 그러니까 어떤 대가를…….”
성훈이 재차 대답했다.
“그냥 만들어 드리겠다니까요.”
“예를 들면…… 뭐? 진짜?”
눈이 휘둥그레진 알리가 왕을 쳐다보았다.
‘이게 무슨 일입니까?’
왕도 마찬가지 표정!
‘난들 아냐?’
아크람이 흐뭇한 눈으로 왕과 눈을 맞췄다.
‘곽 이사가 해냈군요!’
‘그러게…… 기대도 안 했는데…….’
성훈이 웃으며 말을 이었다.
“곽 이사 덕분에 깨달을 수 있었습니다.”
얼떨결에 왕이 물었다.
“엉? 뭘 말이냐?”
말을 하고는 왕이 뜨끔 놀랐다.

'내가 녀석과 이리 친밀했던가?'

하지만 감정의 변화란 순식간에 일어난다는 것을 간과한 것이다. 함께 황토방에 들어간 것은 아니었지만, 양아들의 마음을 느꼈고, 마음의 거리는 좀 더 가까워져 있었다. 자각하지 못하는 새, 말투가 변했던 것 같다.

성훈도 별로 신경 쓰지 않는 듯, 말을 이었다. 아니, 오히려 자연스러워 보였다.

"제가 생각이 짧았더라고요."

"엉?"

삐딱하니 성훈을 바라본 왕이, 진지한 표정의 성훈에게 어이없다는 표정으로 말을 이었다.

"새, 생각이 짧아? 성훈이, 네가?"

그러고는 바로 알리에게로 얼굴을 돌렸다. 아주 심각한 표정으로 말이다.

'성훈이 뭐, 잘못 먹었냐?'

알리는 '반드시 부왕의 의지를 관철하여, 성훈에게 이겼다고 인정받고야 말리라'며 각오를 다지고 있었는데, 이게 무슨 일이란 말인가?

각오고 나발이고, 아무 소용이 없어져 버렸다. 허탈해진 알리는 머쓱한 듯, 뒤통수만 긁고 있었다.

'그걸 저라고 알겠습니까? 부왕!'

허탈한 웃음만 흘릴 뿐이었다.

하는 건 하는 거고, 이유는 알아야 하지 않겠나?

'왜 이러는지 도저히 상상이 되지 않는다는 말이지. 이걸

기회로 뭔가 요구를 할 수도 있는데 말이지.'

여간 성훈답지 않은 행동이었다. 성훈을 가장 잘 아는 곽이사조차도 입을 헤 벌리고 있었다.

'믿기지가 않아서 그런 거겠지.'

왕이 물었다.

"왜 갑자기 그런 심경의 변화가 생겼누?"

"아들이 아버지께 해드리는 겁니다. 무슨 이유가 필요하겠습니까?"

예상치 못했던 말에 놀란 왕은 잠시 입술을 오므렸다. 심각한 왕의 표정에 사무실에 정적이 찾아왔다.

한참 수염을 쓰다듬던 왕이 말문을 열었다.

"그렇군. 자식이 부모에게 하는 것에 무슨 이유가 있겠나?"

부모가 자식에게 주는 것에 이유가 없듯, 반대의 관계 또한 동일해야 하는 것이 아닐까?

'누가 정했나? 부모만 조건 없는 사랑을 베풀어야 한다고?'

성훈이 말했다.

"어제 그렇게 흡족해하시는 걸 보고, 먼저 여쭤봤어야 하는데, 제가 미처 생각지 못했습니다. 죄송합니다."

성훈이 정중하게 고개를 숙였다.

'받은 만큼 돌려준다.'

이렇게 생각하며 살아왔다. 하지만 왕의 경우는 달랐다. 돌려주려 해도, 세상에 존재하지 않으면 이미 늦은 것이 된다. 나중에 땅을 치며 후회한들, 무슨 소용이 있으랴! 빚지고 갚지 못하면, 그것보다 억울한 것이 어디 있겠는가?

'선한 빚이든, 악한 빚이든, 무슨 상관이야?'

갚지 못하면, 평생을 가슴에 안고 살아가야 한다. 게다가 나를 아들처럼 믿어주는 국왕이다.

'아니, 오히려 알리보다 날 더 예뻐하신다고!'

그런 분께 은혜를 갚을 기회가 생겼는데, 어찌 대가를 요구할 수 있냐고? 돈의 문제가 아님에도, 그걸 떠올리지 않을 수가 없다. 지금 내 통장에는 오천억이 넘는 숫자가 찍혀 있다. 지난 2년간 일하고 굴려서 만든 돈이었다.

사용해 본 적이 없으니, 내 통장에는 지출 내역을 보기 어렵다.

눈덩이처럼 불어서 5천억이 되었지만, 그 2년의 세월이 무색할 정도의 선물을 주신 분이 국왕이었다.

'그걸 단숨에 선물하신 분이라고!'

세상 어느 누가 그런 짓을 하는가?

피 한 방울 섞이지 않았는데!

'알리와 거래를 해서 뜯어내었든, 대출금을 갚아주었든, 그건 중요하지 않다고!'

애초에 국왕이 그 이야기를 꺼내지 않았다면, 리야드 호텔은 절대 내 것이 될 수 없었을 것이다.

'그가 내게 금전적 이득을 바라지 않는데, 내가 그럴 수 있어?'

그에게 돈을 바라고, 거래를 청하면, 그건 인간도 아니지! 암!

사실 곽 이사의 말을 들었을 때, 바로 이런 생각을 했었다.

'오호! 기회가 되겠는데?'

내 통장의 숫자를 늘릴 기회! 돈이 부족한 왕이 아니니, 밀당만 잘하면 또다시 수억을 뜯어낼 기회임이 분명했다. 하지만 왕을 맞이하고 그의 밝아진 얼굴을 보면서 생각을 바꾸었다.

'훗! 평생 쓰지도 않을 돈. 그 숫자를 늘려서 무얼 하게?'

고작 황토방 하나에 저렇게 기뻐하는 분인데? 내가 지금! 돈이 부족해? 밥을 굶어? 내가 언제부터 돈을 벌기 위해 일을 했지? 그러고는 속으로 가슴을 쓸어내렸다.

'부질없는 욕심 때문에 나, 김성훈이 인간쓰레기가 될 뻔했다고!'

내가 만약 왕에게 거래를 걸었다면, 내 안의 김성훈은 나를 욕했을 것이다.

'너 같은 놈이 무슨 건축을 해! 뭐, 투명한 건축? 지랄하네. 개가 웃겠다. 개보다 못한 놈아!' 하면서 말이다.

왕의 웃는 얼굴을 보면서 감사했다.

'받은 빚, 조금이라도 갚을 기회를 줘서, 감사합니다. 아버지.'

다른 사람은 몰라도, 국왕은 거래의 대상이 아니었다. 적어도 인간 김성훈에게는!

왕은 아직도 수염을 쓰다듬고 있었다.

'마음은 이미 전했어.'

이제는 구체적인 사안을 이야기해야 할 때였다.

"어떤 객실이 마음에 드시던가요?"

딴생각에 빠져 있던 왕이 이제는 식어버린 쌍화차를 후르릅 들이켰다.

"아! 나는 다 마음에 들었지만, 그 퓨전 말고, 정통 한국식이 마음에 들더구나.”

“네. 그러셨군요. 그럼…… 음…….”

고민하던 성훈이 말을 이었다.

“아예 한 층을 터버리죠?”

곽 이사가 놀라서 되물었다.

“아예 한 층을 통째로 말입니까?”

“국왕의 품격에 어울리려면 그 정도는 돼야죠.”

성훈의 배포에 곽 이사의 눈이 커졌다.

하지만 그 말이 끝이 아니었다.

“옥상의 수정 불가한 부분을 제외하고, 몽땅 합쳐서 정원을 만듭시다. 연못도 만들고, 누각 하나 세우고 말이죠.”

“네? 연못에 누각…….”

“대목장 어르신이 언제쯤 오신다고 했죠?”

“네. 이 차분 물량이 들어올 때 오실 예정이었습니다.”

“그럼 한 달이나 기다려야 하는 거네요.”

곽 이사가 머리를 조아렸다.

“네. 그렇지요.”

“지금 연락 넣어서, 바로 오실 수 있게 조치하세요. 생각난 김에 바로 해버리죠.”

“그분은 한국에서도 아직 할 일이…….”

“그 어르신 안 계셔도 할 사람 천지예요. 자리가 사람을 만드는 거니까.”

성훈이 말을 이었다.

“하지만 이건 대목장이 아니면 안 된다고요.”

단호한 명령에 누가 반박을 할 것인가?
"네. 바로 조치하겠습니다."
성훈이 왕에게 말했다.
"대목장이 오면, 디자인해서 보여드리도록 하겠습니다."
순식간에 왕의 거처와 정원에 대한 계획이 마무리되었다.
멍하니 듣고 있던 왕이 고개를 끄덕였다.
"으, 응. 그러도록 하자꾸나."
성훈이 입꼬리를 올리며 미소 지었다.
"마음에 드시게 나오면 좋을 텐데 말입니다."
왕은 성훈을 보며 흡족하게 웃었다.
"누가 만드는 건데, 마음에 들지 않겠느냐?"
둘의 모습에 알리와 아크람도 기분 좋은 웃음을 지었다.
차를 다 마신 왕이 잔을 내려놓았다.
"내 생전 이렇게 맛있는 차는 처음이었느니라."
흡족하게 웃으며 말을 이었다.
"성훈아."
"네. 의부."
"네 부친께서 돌아가셨다고 했던가?"
"네."
성훈의 대답에 왕이 조용히 고개를 끄덕였다.
"흠. 그런가?"
잠시 후, 왕이 말을 이었다.
"곤란한 일이 있으면 말을 하라고 하려 해도, 네 녀석을 보니, 그런 일이 생길 것 같지 않구나."

"그럴 리가 있겠습니까?"
"설령 그럴 일이 있다손 쳐도, 알리 녀석과 먼저 의논하겠지. 어디 내 차례가 돌아오겠느냐?"
성훈이 알리를 마주 보며 머쓱하게 미소 지었다.
"하하."
"잘난 아들을 둔 것도 씁쓸하기 그지없구나. 허나……."
"말씀하십시오. 경청하겠습니다."
왕이 피식 웃으며 말을 이었다.
"그 '의부'라는 말이 내심 걸리는구나."
무슨 말을 하려는 것인가?
미소를 머금은 왕이 말을 이었다.
"앞으로는 나를 아버지라 부르도록 하라."
"허나. 의……."
"그 정도 부탁은 들어줄 수 있겠지."
대답을 들을 생각은 애초에 없었던지, 그 말을 끝으로 왕은 일어섰다.
"구체적인 사안은 아들놈들끼리 의논하라 하고. 아크람, 일어나지."
아크람도 기분 좋게 웃으며 왕의 팔을 부축했다.
"그러시지요. 전하."
문을 나서며 왕이 말했다.
"아크람! 같이 황토방이나 가는 게 어떤가?"
아크람이 뜨끔하여 걸음을 멈추었다.
"전하, 좋은 것도 너무 자주……."

"이건 부탁이 아니라, 명령이라네."

"크흑. 네. 전하."

樹欲靜而風不止(수욕정이풍부지)

子欲養而親不待(자욕양이친부대)

이 말을 해석하자면, '나무는 고요하고자 하나 바람은 그치지 않으며, 자식은 봉양하고자 하나 부모는 기다려주지 않는다'라는 말이다.

말이 나온 다음 날, 대목장이 도착하기가 무섭게, 설계부터 국왕의 허락, 그 후의 공사까지 일사천리로 진행되었다.

과장을 약간 섞는다면, 번갯불에 콩 볶아먹을 기세의 신속한 진행이었다.

'다른 공사들을 약간 미룬다고 해도, 이것만큼은 반드시 선행해야 한다고!'

성훈의 독려 아래, 3개월 만에 왕의 거처가 완성되었다.

알리가 왜 이렇게 서두르냐고 물었을 때, 성훈이 했던 말이 '기다려 주지 않는다'였다.

왕이 살아계실 때, 내 작품들을 누리고 가야 한다고.

'적어도 내 마음에 빚을 남기고 싶지는 않거든!'

그리고 옥상에 정원 공사를 시작했을 때, 성훈은 서두르지 않았다.

이유가 궁금해진 알리가 물었었다.

"성훈, 저번에는 그리 서두르더니, 왜 이번에는 이리 느긋한 거야?"

성훈이 어깨를 으쓱하며 대답했다.

"아무리 봐도, 오 년 내로는 돌아가실 것 같지 않은데요."

아이러니하지만, 성훈의 말처럼 왕은 점점 건강해져 갔다. 후덕했던 배는 자취를 감추었고, 피부는 팽팽해졌으며, 당뇨 때문에 달고 살던 약은 내팽개친 지 오래였다.

그 때문에 주치의는 왕에게 '이런 돌팔이 같으니라고!'라는 모욕적인 말을 들었다.

아크람의 부축을 받아야 할 만큼 불편했던 거동은 지팡이를 내던져 버릴 정도가 되었다.

괄목상대라 했던가? 그 말이 가장 어울리는 사람이 바로 국왕이었다. 하루가 멀다고, 황토방을 들락날락한 노력의 결과였다.

언젠가 빨리 정원을 보고 싶었던 왕이 앓는 소리를 했다.

"아이고. 허리야. 죽을 날이 머지않았구나."

꼿꼿이 허리를 세우고 말했으니, 그 말이 얼마나 설득력이 있었으랴!

성훈의 핀잔만 들었을 뿐이었다.

"흥! 이제는 지팡이 없이도 잘도 다니시면서, 무슨 허리 타령을 하세요?"

왕이라고 할 말이 없으랴!

"녀석아! 내 이리 늙었으니, 언제 갈지 어찌 아느냐? 그 전에

네 녀석이 만든 정원을 한 번이라도 거닐어야 할 것 아니냐?"

성훈이 심드렁하게 대꾸했다.

"흥! 가는 데 순서가 어디 있어요? 저도 언제 죽을지 모르니, 얼른 호텔 개장해서 돈 벌어야죠."

왕이 귀를 후비며 대꾸했다.

"자식이 부모에게 주는 게 무슨 대가가 필요하냐는 대견스러운 말을 예전에 어떤 아들놈이 한 것 같은데?"

"대가도 없이 하는데, 재촉하는 건 도리가 아닙니다. 아버지!"

국왕이 투덜거렸지만, 더 어쩌랴!

'선물 받는 입장에서 재촉하는 것도 체면 상하는 일이지'라고 하며 입을 닫았다.

대신 아크람을 닦달하여, '호텔 공사 끝나기 전에 정원도 완성하겠다'는 성훈의 약속을 받아낸 건 그로부터 한 달이나 지난 후의 일이었다.

2차 공사를 진행하며, 1차 공사가 끝난 객실을 개장했다.

한 달이 지났을 때, 지배인에게 물었다.

"새로 개장한 1차분 객실 상황이 어떻게 되나요?"

아직 공사하지 않은 객실은 전월과 별 차이가 없을 것이고, 내 관심사는 새로 디자인한 객실의 흥행 여부였다.

'긴장되는데?'

질문에 지배인이 답했다.

"새로운 객실의 회전율은 70%였습니다."
"호오. 70%라고요?"
자연히 얼굴이 펴질 수밖에.
첫 개장이었고, 홍보하는 기간도 있었으니, 30%만 되어도 완전히 선전했다 예상했는데, 70%라니!
환하게 웃으며 물었다.
"오! 생각보다 반응이 좋은데요?"
"네. 아주 반응이 좋습니다. 이 정도면 대성공이라 할 수 있지요. 축하드립니다."
만족스러운 미소를 보이며 물었다.
"지배인이 잘해 주신 덕분이죠. 그런데 예약 상황은 어떻게 되나요?"
지금의 결과도 충분히 좋은 성과였지만, 오늘만 장사할 것은 아니기에, 당연한 물음이었다.
지배인이 뿌듯한 미소로 답했다.
"네. 일 년간 예약이 꽉 차 있습니다."
그의 대답에 고개를 갸웃하며 물었다.
"일 년간 예약이 꽉 찼다고요? 우리가 잡지와 신문 말고, 따로 홍보한 게 있었나요?"
좋아도 결과가 너무 좋잖아!
'50%만 예약이 되어도 만족했을 텐데, 뭐! 100%? 그것도 일 년 치가 몽땅?'
"아뇨. 없었습니다."
"그런데도 이렇게 성과가 좋다고?"

누가 장난이라도 치지 않는 이상, 이런 일이 생길 수 있느냐고?

"예약금의 입금 상황은요?"

'아무리 예약을 많이 해도, 나중에 취소해 버리면 그만이라고.'

하지만 돈을 입금했다고 하면, 이야기가 다르지. 입금 예약은 어느 정도는 떼일 각오를 해야 하고, 그게 부담이 되어서라도 취소하지 않을 테니 말이다.

'돈이 떼일 걸 각오하고, 장난치는 미친놈은 없을 테니까!'

의외의 답이 들려왔다.

"지금의 고객들 전부, 일 년 치 숙박비를 완불하셨습니다."

화들짝 놀라서 물었다.

"네? 일 년 치를 몽땅?"

제일 작은 객실의 숙박비가 500달러라고!

한 객실 당 한 달에 15,000달러, 일 년이면 18만 달러였다.

"그렇습니다."

'원인 없는 결과는 없지!'

팔짱을 끼고는 입술을 씰룩이며 물었다.

"객실 300개가 다요?"

"네, 그렇습니다."

"인당 객실 하나씩 잡은 거죠? 일 년짜리로?"

"네. 맞습니다."

심각한 표정으로 말했다.

"그 고객들 리스트 가져와 봐요!"

미간을 찌푸리며 말했다.

"여기 알리라는 사람은, 제가 아는 그 알리죠?"

지배인이 웃으며 말했다.

"네, 맞습니다. 왕세자 전하께서도 객실 하나를 일 년 동안 예약하셨습니다."

"흠……."

고객 리스트를 보는 내내, 미간의 주름이 점점 깊어졌다.

"자세히 보니, 이거 죄다 왕족이네요."

"흠. 거의 그렇습니다."

"이건 예상 밖인데, 이유가 뭔가요?"

나보다 먼저 리스트를 봤을 것이고, 직접 접객을 했을 테니, 그라면 대략적인 이유를 추측하고 있으리라 생각했다.

이내 대답이 나왔다.

"확실하지는 않습니다만……."

눈썹을 으쓱이며 재촉했다.

"왕세자 전하께서 정권을 이어받으셨다고는 하나……."

"하나……?"

"아직은 중대한 일에서 국왕 전하의 조언과 재가가 필요할 겁니다."

충분히 납득이 가는 이유였다. 왕의 몸이 안 좋은 관계로 알리에게 모든 것을 넘겼다고 해도, 그건 거동이 불편할 때의 이야기. 지금처럼 왕이 팔팔하게 돌아다니시니, 이른바 상왕과 뭐가 다르랴?

당연히 왕의 발언이 많은 비중을 차지할 터였다.

"그래서요?"

"어차피 국왕께 보고해야 한다면, 전하의 근처에서 모든 일을 처리하자는 것이 아닐까요?"

그동안 호텔 로비에 왕족들만 득실거렸던 것이 이해가 되었다.

'왕을 만나러 온 줄만 알았지. 그게 다 고객이었을 줄이야.'

효도한답시고, 호텔에 국왕의 거처를 마련했었다.

오래 사시면 좋지만, 그렇지 못하다고 해도 내 도리를 다하기 위해서 말이다.

'이런 결과를 바란 건 아니었다고!'

국정은 왕궁에서 처리하라고!

예상치 못한 결과에 처음에는 황당함이, 종내에는 짜증이 올라왔다. 하지만 지배인에게 화를 낼 문제가 아니었다.

'이건 내 문제라고!'

또한, 지배인이 이해할 수 있는 것도 아니다. 그는 매출만 올리고, 관리해도 그의 역할을 다하는 거니까!

황당함은 둘째치고, 왜 이렇게 짜증이 나냐고?

'고객이 마음에 안 들어서지. 무슨 이유가 있겠어?'

고객을 차별하냐고?

'그건 별개고, 이건 내 의도와 전혀 다르거든!'

오라는 고객은 오지도 않고!

아니지.

이것들이 버티고 있으니, 올 수도 없겠네!

'내 목적은 세계에 이런 디자인도 있다고 자랑하고 홍보하

는 거라고. 거기서 이익을 창출하고, 건축가로서의 내 이름을 알리는 거였거든!'

호텔 주인 김성훈이 아니라, 건축가 김성훈이 목표라고!

'이런 상황인데 어떻게 짜증이 안 나겠어?'

이 돈밖에 없는 것들이 떡하니 버티고 안 나가면, 내가 이런 디자인을 만들었다고 누가 알겠어?

매출을 올려주는데, 너무 한 거 아니냐고?

'당장이야 좋겠지. 만약 국왕이 돌아가시면?'

이것들이 줄줄이 빠져나가고 나면, 그때 또 홍보하라고?

5년 더 사신다고 하면? 그 시간이면 낡을 대로 낡는다고! 내 디자인이라고 유행을 타지 않겠어? 나는 지금 현재의 시류를 노린 거라고! 나중에는 또 그 시기에 맞는 디자인을 만들어야 하고!

이건 이것 나름대로 가치를 가지겠지만, 구시대의 유물이 될 뿐이리라……. 내 디자인이 알려지지 못하고 낡아가는 동안, 한국의 경쟁자들은 다른 디자인을 내놓을 것이다.

'여기서 확실하게 선두주자의 위치를 확립해야 하는데, 저 놈들이 떡하니 버티고 있으면, 어떻게 자랑을 하고 홍보를 하느냐고!'

'죽 쒀서 개 줄 수는 없지.'

가슴앓이만 앓고 있으면 김성훈이 아니지!

책상을 탕 치며, 의자에서 일어섰다.

"왜! 저것들은 정치를 궁에서 안 하고 여기서 설레발을 치는 거야?"

"사장님, 이 나라에서 왕족을 모욕하시면……."
나도 모르게 인상을 구겼다.
'이 나라 사람들한테나 왕족이지, 난 대한민국 국민이라고!'
"욕한 것도 아니라고요."
명단을 돌돌 말아 책상을 탁탁 쳤다.
"이 바퀴벌레 같은 것들을 어떻게 쫓아내지."
지금부터 내게 왕족들은 고객이 아니라, 어떻게든 쫓아내야 할 바퀴벌레였다. 아무 도움도 안 되는 것들, 그중에 왕바퀴벌레는 알리 이 인간!
'당신이 떡하니 있으니까, 줄줄이 사탕으로 붙는 거 아니야!'
지배인이 당황해서 말을 더듬었다.
"사장님, 그걸 제게 말씀하셔도……."
그의 일은 고객 유치와 관리였다.
하지만 고객은 항상 만원이니, 당장 고객 관리만 해도 그는 다른 생각을 할 틈이 없을 터! 게다가 전부 왕족!
지배인을 보며 말을 이었다.
"국왕이 건재한 이상, 계속 눌러앉아 있겠죠?"
그가 어깨를 으쓱하며 답했다.
"그렇지 않겠습니까?"
이대로 가다간 왕족 전용 숙박소가 되어 버릴 판이었다. 돈이 마르지 않으니, 아까워하지도 않을 거고!
'이것들이 진짜! 남의 장사를 망치려고!'
"다 쫓아내죠!"
지배인의 눈이 동그래졌다.

"네?"

"당장 가서 알리한테 말해요. 나가라고!"

지배인의 안색이 새파래졌다.

'아차!'

쫓아내야 하는 상대가 그의 전 고용주인 데다, 이 나라의 이인자였다.

'그런 사람을 지배인에게 쫓아내라고 하다니!'

"아니! 제가 직접 가서 해결하죠."

그리고 문을 나서며, 지배인에게 말을 이었다.

"당분간 새 객실에 고객이 없어도 문책하지 않을 테니, 매출에는 너무 신경 쓰지 마세요."

문을 나서려는 내게 지배인이 조용히 물었다.

"사장님, 혹시 어찌 처리하실 요량이신지 여쭤도 되겠습니까?"

"왜요? 능력 안 될까 봐서요?"

내 찡그린 얼굴에도, 그는 보조개를 만들며 고개 저었다.

"설마 그럴 리가 있습니까? 국왕의 총애를 한 몸에 받으시는 분인데 말입니다."

그리고 천천히 말을 이었다.

"말씀하신 대로 다 쫓아버릴 생각이시겠지요?"

"네!"

"아마 사장님께서 그걸 원하신다면, 왕세자 전하께서는 양보하실 겁니다."

그의 눈을 바라보며 고개를 끄덕였다.

'안 되면 땡깡이라도 부릴 거라고!'

불가능하다는 생각은 애초에 하지 않았다.

'명분이 왜 필요해? 내가 사장이라고!'

내가 안 팔겠다는데, 제깟 것들이 어쩔 거야!

"하지만 저는 생각이 다릅니다. 아니! 그래서는 안 된다고 생각합니다."

이 고지식한 양반이 반대할 거라고는 생각도 못 해봤는걸!

의외의 반박이었다.

'이유가 있겠지. 적어도 그는 나보다 호텔에 관해서는 전문가일 테니까.'

하지만 내 의견에 대놓고 반대를 하니, 기분이 좋을 리 없었다. 마뜩잖은 표정으로 물었다.

"왜요? 왜 안 되는데요?"

지배인이 차분하게 말을 이었다.

"그건 호텔의 목적에 어울리지 않으니까요."

"어울리지 않는다고요?"

내 물음에 그가 차분하게 말을 이었다.

"네. 사장님의 의도가 무엇인지 저는 모르고, 이 호텔은 사장님의 소유이시니, 결정하시는 바에는 따를 수밖에 없습니다."

무슨 말을 하고자 하는 것인가?

그의 눈을 직시했다.

"하지만 저는 이 호텔을 포함하여, 이쪽 계통에서만 수십 년간 잔뼈가 굵은 사람입니다."

"네. 그거야……."

"고객이 사장님의 의중과 부합하지 않는지는 모르지만, 호텔은 고객의 휴식을 제공하는 곳입니다. 그 고객들은 그 목적에 어긋나지 않습니다."

그의 말은 정석이었다. 맞는 말을 하는데, 어깃장을 부릴 수는 없었다.

'그럼 나는?'

맞는 말이기는 하지만, 대응책이 없었다. 한숨을 내쉬며, 퉁명스럽게 물었다.

"그럼 어떻게 하라는 말씀이세요?"

그가 미안한 얼굴로 고개를 숙였다.

"죄송합니다, 사장님. 거기까지는 생각해 보지 않았습니다."

하지만 이내 정색을 하며 말을 이었다.

"그래도 호텔에 종사하는 자는 그래서는 안 된다고 생각합니다."

안 된다고 하면 당장에라도 관둘 기색이시네.

그에게 웃으며 말을 건넸다.

"제가 만약 그래도 해야겠다고 하면요?"

그는 두 손을 앞으로 공손히 모았다.

그리고 씁쓸한 미소를 지으며 말했다.

"그동안 사장님께서 이 호텔을 위해 노력해 주신 것들, 그리고 제게 해주신 배려들, 언제나 감사하게 생각하고 있었습니다."

각오가 서린 그의 말에 나도 모르게 헛웃음이 터져 나왔다.

“허!”

‘이 양반아! 당신이 그렇게 강하게 나오면 내가 상당히 난감하지!’

짜증이 날 만도 한데…….

속으로는 웃음이 피식 나왔다.

나는 이런 사람이 좋다.

‘좋은 걸 어쩌라고!’

돈에 휘둘리는 사람의 주인은 돈이다. 아마 지금보다 많은 월급을 지급하겠다고 하면, 당장 자리를 옮기겠지.

‘게다가 보기보다, 꽤나 능력 있는 사람이라고.’

여기 와 있는 동안, 호텔의 경영에 대해서는 눈곱만큼도 신경을 쓴 적이 없었다. 그래도 호텔은 알아서 굴러갔다.

알리라고 신경을 썼겠어? 그렇게 바쁜 양반이 호텔 경영에 정신을 쏟았을 거라는 생각은 안 들거든?

‘그럼 누가 관리했을까?’

답은 이미 나와 있었다.

그는 이 호텔을 처음 지었을 때부터 함께했다고 들었다. 부지배인으로 들어와서 총지배인이 되었다고 했으니, 이 사람이 다 관리를 했을 것이다.

그 말은 이 호텔에 대해서는 누구보다 속속들이 안다는 말과 다름이 없었다.

‘게다가 알리의 신뢰도 대단했었지. 왕의 호텔까지 이 양반을 데리고 가려고 했었으니까.’

신뢰할 수 없는 인간을 데리고 갈 알리가 아니지!

'이거. 생각지도 못한 난관인데?'

절대 버리면 안 되는 패인데 그 패가 고집을 피우며, 뻗대고 있었다.

'말이 안 되는 억지라면, 힘으로라도 누를 텐데. 그것도 아니라고!'

왜 한낱 지배인을 이리 중요하게 여기냐고?

세상은 넓고 지을 건물도 많은데, 허구한 날 이 호텔에 붙어 있을 수는 없잖아?

신뢰할 수 있는 사람 하나만 있으면, 여기에 신경을 끄고 나 하고 싶은 일을 마음껏 할 수 있는데, 어떻게 중요하지 않겠어?

그걸 생각하니 나도 모르게 한숨이 나왔다.

'휴! 이 양반을 만족시키자니 내 길이 막히고, 내 길을 뚫자니 호텔을 관리할 사람이 없네.'

"그러니까 지배인의 불만은 내가 고객을 쫓아내려고 하는 거죠?"

"불만이 아닙니다. 호텔은 그래서는 안 된다는 걸 말하는 거지요. 서비스를 파는 곳이니까요. 사장님의 말씀은 그 기본에 완전히 반대되는……."

"그만!"

누구나 아는 말은 듣고 있기 괴롭다. 게다가 그게 나를 질책하는 말이라면 더더욱.

'알고 있는데, 왜 못 하느냐고? 다 각자의 사정이 있다고.'

꼼수를 쓸 수도 있지만, 그건 나 같은 얍삽한 놈에게 어울리는 것이고, 세상에는 그게 통하지 않는 고집쟁이들이 있다.

어금니를 물고 말했다.

"그러니까 지배인 말씀은 결국! 힘으로 쫓아내지만 않으면 된다. 그거잖아요?"

그가 씁쓸한 미소를 보이며, 눈썹을 으쓱했다.

"네. 결국은 그 말이겠네요."

"그럼 그 고객들에게 좋게 말로 설득하면요?"

"사장님의 그 설득에 넘어가지 않을 사람이 누가 있겠습니까? 당장 왕세자 전하께서도……."

그의 씁쓸한 미소의 의미가 그거였던가?

하긴 나는 내 의지를 관철할 힘이 있었다.

'젠장! 상당히 까다로운데.'

옳은 말을 하는 자를 날렸다가는, 종내에는 내 곁에 남아 있는 사람은 아무도 없을 거다.

'아니. 간신들은 줄을 서 있겠지.'

그렇게 진실에서 멀어진 채, 그들의 뜻대로 휘둘릴 것이다. 수만의 간신보다, 하나의 충신을 찾기가 어려운 세상 아니던가!

하지만 그만큼 더 답답했다.

양손을 벌리며 그에게 말했다.

"아뇨. 그런 말이 아니라, 논리적으로 그들을 설득하겠다는 말이라고요."

"가능할 겁니다. 사장님이라면……."

수긍하는 듯한 그의 말에 웃으며 물었다.

"그렇죠? 그건 가능하다는 거죠?"

"네. 아마 채 오 분도 안 되어서 그 고객들을 설득하실 수 있을 겁니다."

하지만 대답과는 반대로 그 표정은 딱딱하기 그지없었다.

'아우! 그냥 말 안 하고 조용히 쫓아내 버렸어야 하는 건데. 이 입이 방정이야!'

가슴이 먹먹해졌다.

"어후!"

크게 숨을 들이쉬며 말을 이었다.

"아니! 제 말은 그게 아니잖아요?"

내 말은 들리지도 않는지, 자신의 말을 잇고 있었다.

"설령 그게 아니라 해도, 그분들은 두 번 다시 이 호텔을 찾지 않으시겠죠."

'아! 이 벽창호 같은 양반아! 내 말을 아주…….'

"사장님의 말에는 충분한 권위가 있으십니다."

그는 진심으로 고개를 조아렸다.

"죄송합니다. 제가 억지를 부리는 것 같습니다."

그의 말에 속으로 코웃음 쳤다.

'흥. 그래놓고는 어느 순간 호텔을 떠나겠지!'

저 정도 경력의 사람은 갈 곳이 널렸다고!

당장 알리라도 양팔 벌려 환영할 텐데!

내가 그런 사람을 한두 번 본 줄 알아요?

'내 손에 안 들어왔으면 몰라도, 들어온 이상은 놓치지 않아.'

하지만 이렇게 흥분해서는 될 것도 안 되지.

숨을 고르며 물었다.

"그럼 만약 그 고객들이 전혀 불만이 없다면요?"

그가 설마? 하는 표정으로 미간을 좁혔다.

'거봐! 자기도 방법이 없다고 생각했으면서!'

하지만 난 생각이 달랐다. 방법이 없는 게 어딨어? 한발만 물러서서 보면 돼!

뚱한 표정으로 생각에 잠긴 내게 그가 말을 건넸다.

"사장님."

"왜요? 방법이라도 생각났나요?"

내 퉁퉁거리는 소리에 그는 차분히 말을 이었다.

"아닙니다. 하지만 사장님께서 놓치신 부분이 있으신 것 같아서, 이건 말씀드려야 할 것 같습니다."

"뭔데요?"

"분명 사장님 말씀대로 고객의 대부분, 아니, 전부는 왕족입니다."

"저도 압니다."

"정말 왕족들이 순수하게 국왕께만 포커스를 맞추었다면, 구 객실에도 어느 정도의 변화가 있어야 옳지 않겠습니까?"

자리가 없으니, 다른 객실에도 들어갔겠지.

"네. 당연히 그렇겠죠."

"하지만 그렇지 않습니다. 신 객실의 수요만이 넘치고 있습니다."

그의 말에 눈을 반짝였다.

"정말입니까?"

그는 말 대신, 구 객실의 예약 명단을 내밀었다.

잠시 후 그에게 명단을 넘겼다.

“사실이군요.”

“다르게 말하면, 분명히 이 고객들은 사장님의 새로운 디자인에 관심이 있다는 말이죠.”

그렇지 않으냐고, 그는 눈으로 묻고 있었다.

‘이런 고객을 꼭 쫓아내야만 하겠습니까?’

나는 건축가의 입장에서, 그것도 지극히 이기적인 디자이너의 관점에서 말하고 있었다. 하지만 그는……. 호텔리어의 입장에서 말을 하고 있었다.

그러니까 더 약 오른다고! 지배인의 말이 맞으면 맞을수록, 내가 억지를 쓰는 거로 보이니까!

‘차라리 그놈들은 관심을 안 가져줬으면 한다고.’

그러다가 문득 생각이 미쳤다.

‘아니지! 내가 그러면 이런 고민을 할 필요가 없잖아?’

놈들이 진짜로 관심이 있는 거라면?

‘그럼 이야기가 다르지!’

지배인에게 물었다.

“당신은 정말 그들이 국왕이 아니라, 내 디자인에 관심이 있다고 생각하는 거예요? 그럼 어느 정도로?”

갑작스럽게 이어지는 질문에 그는 고개를 뒤로 빼며 움찔했다.

“그야 저는 잘…….”

“여기에 온 바퀴벌레 녀석들이 관심이 있는 건 분명하다는 말이죠?”
고객을 벌레 취급하는 내가 마음에 들지 않았던 모양이다.
‘그래도 많이 승격시켰어요. 그러니 그런 표정 짓지 마요.’
이제 조금 마음에 드는 바퀴벌레들이었다.
그는 눈살을 찌푸렸지만, 이내 고개를 끄덕였다.
“네. 사실입니다.”
“근거는요?”
채근하는 내게 작게 한숨을 내쉬며 답했다.
“평소에도 안면이 있는 분들입니다. 그분들 중에는 한 번도 빠짐없이 가장 비싼 ‘로열 스위트룸’만을 사용하신 분들도 많이 계십니다.”
“그런데요?”
“그런 분들이 더 값이 싼 신 객실을 요청하셨습니다. 단지 휴식을 위해서라면 그러지…….”
딱!
손가락을 튕겼다.
“그렇지! 바로 그거야!”
“네?”
“돈을 뿌리더라도 편안함과 화려함을 찾는 그들이, 좁고 작아도 좋으니 새로운 객실을 달라고 했다. 그 말이죠?”
물론 좁은 거야, 그들의 기준이겠지만.
“네. 그렇습니다.”
“좋아요!”
“마냥 좋아하실 일이 아닙니다. 그 때문에 가장 가격이 나가는 '로열 스위트룸'은 빈 곳이 많습니다."

"흥! 그건 곧 헐어버릴 건데요. 뭐. 신경 쓰지 마세요."

내 말에 어이가 없었던지, 그가 헛웃음을 뱉었다.

'편안함보다 새로운 것에 관심을 가진다는 말이지? 이게 사실이라면 승산이 있지.'

하지만 그 전에!

지배인의 기준을 확실히 파악할 필요가 있었다.

그에게 물었다.

"우리 호텔에도 규칙 같은 거 있죠?"

"네. 있습니다만……. 왜 그러시는지."

"그 규칙은 오너가 바꿀 수도 있는 거죠?"

그는 얼굴을 굳혔지만, 이내 대답했다.

"네. 당연히……."

"오너가 만들 수도 있는 거고요?"

그리고 내키지 않는 듯, 말을 이었다.

"네. 맞습니다. 하지만 고객의 휴식을 방해하는 강제적인 거라면……."

"칫! 그건 당신이 반대하겠죠."

투덜거리는 내 말에 그가 헛기침했다.

"흠흠. 저는 오너가 아닙니다, 사장님. 그럴 권리가 없습니다."

"흥. 그럼 다른 데로 갈 거면서……."

절이 싫으면 중이 떠난다고 한다지만, 중을 떠나보내기 싫으면 절이라도 노력해야지.

아쉬운 놈이 바짓가랑이 붙드는 게, 세상 이치 아니야?

오는 놈 안 막고, 가는 놈 안 잡는다고?

그건 맹자 정도 되는 철인이라야 할 수 있는 말이고,

나한테는 전혀 해당 사항이 없었다.

'난 그 정도 능력도 배짱도 없거든. 손에 들어온 거라도 잘 간수해야지.'

"……."

그는 무뚝뚝한 얼굴로 내 눈을 피했을 뿐이다.

장난기가 돌아 그의 안색을 살피며 재차 물었다.

"아닌가요?"

내 물음에 그가 뚱한 목소리로 답했다.

"그건 저의 권리입니다."

'그 권리, 돈으로 살 수 있다면 참 좋겠네. 백만 달러라도 투자할 생각 있는데. 거 참!'

입맛을 다셨지만, 어쩌랴!

없을 때는 돈만 있으면 만사형통할 거라고 생각했었다. 하지만 가지고 나서 보니, 생각보다 돈으로 안 되는 건 많았다.

'쯧! 돈, 별거 아니네. 사람 마음 하나 어쩌지 못하는 게, 무슨 만능이람.'

주제를 바꾸고 싶었던 모양이다.

"구체적으로 어떤 규칙을 말씀하시는지요?"

"음……. 예를 들면 이런 거 있잖아요."

"어떤 것을 말씀하시는 건지요?"

"한 사람이 두 개의 객실을 예약할 수 없다는 규칙 같은 것."

아직 그런 규칙은 없었는지, 미간을 좁히며 말끝을 흐렸다.

"글쎄요. 그런 규칙이 필요할까요?"

고개를 갸웃하면서도 반대는 하지 않았다. 그건 그의 규칙에 위배 되지 않는다는 말이었다.

'하지만 이제부터는 필요해질 겁니다.'

그에게 물었다.

"만약 그걸 내가 규칙으로 내건다면?"

그는 영문을 알 수 없다는 표정이었지만, 옅은 미소를 띠며 고개를 끄덕였다.

"문제는 없습니다."

"당신이 보기에도 문제가 없다는 말이죠."

"그렇습니다. 굳이 두 개의 객실을 예약하는 고객은 없지요. 예약이 잘못된 경우가 아니라면요. 하지만 굳이……."

그의 말을 끊었다.

"전 그걸 첫 번째 규칙으로 삼겠습니다."

"네! 알겠습니다."

"지금부터요!"

"네?"

무슨 규칙을 번갯불에 콩 구워 먹듯 하냐는 얼굴로 어이없어했다.

"문제 있습니까?"

그가 고개를 저었다.

"아닙니다. 없습니다."

"그럼 그게 첫 번째 규칙입니다. 아시겠죠?"

"명심했습니다."

책상을 탕 치며, 의자에서 일어났다.

"그럼 되었습니다."

"뭐가 말입니까?"

"갑시다."

"네?"

"설득하러 가자고요!"

"네? 고객을요?"

"네!"

"고객을 설득하는데, 저랑 간다고요?"

그걸 말이라고 해!

그의 소매를 꽉 붙들며 말을 이었다.

"당연히 당신이 같이 가야죠."

"제가요? 왜요?"

영문을 모르겠다는 그의 눈이 말하고 있었다.

'고객을 설득해서 내보내고 싶은 건 사장님이신데, 제가 왜 가야 합니까?'라는 황당한 표정.

하지만 그래서 더 당신이 동행해야 한다고!

그에게 따지듯이 물었다.

"아까 제가 설득한다고 했을 때, 당신은 믿을 수 없다는 표정을 지었어요."

"당연히 그건 불가능한……."

"왜 불가능하다고 생각하시죠? 고객이 그걸 원했으니까?"

그가 어깨로 버티며 말했다.

"그게 당연한 말씀 아닙니까? 고객의 선택이니까요. 저는 이래라저래라 할 권한이 없습니다."

지금 그의 고집스러운 표정을 손가락으로 가리켰다.

"그래요. 바로 그 표정! 그 표정이 마음에 걸렸다고요."

"그야 사장님께서 당연한 걸 아니라고 하시니!"

내게 말이 통하지 않아, 답답해하는 그에게 웃으며 말했다.

"당신은 설득을 위한 어떤 말도 할 필요 없어요."

"네? 정말이십니까?"

"또한, 나는 그들에게 어떠한 강요를 하지도 않을 겁니다."

"그런데도 그분들을 설득할 수 있다고요?"

"네!"

나는 확신하고 있었다.

내 말에 그가 눈을 동그랗게 뜨며 되물었다.

"어떻게요?"

"그건 가면서 얘기하도록 하고요."

"설령 그렇다고 해도, 제가 사장님과 동행해야 할 이유는 없는 것 같습니다."

"당연하죠. 동행해야 하는 이유는 저한테 있으니까!"

"그게 무슨 말씀이신지."

그의 정장 소매를 놓고 말했다.

'어차피 이 말을 들으면 당신은 안 따라올 수 없을 테니까!'

"내가 지금 이대로 가서 설득하고 오면, 당신이 나를 믿겠어요? 전혀 강제적인 압박 없이 설득했다는 걸?"

그가 눈을 피하며, 입매를 씰룩거렸다.

"거 봐요. 못 믿을 거 아닙니까? 가슴에 불신을 품은 채로, 계속 내 비위를 맞출 정도로……."

그는 무슨 말을 하고 싶은 거냐는 눈으로, 내게 슬쩍 시선을 보냈다.

'뭐! 어때. 사실인데.'

"그렇게 요령이 좋은 사람으로 보이지도 않고요."

"크흠!"

내가 당신에게 얻고 싶은 것은 마음 없는 복종이 아니라고.

'당신의 진정한 신뢰이지.'

지배인이 나를 따라오며 물었다.

"정말 말씀대로 설득하실 생각이십니까? 쫓아내시려는 게 아니라요?"

여전히 내 말을 믿지 않는 얼굴이었다.

"그러니까 당신을 데려가는 거죠. 억지로 할 거면, 그냥 당신에게 잘 해결됐다고 통보했겠죠."

급히 따라오는 그의 옆얼굴을 보며 투덜거렸다.

"하지만 당신은 절대 믿지 않겠지!"

"당연한 말씀 아닙니까? 사장님의 존재 자체가 압박인 것을. 저는 도무지 사장님의……."

"그냥 따라와서 잠자코 지켜만 보세요."

"허허허."

하지만 걸음을 빨리하며 나와 박자를 맞추고 있었다.

"지금 국정 회의 중이라고 했죠?"

"네. 아까 다들 올라가셨습니다."

그는 궁금한 듯 말을 이었다.

"어떻게 하실 요량이신지, 적어도 저는 알아야……."

나를 말리든지 말든지 하겠다? 그렇게 염려가 되었으면, 데려오지 않았지.

나는 확신이 있었다.

"당신이 간과한 게 한 가지 있어요."

"간과했다니요? 그게 뭡니까?"

"고객이라는 인간들이 얼마나 변덕이 심한 줄 모른다는 거죠. 만약 고객이 마음이 바뀌었다고 하는 경우에는 취소할 수 있죠?"

"당연한 거 아닙니까?"

"정말 그렇게 된다면? 그때는 당신도 할 말 없겠죠?"

그가 무슨 소리를 하냐는 눈으로 말했다.

"고객이 싫다는데, 제가 무슨 권한으로 이래라저래라 하겠습니까?"

"그럼 됐어요. 당신은 지켜보기만 하고, 내가 묻는 말에 답이나 해요."

성훈이 꼭대기 층에 도착했을 때, 왕과 대신들은 열띤 토론을 벌이고 있었다.

"그럼 외무대신은? 일단 상황을 지켜보자는 말이지?"

"네. 그렇습니다. 전하."

다른 목소리가 끼어들었다.

"지켜본다고 해결될 상황이 아닙니다. 미국이 제재를 가한다고 할 때, 재빨리 한 손 거드는 것이 나은 선택이 아닐는지요? 전하."

"내무대신! 그게 아니래도 그러십니다. 섣불리 행동했다가는 주변 국가에 빈축만 살 수도 있습니다. 그러지 않아도 전 왕세자의 군비 확장 때문에 국경의 긴장이 팽팽한 상황인데."

그들의 열띤 토론을 왕이 중재했다.

"그만들 하게. 미국에서 사람이 오려면, 아직 시간이 있으니 그동안 다시 정리해 보도록 하지! 이만 물러들 가도록 하라."

대신들을 아우르며 왕이 말을 이었다.

"더 이야기할 대신들이 있으면, 나와 같이 찜질이나 하면서 하지. 어떤가?"

국왕의 제안에 대신들이 숙연하게 고개를 숙이며, 왕의 눈을 피했다.

지배인을 보며 씨익 웃었다.

"딱 시간 맞춰 왔네요. 엉? 그런데 사람이 마흔 명 정도밖에 안 되네요?"

"그렇군요. 다음에 올까요?"

"일단 여기 있는 사람들도 모두 고객이 맞는 거죠?"

"네. 맞습니다. 사장님!"

"됐어요. 그럼. 잔챙이들 일일이 상대하는 것보다 대가리부터 치는 게 더 쉽겠죠."

여기 있는 자들이 사우디아라비아의 핵심 인물들임이 분명했다.

지배인은 저렴한 성훈의 언어 구사에, 대신들을 바라보며 피식 웃었다.

'그래도 많이 출세했네요. 아까는 벌레였는데!'

왕의 옆에서 회의 문서들을 정리하던 알리가 성훈의 일행과 눈이 마주쳤다.

그를 보며 성훈이 입술을 비틀었다.

"일을 이렇게 꼬이게 만든 원흉이 저기 있군요."

잘못을 왕세자에게 돌리는 성훈을 지배인이 어이없는 눈으로 바라보았다.

'맨 처음의 원인을 따지자면, 사장님께 있지요.'

왕에게 거처를 만들어준 이는 다름 아닌 성훈이었으니까. 하지만 그 말을 성훈에게 할 수는 없는 법. 사실 반신반의하면서도, 성훈의 확신에 이끌리듯 따라왔었다.

불가능한 걸 가능하다고 우기는 성훈에게 일말의 희망을 거는 마음도 있었다. 입술을 비틀며 투지를 불태우는 그에게 묻고 싶었다.

'도대체 무슨 수로 저 왕족들을 설득하실 생각이십니까? 그건 불가능합니다.'

살아온 문화가 다르니, 어쩌면 쉽게 생각하는 것일 수도 있었다. 그가 보기에 성훈이 할 수 있는 게 있다면, 국왕의 권위에 기대는 것일 터!

알리의 얼굴을 보며, 지난날을 떠올렸다.
'전하, 저는 약속을 지켰습니다.'

알리가 호텔을 떠나던 날.
지배인은 그에게 사직서를 제출했었다.
"사직서? 혹시 내가 섭섭하게 한 것이 있나?"
예상치 못한 사직서를 보며, 알리가 한 말이었다.
"아니오. 사장님께서는 지금까지 모신 어떤 분보다 더 좋은 오너셨습니다."
"그런데? 왜?"
"제게도 쉽지만은 않은 결정이었습니다."
그는 사직서를 건드리지도 않고 미간을 좁혔다.
"신임 사장에게 직접 제출하게나."
"네. 알겠습니다."
마음을 굽힐 뜻이 없는 듯, 그는 사직서를 향해 손을 뻗었다.
"어허. 아리프!"
왜냐며 물끄러미 쳐다보는 그에게 알리가 말을 이었다.
"자네가 이렇게 관두게 되면, 내 체면이 뭐가 되는가?"
"고민 끝에 내린 결정이었습니다."
"당연하겠지. 내가 자네가 어떤 사람인지 어찌 모르겠나?"
알리는 차분한 목소리로 달랬다.
"자네는 아직 그에 대해 알지도 못하질 않나?"

지배인이 말했다.

"신임 사장님께서는 괴팍하신 데다, 돈에 관해서는 양보가 없는 분이라 들었습니다."

호텔이란 거금이 오가는 곳. 대부분의 신임 오너들은 초반에 들인 투자금을 회수하기 위해 무리를 하는 경우가 많았다. 그 선택은 호텔 경영에 무리를 주고, 결국은 호텔의 격을 떨어뜨리는 결과로 이어졌었다.

호텔업계에서 잔뼈가 굵은 그가 어찌 예측하지 못하겠는가?

허나 적은 투자로 많은 돈을 벌어들이는 것은 누군가의 희생을 요구하는 일이었음에도 당연한 듯 행해졌고, 더구나 호텔의 미래보다는 돈을 먼저 생각하는 애송이 사장이라면 더더욱 그러할 것이다.

지배인이 말을 이었다.

"저는 지금까지 제가 만들어 온 경력에 흠을 내고 싶지는 않습니다, 사장님."

어쩌면 그의 입장에서는 당연한 결정일 것이다. 희미한 실망이 깃든 그의 표정은 '제가 모실 분은 아닌 것으로 보입니다'라고 말하고 있었다.

눈을 부릅뜨며 알리가 호통을 쳤다.

"감히! 어떤 놈이 내 동생에게 그딴 소리를!"

"전하께서 말씀하셨지요."

"그건 말……. 켁! 켁!"

사레들린 듯, 급한 기침을 내뱉던 알리는 정색하며 말을 이었다.

"흠. 다음 말은 기억나지 않는가? 녀석은 분명히 괴팍하고, 돈에는 양보가 없지. 하지만 이것만은 분명하지."

확신에 찬 눈으로 말했다.

"절대 사람을 실망시키지 않아! 그건 내가 보증할 수 있어!"

"그렇습니까?"

"그래. 그건 자네도 금방 알 수 있을 거야."

지배인은 차분한 음성으로 말했다.

"제게 있어서 호텔이란 돈을 버는 도구가 아닙니다. 고객의 편안한 휴식을 위한 곳이지요."

"훗! 자네의 굳은 신념을 내 어찌 모르겠는가?"

"그럼 그걸 아시면서도?"

그는 '그런 분과 일을 하라는 말입니까?' 하는 말을 삼켰다.

그 의미를 알리라고 어찌 모를 텐가? 하지만 알리는 의지를 굽히지 않았다.

"아니까 하는 말이야. 녀석이 자네를 실망시키거든, 그때 이걸 내밀라고."

자리에서 일어난 알리는 사직서를 집었다.

"자네가 나를 십 년 동안 지켜본 것처럼, 녀석에게도 자네에게 잘 보일 기회 정도는 주어야 공평하지 않겠나? 그러니 한 달만 지켜보게."

굳은 얼굴로 서 있는 지배인에게 다가가, 미소 띤 얼굴로 그의 상의 안주머니에 사직서를 집어넣었다.

가슴팍을 토닥이며 말을 이었다.

"내 약속하지. 녀석의 행동이 실망스럽다면, 언제 떠난다고 해도, 자네를 원망하지 않겠네."

알리와 약속한 한 달은 벌써 지나갔다.

하지만 지금까지 성훈은 한 번도 호텔의 경영에 간섭하지 않았다. 들은 바와는 다르게 오히려 전혀 돈에 관심이 없어 보일 정도로 말이다.

서너 달이 지난 오늘, 의외의 사건에 처음으로 의견이 충돌했다.

'하나를 보면, 열을 안다고 했지.'

이미 전임사장인 알리와의 약속을 지켰다. 아리프는 양복 상의 안주머니를 들추며, 사직서를 다시 확인했다.

'어쩌면 오늘이…….'

알리가 반가운 얼굴로 인사를 건넸다.

"성훈, 여기는 어쩐 일인가?"

하지만 성훈은 인사는커녕, 콧방귀를 뀌며 옆을 지나쳤다.

"됐습니다. 당신에게는 할 말 없습니다."

그러고는 바로 왕에게로 향했다. 영문도 모르고 무시를 당했지만, 알리는 어깨를 으쓱하며 피식 웃을 뿐이었다.

"왜 저렇게 퉁퉁 부어 있어? 공사에 차질이라도 생긴 건가?"

하지만 이내 고개를 저으며 중얼거렸다.

"아니지! 공사 관련이라면, 여기까지 올 이유도 없지."

피식 웃던 알리의 눈이 지배인에게로 향했다.
"아리프, 오래간만이군."
"오랜만에 뵙습니다. 왕세자 전하."
"하하. 전하인 거로군. 이제는……."
지배인은 말없이 고개를 숙였다.
"거. 사람 고지식하기는! 그냥 사장이라고 부르면 어때서?"
"저희 호텔의 최대 고객이시죠."
"훗. 알았어. 그런데 호텔에 무슨 일이 생긴 건가?"
지배인과 함께 왔으니, 호텔에 관련된 일이라는 것은 추측하기 쉬웠으리라. 하지만 지배인은 어깨를 으쓱하며 얼버무렸다.
"별일은 없습니다."
감추려는 그의 속셈을 모를 리 없다. 그의 입을 통해서 호텔의 기밀이 새어나간 적은 단 한 번도 없었으니 말이다.
"하이고! 됐네. 됐어! 내가 바랄 걸 바라야지."
고개를 저은 알리가 고개를 갸웃거렸다.
"그래? 새로 개장한 객실은 꽉 찼다고 얘기를 들었는데…… 문제 있을 게 없는데?"
알리도 성훈이 이 호텔을 어떻게 살릴 것인지에 대해서는 계속 관심을 쏟고 있었다. 선물로 주었으니, 잘돼야 선물하는 처지에서도 체면이 설 것이 아니던가?
'잘 안 된다고 다른 거랑 바꾸자고 어깃장이라도 놓으면 곤란하다고.'
그래서 대신들에게도 슬쩍 언질하지 않았던가?

'하지만 이렇게 인기가 좋을 줄은 몰랐지. 뭐야!'

입을 닫고 있는 지배인을 옆구리로 툭 쳤다.

"이봐, 아리프. 내외가 너무 심한 거 아닌가? 십 년간 한 솥밥을 먹은 사인데 말이야."

곤란한 표정으로 지배인이 말했다.

"그럴 리가 있겠습니까? 그저 내부적인 일이라……."

알리가 실눈을 뜨며 물었다.

"아니면 녀석이 그렇게 마음에 들던가?"

약속 시간이 지났음에도 아직 있는 것을 보고 말하는 것 같았다.

"아직은 잘 모르겠습니다."

알리는 얼버무리는 그의 어깨를 토닥거렸다.

"그런데 할 만한가?"

"호텔은 별문제 없습니다. 아직은."

"그걸 물어서 뭐하게? 자네가 있으니, 어련히 알아서 돌아가려고. 저 녀석에 대해 묻는 거지? 이제 몇 달 겪어 봤잖아."

여전히 무뚝뚝한 얼굴로 지배인은 답했다.

"공사에 온 정신을 쏟으시는 중이시라, 아직……."

"아하! 그랬었군."

왕과 대화를 나누는 성훈을 보며 말을 이었다.

"녀석을 겪어보면 알겠지만, 만만치 않을 거야."

달리 할 말이 있으랴? 지금 여기 와 있는 것도, 성훈 때문에 억지로 온 것이 아니던가?

말없이 웃는 그에게 알리가 말했다.

"맘에 안 들면 언제든지 오라고. 내 호텔에는 언제든지 자네 자리가 비어 있으니까."
"전하의 관심, 항상 감사하고 있습니다."

왕에게 다가간 성훈이 말했다.
"아버지."
처음에는 어색했던 말이지만, 자꾸 쓰면서 입에 익으니 이제는 자연스러웠다.
습관적으로 '의부'라는 말을 했다가, 왕의 씁쓸한 표정을 본 다음부터는 특별히 조심하고 있었다.
"어쩐 일이냐? 바빠서 얼굴 한 번 보여주기가 어렵다던 녀석이?"
아까부터 성훈을 보고 기다리고 있었던 듯, 반가운 인사로 그를 맞았다.
"그야 매번 쓸데없는 일로 부르시니까 그런 거죠!"
"쓸데없다니 녀석아! 각국의 정상과 요인들과 만나는 게 나중에 네가 건축 일을 하는데, 얼마나 도움이 되는지 모르는 것이냐?"
인맥왕이 될 것도 아닌데, 남의 나라 대통령을 알아서 뭐 할 것인가? 그들을 만날 틈이 있으면, 건축의 거장들을 만나는 게 훨씬 더 좋았다. 전쟁이나 자국의 이익만 생각하는 정치인들보다는 지구의 미래를 생각하는 건축가들이 훨씬 더 말이 잘 통했다.
"칫! 건축하는 사람에게 그런 인맥이 왜 필요해요. 괜히 어깨에 힘만 들어가죠.”

국왕이 혀를 찼다. 남들은 어떻게라도 한 번 연줄을 이어 보려 하는데 말이다.

“쯧! 녀석, 고집은! 그런데 무슨 일이냐? 부자간에 같이 찜질이나 하려고?”

“징그럽게 무슨 소리세요?”

아비와 자식 사이에 주고받는 게 어디 있느냐며 가슴을 따뜻하게 한 건, 처음 꼭대기 층에 자신의 집을 지을 때, 그때 한 번뿐이었다.

아니, 처음이자 마지막이라고나 할까!

“그 착하던 아들놈은 어디 가고. 용건이 뭐냐?”

“대신들을 좀 모아주세요. 호텔 관련으로 좀 말하고 싶은 게 있어요.”

대뜸 호텔 사장이라고 하면, 이 사람이 모일 것인가? 호텔 사장 정도는 길가에 껌 취급할 사람인데. 그렇다고 강제로 모으면 안 된다고.

지배인이 눈을 시퍼렇게 뜨고 지켜보는데.

“그런 일이라면 알리도 있는데.”

“좀 해주세요. 아버지.”

“아이고 어깨야.”

“알았어요. 황토방에서 어깨 주물러 드릴게요.”

국왕이 양어깨를 휘돌리며 히죽 웃었다.

그러고는, 큰 소리로 말했다.

“거기 대소 신료들은 퇴청하지 말고, 모두 여기 모이게나.”

"자! 이제 말하거라."

왕의 허락을 받고 성훈이 돌아보며 말했다.

"리야드 호텔의 오너인 김성훈입니다."

젊어 보이는 관리가 뚱한 얼굴로 말했다.

"뭔가? 얼른 말해 보게. 다들 바쁘신 분들이니."

고작 호텔 사장 따위의 말 때문에 나가던 걸음을 멈췄다는 것이 탐탁지 않은 듯 보였다.

훅!

등 뒤에서 누군가의 콧김 소리가 들렸다. 하지만 그걸 신경 쓸 겨를이 없었다. 이 대가리들을 모두 다른 곳으로 밀어내야 하는 것에 모든 신경이 몰려 있었다.

'과연 이 중에서 얼마나 설득할 수 있을까?'

삼 분의 일 정도만 제대로 설득되어도 성공이었다.

'그것만 해도 어디야? 그래도 객실 100개는 비게 되는 거잖아!'

주변 상황은 물론, 그 젊은 관리의 말도 무시하고 말을 이었다.

'네놈도 잔챙이구나. 그럼 상대할 필요 없지.'

정작 나이가 많은 대신들은 궁금해도 말을 아끼고 있었다. 그들을 부른 사람이 성훈이 아니라, 왕이었거든. 당연히 성훈이 국왕과 모종의 관계가 있으리라 예측하고 자중하는 모습이었다.

성훈이 말했다.

"간단히 말하겠습니다. 여기 계신 분들 대부분이 제 호텔에 예약을 하신 걸로 알고 있습니다.”

“그런데?”

“다름이 아니오라, 다른 객실을 소개해 드리려고 한 겁니다.”

“뭐? 다른 객실?”

그는 팍 인상을 구겼다.

“네. 다른 객실을 소개하려는 겁니다.”

어이없다는 표정으로 고개를 삐딱하게 젖혔다.

“설마하니 자네! 나한테, 내가 택한 객실 말고 다른 곳에서 잠을 자라? 뭐 이딴 말을 하려는 건가? 지금!”

그가 가소롭다는 표정으로 말을 이었다.

“감히! 호텔 사장 따위가 말이야. 엉?”

‘감히? 새파란 놈이! 한 번 참는다.’

밟는 건 다음에 하면 된다. 이 일이 다 끝나고 녀석이 호텔 고객이 아닐 때!

‘그때 가서 사뿐히 지르밟아줄게!’

욱하는 성질이 목구멍을 간질였지만, 꾹 눌러 참았다.

‘지배인만 없었으면, 당장에라도……. 으윽!’

하지만 더 분노한 사람은 따로 있었다.

‘성훈, 네 녀석이 내 덕을 보지 않으려 하는 건 알지만, 이건 아닌 것 같구나.’

별로 유명해지기를 원하지 않는 양아들이었다.

‘아니, 오히려 유명해지지 않기를 원하는 놈이지!’

그렇다고 네놈들에게 무시당할 녀석은 더더욱 아니란 말이다.

아크람이 얼굴이 달아오르는 왕에게 속삭였다.
“전하, 혈압이…….”
“알고 있네!”
국왕이 아크람을 보며 말을 이었다.
“하지만 이걸 보고 참으라는 말인가?”
“전하, 분명 성훈 님께서 나중에…….”
“흥! 그렇다고 이걸 참으라는 말인가?”
분명히 나중에 미주알고주알 잔소리를 해대겠지.
‘그때는 그때고!’
황토방의 효능으로 잠재웠던 혈압이 목덜미를 간지럽히고 있었다.
‘이것들이. 감히 어디서! 나도 아까워서 함부로 하지 않는 녀석에게 저따위 말을.’
성훈을 무시하는 것은 국왕 자신에 대한 모독으로 느껴졌다.
국왕은 크게 숨을 들이쉬었다.
“전하!”
등 뒤에서 무슨 일이 벌어지는지, 아크람의 억누른 목소리에서 모든 것을 알 수 있었다.
‘잘못하면 초 치겠는데?’
국왕과의 관계를 대신들이 아는 순간, 지금까지의 계획이 모두 틀어진다고! 미친놈이 아니면, 모두 내 눈치를 보겠지!
성훈이 돌아보며 인상을 팍 썼다.
아크람에게 눈치를 주며, 대신들에게 들리지 않게 작은 소리로 말했다.

"아버지!"
"왜?"
"왜 이리 화를 내시는 겁니까?"
"녀석아! 너는 저런 모욕을 당하고도, 아무렇지 않다는 말이냐?"
"모욕은 무슨 모욕이요. 이 자리는 아버지 아들이 아니라, 호텔 사장으로 왔다고요."
허나 왕이라고 할 말이 없으랴!
"내 아들이라는 걸 숨겨야 할 이유라도 있는 것이냐?"
"아 참! 아버지. 관심은 감사합니다만, 때와 장소를 좀 가리세요. 고객과 사장의 대화라니까요."
"어허!"
왕이 양보하지 않자, 성훈이 답답한 듯 말했다.
"제 호텔에 관련된 일입니다. 얹혀사시는 분은 좀 빠지세요."
"얹혀살아? 이 내가?"
성훈의 그 말에 왕이 얼빠진 표정으로 아크람을 돌아보았다.
하지만 아크람은 슬며시 국왕의 눈을 피했다. 여기서 국왕 편을 들어봐야, 오지랖도 넓다고 핀잔을 당할 터였다.
'어차피 이기지도 못하시면서. 쯧쯧.'
누가 그러지 않았던가? 사랑도 지나치면 민폐라고 말이다. 하지만 왕의 입장은 달랐다.
'얹혀산다니?'

태어나 살면서 이런 대우를 언제 당해 봤으랴? 어안이 벙벙한 표정으로 말했다.

"이, 이보게. 아크람."

힐끗 왕과 눈을 마주친 아크람이 작은 소리로 중얼거렸다.

"신이 듣기에 성훈 님의 말씀이 완전히 틀린 것은 아닌 것 같사옵니다."

성훈의 호텔 관련된 것도 사실이고……. 이유야 어찌 되었든, 성훈의 호텔에 무상으로 얹혀사는 건 사실이 아니던가?

아크람이 원망스러운 눈으로 속삭였다.

"그러게, 전하. 제가 끼어들지 말자고 하지 않았사옵니까?"

"아크람, 자, 자네마저도……."

믿었던 그마저도 성훈의 편을 들 줄이야!

황당함에 목덜미를 잡으며 말했다.

"치사하다, 녀석아. 나도 돈……."

성훈이 단호하게 말허리를 끊으며 말했다.

"됐어요. 부자간에 뭘 돈거래를 해요. 주셔도 안 받아요."

"허허허!"

아크람이 어이없는 웃음을 터뜨리는 왕의 팔을 잡으며 말을 이었다.

"전하, 저희도 저쪽으로 빠져 있으심이 어떠하신지요."

아크람의 고갯짓에 왕이 고개를 돌리니, 싱글거리며 상황을 관망하는 알리가 보였다.

"에잉! 맘대로 하든지!"

코웃음 치고는 알리에게로 걸음을 옮겼다.

그걸 본 알리가 물었다.

"저 녀석, 왜 저러는 건가?"

묵묵부답인 지배인에게 재차 물었다.

"이 정도는 얘기해 줄 수 있는 거 아니야? 우리 사이에. 뭐 기업 비밀도 아닌 거 같은데. 어떤 식으로 결론 나든지, 결국에는 알게 될 거고!"

잠시 고민하던 지배인이 알리에게 아까 있었던 일을 말했다. 배를 움켜쥐고 박장대소하던 알리가 눈물을 훔치며 말했다.

"크하하. 그래서 저 녀석이 저러고 있다고? 어쩐지! 박살을 내겠다고 벌써 뒤집었어도 시원찮을 녀석이! 대신들 눈치를 보고 있다니!"

그러고는 지배인을 보며 말을 이었다.

"그나저나 아미르, 자네도 참 대단해! 이런 난제를 내어놓다니 말이야."

여전히 무뚝뚝한 얼굴로 답했다.

"저는 지배인으로 마땅히 할 말을 했을 뿐입니다."

"그래서 녀석이 자네 눈치를 저렇게 보는 거였군."

알리가 곤경에 처한 성훈을 보며, 재미있는 듯 고개를 끄덕이며 물었다.

"큭큭! 그래서! 녀석은 어떤 식으로 저 대신들을 설득할 생각이라고 하던가?"

"거기까지는 아직 듣지 못했습니다."

고개를 갸웃하며 중얼거렸다.

"부왕의 후광을 업으면 안 되니, 자력으로 돌파해야 한다는 말인데? 과연 방법이 있을까?"

수염을 쓰다듬으며 고개를 가로저었다.

"환불해 준다고 해도, 그걸 받을 대신들도 아니고 말이야.'

상황을 주시하던 알리가 팔짱을 끼며 물었다.

"방법이 안 보이는데. 어떤 식으로 처리할 것 같은가? 자네가 보기에는?"

지배인도 고개를 저었다.

"솔직히…… 저는 방법이 없어 보입니다."

"나도 그렇다네! 뭔가 승산이 보였으니 덤볐겠지만, 쉽지는 않을 거야. 그렇게 생각지 않나?"

"네. 제 생각도 그렇습니다."

"만약에 녀석이 대신들을 억지로 설득하면 어떻게 할 생각인가?"

"전하. 아직…… 결과는 나오지 않았습니다."

그의 고지식한 대답을 들은 알리가 실눈을 뜨며 물었다.

"아직도 사직서를 가지고 있나?"

"……."

"가지고 있는 모양이군. 자네 고집도 알아줘야 해. 만약에 녀석이 하는 행동이 마음에 안 들거든, 그거 던져버리고 내 호텔로 오라고. 아까도 말했지만, 난 자네가 꼭 필요해."

성훈이 처한 난관이 즐거운 듯 보이는 알리였다.

"……."

"사실 호텔은 걱정하지 않아도 돼. 녀석은 어떻게든 살려 낼 놈이니까."
그러더니 말을 이었다.
"저기 가서 의자나 두 개 더 가져오게."
"네? 의자라니요?"
영문을 모르는 지배인이 물었다.
"곧 노인 두 분이 이리 쫓겨 오실 테니 말이야. 부왕의 도움을 받으면 안 된다면서? 그럼 녀석이 부왕을 저 자리에 둘 리가 없지!"
그 말에 지배인이 웃음을 머금고 걸음을 옮겼다.

"전하께서 황토방에 대해서 여쭤보시는군요. 시간을 끌어 죄송합니다. 바쁘신데."
"아닙니다. 바쁠 일이 뭐가 있겠습니까? 우리 숙식을 책임지는 사장님께서 훨씬 바쁘시지요."
성훈의 사과에 답한 사람은 내무대신이었다.
씩씩대는 젊은이의 어깨에 손을 얹으며 말했다.
"쯧쯧. 성급하기는……. 정무차관이나 되는 사람이. 앉게. 자네가 나설 자리가 아닌 것 같으니."
영문을 모르는 젊은이가 되물었다.
"네? 왜 말입니까?"
"나이가 드니, 느는 건 눈치뿐이더군."

"하지만 아무리 사장이라도……."

"쯧쯧. 누가 우리를 불러세웠는지, 그새 잊어버린 게로군."

"그야 국왕 전하께서……."

"훗. 잘 알고 있군. 그럼 앉게."

기세에 눌린 젊은이가 슬그머니 자리에 앉았다.

국왕이 호텔 사장을 위해서 퇴청하는 대신들을 도로 불렀다? 그 하나로 내무대신은 눈치를 챘다. 다른 사람들은 여전히 영문을 모르는 눈치였지만 말이다.

'평범한 호텔 사장 때문에 움직이실 전하가 아니시지!'

내무대신이 사람 좋은 미소를 지으며 말했다.

"사장님, 말씀하시지요."

"아! 죄송합니다. 바쁘신 분들을 붙들고."

성훈이 미소 지으며 말했다.

"말씀 편하게 해주십시오."

내무대신이 눈썹을 으쓱하며 미소 지었다.

"덕분에 지금도 충분히 편합니다."

'하! 확실히 늙은 생강이 맵군.'

다행히 다른 사람들은 눈치채지 못한 듯, 별다른 동요는 없었다. 고맙다는 눈인사를 건네며, 성훈이 말했다.

"아까 제가 말씀드렸던 다른 객실이란 기존의 객실을 말하는 게 아닙니다. 이번에 새로 개장하는 2차분 객실을 말씀드린 겁니다."

이번에는 오해의 여지가 없도록, 큰 소리로 용건을 정확하게 짚었다.

"아! 그렇습니까?"

"제 호텔에 관심을 보여주신 분들이시니, 2차분에도 관심이 있지 않으실까 해서 모신 겁니다."

"오! 벌써 2차분을 개장하신다는 말씀이십니까?"

"아직 완전히 완성되려면 아직 한 달 정도가 남았습니다만, 빠른 층은 2주 정도면 완성됩니다."

대신들이 소곤거림이 커졌다.

'벌써 2차분이 개장한다고? 별 차이가 있을까?'

'그러게. 난 지금도 충분히 좋은데? 그 객실에만 들어가면 마음이 편안해진다고.'

'그렇기도 하지만, 무엇보다 재미있잖나!'

'자네도 그렇지? 난 완전히 반했어. 한마디로 뻑 갔다구.'

그의 말에 다른 대신도 호응했다.

'응. 특히나 대놓고 화려하지 않아서, 그게 마음에 들어.'

지나친 화려함에 눈이 피곤한 그들이었다. 게다가 매일 보는 게 눈에 들어올 리가 있나? 하지만 리야드 호텔의 새로운 객실은 무료한 그들의 눈에 낯선 느낌을 제공했다.

'게다가……. 막말로 하나하나가 새로워.'

하루가 지나면 다른 게 보이고, 또 하루가 지나면 또 어제는 모르고 지나쳤던 것이 새롭게 눈에 들어왔다. 국정 회의를 하기 전에, 서로가 발견한 것을 이야기하는 것 또한 새로운 즐거움이 아니던가?

새로움과 숨바꼭질을 하는 느낌이라고 할까?

그런 즐거움을 내무대신 또한 느끼고 있었다.

"그렇군요. 그런데 굳이 따로 소개하실 필요까지……. 그때 가서 보면 될 텐데요?"

반응을 살피느라 귀를 쫑긋 세웠던 성훈이 헛기침을 하며 답했다.

"아! 2차분은 지금 여러분이 묵고 계신 객실과는 많이 다릅니다."

그리고 설명을 이었다.

"1차분이 한국 전통과 다른 디자인의 퓨전이었다면, 이번 것은 더 한국적인 느낌을 살렸습니다."

"아! 그렇습니까? 많이 다르다는 말씀이시군요."

대신들이 성훈의 입으로 시선을 모았다.

"처음부터 너무 이국적이면 적응이 어려우실 것 같아. 퓨전을 먼저 내놓은 것이지요."

'다르면 얼마나 다르겠어?' 하며 의문의 눈빛을 보내는 대신들에게 성훈이 말을 이었다.

"보시면 다르다는 걸 금방 아실 겁니다. 하지만 1차분에서 거부감이 없었던 분들은 아마 2차분도 마음에 드실 거라 확신합니다."

성격 급한 대신이 물었다.

"구체적으로 어떤 부분이 다른 건가?"

"말로는 설명이 안 되겠지요? 보면서 설명해 드릴까요?"

성훈의 말에 대신들은 의문을 제기했다.

"어떻게 말인가? 아직 완성도 안 되었다면서?"

성훈이 왕에게 말했다.

"국왕 전하! 방을 좀 둘러보고 싶은데, 허락해 주시겠습니까?"

국왕의 객실은 1, 2, 3차분의 집대성이었으니까, 충분히 설명이 가능했다. 저도 모르게 입술을 씰룩거린 왕이 아크람에게 중얼거렸다.

"흥! 어차피 제 놈 거면서. 얹혀사는 나한테 허락을 왜 받아!"

그러면서도 왕은 손을 휘휘 저으며 허락의 뜻을 보였다.

아크람이 빙긋 웃으며 말을 받았다.

"뭘 할 건지, 한번 따라가 보시지요. 전하."

"흥!"

투덜거리면서도 대신들의 꽁지를 따라가며 설명을 듣던 왕이 가만히 물었다.

"저 녀석. 이놈들 쫓아내러 왔다면서?"

지배인은 부끄러움에 말없이 고개를 숙였다.

알리가 대신 대답했다.

"원래 목적은 그거였답니다."

"그런데 나가라는 말을 한마디도 안 하는데?"

알리가 너털웃음을 터뜨렸다.

"그러게 말입니다. 무슨 속셈인지 영……."

"내가 보기에는 신상품 설명회 같은데? 내가 착각하고 있는 것이냐?"

"제가 보기에도 그렇게 보입니다. 부왕."

거실과 객실의 곳곳을 손으로 가리키며 설명하는 것을 보면, 그런 생각밖에 들지 않을 것이다.

대신들의 눈과 귀가 성훈의 손가락을 쫓았다.

국왕이 아크람과 눈을 마주치며, 피식 웃었다.

'남 좋은 일만 시킬 녀석이 절대 아니라고.'

'그렇지요. 곧 속셈을 드러낼 겁니다.'

설명이 끝나고 다시 원래의 자리로 돌아왔다.

흥분한 대신들의 말소리가 들렸다.

'비슷하기는커녕, 완전히 다른데?'

'난 세 번째 객실이 딱 마음에 들더구만. 특히 꽃살 무늬에 붙은 창호지 향이 참 좋단 말이지.'

'그랬나? 나는 비단 깔린 침대가 참 좋던데. 그 병풍 앞에 있는 거 말이야.'

'이 무식한……. 아까 설명할 때, 귀 막고 있었나? '이부자리'라 하지 않던가? 다리도 없는데, 무슨 침대야?'

'흥. 자기도 방금 안 주제에! 뭐, 어쨌거나 그게 마음에 들더구먼. 폭신하니, 잠도 솔솔 잘 올 것 같아.'

흥분한 그들에게 성훈이 물었다.

"잘들 구경하셨습니까?"

대신들이 기분 좋은 듯, 이구동성으로 답했다.

"네. 아주 잘 봤네. 아주 마음에 들어."

"개장하면 반드시 묵어보도록 하지."

"3차분은 언제 개장하나? 내 그것까지 몽땅 예약하도록 하지."

"크크크. 세 개 몽땅 예약할 생각이군요. 법무대신께서는!"

"바로 그거지. 번갈아 가면서 즐기는 거지."

신난 얼굴로 서로 대화를 나누고 있었다.

성훈이 속으로 투덜거렸다.

'쩝. 당신들이 그럴 것 같아서! 내가 이 수고를 하는 거라고.'

돈 주고 쓰겠다는 고객을 무슨 명분으로 말릴 것인가?

'내가 왜 이렇게 장황하게 설명했겠어? 이제 선택의 시간이라고.'

"그 객실들을 내일부터 예약받을 겁니다."

"아직 공사가 끝나지도 않았다면서?"

성훈이 입매를 올리며 답했다.

"그러니까 예약이죠."

성질 급한 대신이 말했다.

"좋군. 그럼 내일 바로 예약하도록 하지."

여기까지는 예상했던 대로야.

'이제부터가 승부처가 될 거야.'

그들의 호응에 성훈이 웃음을 띠며 말했다.

"관심 감사합니다. 그 전에 먼저 주지시켜 드리고 싶은 게 있습니다."

"그게 뭔가?"

"우리 호텔에는 그동안 사용하지 않았던 규칙이 하나 있습니다."

"사용하지 않을 규칙을 무엇하러 만들었나?"

'걱정하지 마셔! 이제부터 쓸 거니까.'

지금 만들었으니까, 사용한 적이 없다는 말도 거짓은 아니지.

다른 대신이 물었다.

"어떤 규칙인가?"

"한 사람이 두 개 이상의 객실을 잡을 수 없다는 겁니다."

대신들의 얼굴이 살짝 굳었지만, 성훈은 태연하게 말을 이었다.

"사실 그동안 한 고객이 의도적으로 두 개 이상의 객실을 잡은 적은 한 번도 없었습니다."

괜히 말이 길어질까 봐서 급히 말을 이었다.

"미치지 않고서야, 누가 객실을 두 개나 잡겠습니까? 사실 자는데 방 하나면 충분하지 않겠어요? 몸이 두 개도 아닌데요?"

마뜩잖은 눈으로 대신들이 고개를 끄덕였다.

"그, 그렇기는 하지."

"그러니 있어도 사용하지 않았던 거죠."

한 대신이 갸우뚱하며 물었다.

"내 지금까지 이 호텔에 수도 없이 묵었는데, 한 번도 그런 소리는……."

"혹시 객실을 두 개 잡으셨던 겁니까?"

그가 뜨끔하며 고개를 저었다.

"아니. 그런 적은 없지."

"그러니까 말씀드릴 이유가 없었죠! 다른 분들께서는 있으십니까?"

있을 리가 있나? 아주 특별한 경우가 아니면 없지!

그들에게 단호하게 말했다.

"전산 오류나 고객의 실수가 아니고는 그런 경우는 절대! 없었거든요. 그렇게 유명무실한 규칙이니, 아무도! 말하지 않았을 겁니다."

성훈의 눈빛이 강해졌다.

'이제 규칙은 말해 줬어!'

규칙을 어기는 고객을 쫓아낼 명분이 생긴 거지!

대신들이 어리둥절해하며 서로 묻고 있었다.

'이런 규칙, 들은 적 있냐'고?

다른 어떤 호텔에서도 들은 적은 없었을 거야.

'당신들처럼 사용하지도 않을 방을 두세 개씩 잡는 미친 인간들은 없거든!'

이들만이 할 수 있는 생각이었다.

'돈이 썩어나는 사람들! 확인이 필요해?'

성훈이 지배인을 향해 큰 소리로 물었다.

"지배인! 우리 호텔에 그 규칙이 있죠?"

지배인은 피식 미소가 흘리며, 고개를 숙였다.

"사장님 말씀이 맞습니다. 미처 말씀드리지 못해 죄송합니다."

고작 십 분 전에 정해진 규칙이니 '미처'라는 말은 어폐가 있었지만, 지배인은 말을 아꼈다. 규칙이 있다는 것만은 명백한 사실 아니던가?

지배인의 얼굴에 작은 미소가 걸렸다.

'대답만 하라는 게 이런 의미였군요.'

이미 유명무실하다며 실드를 쳐뒀으니, 다른 설명도 필요 없었다.

내무대신이 빙긋이 물었다.

"내일 말씀하시면 될 것을 미리 말씀하시는 데는 이유가 있겠지요?"

그와 눈을 맞추며 웃었다.

'눈치 빠른 사람이 있으면 말하기가 편하다고.'

"지금 말씀드리지 않으면, 여러분께 기회가 돌아오기까지 시간이 꽤 걸릴 것 같아서 말입니다."

"그 말씀은……."

"간혹 가다가 일 년 치 숙박부를 끊으시는 고객들이 있더군요."

눈을 피하는 대신들을 아우르며 말을 이었다.

"아시다시피, 1차분 객실이 만석입니다. 그럼 내일 예약을 받으면 다른 고객들도 일 년 숙박을 끊지 말라는 법은 없지 않습니까? 그럼 여기 계신 분들은 운이 나쁘면……."

"일 년을 기다릴 수도 있다는 말이군요."

내무대신의 말에 성훈이 손가락을 튕겼다.

"네! 바로 그 말입니다. 게다가……."

지배인 쪽으로 시선을 툭 던졌다.

"저희 호텔에 이렇게 응원하시는 분들께 새로운 객실을 이용할 기회를 미리 공지하지도 않고, 기회를 박탈하는 것은 기존 고객에 대한 예의가 아니라고 지배인이 말하더군요."

고마움을 전하는 대신들의 눈인사에 지배인이 쓴웃음을 지었다.

'쫓아내지 말라고 했지. 제가 언제…….'

다시 성훈에게 시선이 모이자, 말을 이었다.

"굳이 지금 말씀드린 건 우선 선택권을 드리자는 의도였지요. 기존의 고객들이 일 년 동안 기회를 박탈당하는 것은 저로서도 마음이 아프거든요."

'그렇게 되면, 당신들은 일 년 동안 눌러앉을 거고, 내 계획에 아주 큰 차질이 생기겠지! 아주 진상들이야. 진상!'

진상 중 하나가 소리쳤다.

"그런 몰상식한 놈들이 있단 말인가?"

뭘 자기는 아닌 척을 하고 있어? 이 중에서 90%는 다 그렇다고!

속내를 숨기며 말을 이었다.

"간혹 그런 몰상식한 분이 있다고 들었습니다."

몰상식한 고객들이 웅성거렸다.

'그럼 진짜 일 년을 기다려야 하는 건가?'

'그게 싫으면 지금의 객실을 내놓아야 한다고!'

'무지막지한 놈들일세. 일 년을 예약하다니.'

'자네가 그런 말을 할 처지이던가?'

'흥! 난 육 개월밖에 안 끊었다고.'

'방법이 없을까? 놈들이 예약하게 못 하는 방법이?'

내가 하면 로맨스, 남이 하면 불륜이라 했던가?

아직 정해지지도 않은 미래의 고객들을 성토하고 있었다. 하지만 방법은 없다. 하나를 가지기 위해서는 하나를 내놓아야 한다고. 지극히 평범한 이치니까.

누군가가 투덜거렸다.

"솔직히 일 년은 너무한 거 아닌가?"

성훈이 빙긋이 웃으며 답했다.

"어쩔 수 없다고 생각합니다. 이미 그렇게 예약한 고객이 있는 이상은……."

"하지만 녀석들은 우리보다 계급도 낮고……."

이 자리에 모인 자들은 사우디아라비아 3만 왕족 중에서도 핵심에 속하는 자들이었다. 직계혈족에 가깝고, 현 국왕의 주위에 있는 자들.

하지만 성훈의 생각은 달랐다.

"오해하지 말고 들어주십시오. 제게는 모두 똑같이 귀한 고객입니다. 지극히 평등하지요."

나도 모르게 입꼬리가 올라갔다.

'차별을 말하기만 해봐!'

알리를 내세워서 다 밟아버릴 테니까. 이길 놈 있으면 나와! 제 입으로 말한 거니까, 피할 수도 없으리라.

내무대신이 분위기를 보다 말을 꺼냈다.

"이쯤에서 교통정리가 필요한 것 같군요."

무슨 말을 할 것인가?

대신들을 돌아보며 물었다.

"이런 기회 없이 예약이 진행되었었다고 해도, 우리가 호텔 측에 항의할 수 있는 건 없소. 그렇지 않소?"

수긍하는 대신들에게 그가 말했다.

"호텔에서는 기존 고객들에게 기회를 주고 있는데, 여기서 득 되는 방향으로만 하라는 건, 억지에 지나지 않소."

"호텔 측에서는 최선을 다하고 있습니다."

그는 성훈의 말에 고개를 끄덕이며 말했다.

"호텔에서 말하는 새로운 고객 또한, 왕국의 백성일 터, 조정의 중진답게 포용의 정신으로 양보를 하는 게 필요하다 생각되오만."

그의 차분한 눈빛에 무어라 항의를 할 것인가?

수긍하는 대신들을 보며, 그가 성훈에게 물었다.

"사장님께서 고객을 배려하시는 마음은 잘 알았습니다. 문제는 기간인데, 어느 정도의 기간으로 정하면 가장 적절할는지요?"

그는 성훈에게 은근히 결정권을 밀어주고 있었다. 대신들을 돌아보며 말을 이었다.

"저는 다양함을 살리기 위해서 3차분의 디자인을 모두 여섯 종류로 나누었습니다. 고로 열여덟 가지의 다른 객실이 있다는 거지요."

"허. 열여덟 가지나 있다고?"

놀라는 그들에게 성훈이 말을 이었다.

"그 말은 한 달에 한 번씩 바꾼다고 해도……."

"다 보려면 1년 하고도 육 개월이 걸린다는 말이구려."

당신들이 그렇게 욕심을 낼 필요가 없다는 말이지.

'1년씩 묵으면 18년이 걸린다고. 이 양반들아!'

성훈이 말을 이었다.

"그렇죠. 그래서 한 달을 단위로 끊으면 어떨까 하는데, 어떻게 생각하시는지요?"

국왕이 물었다.

"거기, 리야드 지배인."

"네. 전하. 하명하시옵소서."

왕의 부름에 지배인은 고개를 깊숙이 숙였다.

긴장되는 것은 어쩔 수 없었다. 평민인 그에게는 국왕의 존재는 함부로 얼굴을 대하기도 어려운 사람이었다.

그게 어떤 장소이건, 시간이건 관계없이 말이다.

"내일부터 예약을 받는다는 말이 정말인가?"

물론 예약에 대한 계획은 없었다. 하지만 국왕이 묻는 것은 저 말의 사실 여부가 아니라, 원래 그런 계획이 있었는가를 묻는 것이리라.

"계획은 사장님께서 세우시는 거지요."

왕이 피식 웃음을 지으며 웃었다.

"자네가 저 계획에 대해 알고 있었냐는 말일세."

사업기밀이라 한들, 왕에게 무엇을 숨기랴? 자신이 말할 수 있는 범위에서 진실을 고했다.

"제가 능력이 부족하여, 방금 알았습니다."

"훗! 그럼 방금 저 녀석 입에서 처음 나온 거로군."

알리가 맞장구쳤다.

"그렇군요. 여우 같은 녀석."

"그만큼 급했다는 말이지. 그보다 베테랑인 지배인과 의논을 할 시간이 없을 정도로 말이야."

지배인이 몸가짐을 바로 하며 물었다.

“하오나 전하?”

“응?”

지배인이 침을 꿀꺽 삼키며 말을 이었다.

“거짓을 말한 것은 아니옵니다. 내일부터 사장님께서 시행하시면…….”

긴장이 느껴지는 그의 말에 왕이 피식 웃었다.

“누가 뭐라고 했는가?”

그러고는 알리를 돌아보며 물었다.

“중복 숙박이 안 된다는 것? 알리, 네가 있을 때 있던 규칙이냐?”

“아니오. 저도 그런 규칙은 처음 들어봤습니다.”

“훗. 그렇다면 그것도?”

둘의 눈이 지배인에게 향했다.

강렬한 눈빛에 그가 입을 열었다.

“꿀꺽. 그게 신임 사장님의 첫 번째 규칙입니다.”

둘은 말없이 지배인을 바라보았다. 그것도 알고 있었냐는 물음이리라. 혀로 입술을 훔치며 왕께 고했다.

“오 분 전에 생긴 규칙입니다.”

“크윽. 그랬단 말이지?”

왕이 눈썹을 으쓱하며 말을 이었다.

“저들에게 하나만 선택하도록, 먼저 조건을 내건 거로구만. 영악한 놈.”

다시 꿈틀하는 지배인을 보고는 알리가 말했다.

"그래도 거짓은 아니질 않습니까? 이 사람 말처럼 말입니다."

고개를 숙인 지배인에게 왕이 물었다.

"그럼 숙박 기간 한 달이라는 규칙은?"

"그건 저도 방금 처음 들었습니다."

대신들에게 설명하는 성훈을 보며, 왕이 피식 웃었다.

"알리. 너는 예상하고 있었더냐?"

"호호호. 저런 방법으로 쫓아내리라고는……. 저는 전혀 생각지 못했습니다."

"그러게 말이다. 고 녀석! 끝까지 나가라는 말은 한마디도 뱉지 않는군."

"그러게요. 원래 녀석의 성격이라면 당장 꺼지라고 난리를 쳐도 시원찮을 텐데 말입니다."

알리를 보며 왕이 천천히 말을 이었다.

"나중에 대신들이 녀석을 원망할까?"

"왜요? 그럴 이유가 전혀 없질 않습니까? 종아리를 때리는 대신, 떡을 안겨 줬는데요."

"그렇지. 대신들은 녀석의 진짜 목적이 뭐였는지는 끝까지 모를 거다. 나조차도 녀석의 속셈을 몰랐다면, 감쪽같이 속았을 테니."

그러고는 고개를 절레절레 저으며 말했다.

"영악해. 너무 영악해."

왕이 지배인을 돌아보며 물었다.

"왜 그리 표정이 뚱한가?"

알리도 그를 보며 말했다.

"할 말이 있으면 하게."

그는 고개를 들어 왕과 눈을 마주쳤다.

"국왕 전하, 외람되오나, 저의 사장님께서는 누군가를 속이거나 거짓을 말하지 않으셨습니다."

"하긴……."

우물쭈물하는 그에게 왕이 말을 이었다.

"할 말이 있다면 마저 하도록 하라."

"그것이…… 영악하다기보다는 영민하다는 표현이 더 어울리지 않겠습니까? 전하."

알리가 지배인에게 눈썹을 세웠다.

"아미르! 자네 감히 전하께……."

지배인은 다급히 고개를 조아렸다. 욱한 마음에 말을 하기는 했지만, 주제넘은 것은 사실이었다. 그래도 이 자리에서 성훈을 편들어줄 사람이 자신 말고 누가 있는가? 그리고 혼이 나더라도 틀린 말은 정정해야 하지 않겠는가?

왕이 속을 알 수 없는 표정으로 자신을 지긋이 내려다보고 있었다.

저도 모르게 침이 꿀꺽 넘어갔다.

'하지만 사장님께서 누굴 악독하게 속인 것은 아니잖아.'

입술을 훔치며 각오를 다졌다.

'제 말이 틀린 것은 아닙니다. 무슨 혼이 나더라도…….'

혼자 각오를 다지는데, 누가 손을 덥석 잡았다.

"뭐 하고 있어요? 몇 번을 불렀는데."

성훈이었다.

고개를 숙이고 있다가 번쩍 들었다.

"네? 어쩐 일로 부르셨는지."

성훈이 인상을 찌푸리며 말했다.

"뭐긴 뭐예요? 예약 용지 가져오라고 불렀죠. 저 인간들 마음 변하기 전에 싸인 받아야죠. 갖고 있죠?"

"네? 아! 벌써 결정인 난 모양이군요. 여기."

서류를 내미는 손을 뻔히 보고는 성훈이 말했다.

"나더러 이것만 들고 가라고요? 어떻게 작성하는지도 모르는데? 당신이 설명해야죠. 따라와요! 당장!"

그러고는 팔을 끌며 왕에게 물었다.

"아버지, 내 지배인한테 하실 말씀 있으세요?"

하지만 답을 기다리는 질문은 아니었던 모양인 듯, 여간 급한 표정이 아니었다.

"그럼 데려갑니다."

알리가 그의 손을 잡으며 말했다.

"성훈, 아직 부왕께서……."

무례한 행동이었지만 왕은 화내기는커녕, 피식 웃으며 손을 내저었다.

지배인은 왕에게 허리를 깊이 숙였다.

"전하, 제가 주제넘은……."

성훈이 팔을 당기며, 짜증을 냈다.

"아! 뭐 해요! 얼른 오라니까!"

성훈의 성화에 왕이 재차 손을 내저었다.

"얼른 가보게. 녀석이 더 짜증 내기 전에……."

"감사합니다. 전하. 다녀오겠습니다."

몸을 곧추세우고 성훈의 뒤를 급하게 따랐다.

그의 뒷모습을 보며, 왕이 희미하게 미소 지었다.

"성훈이 녀석이 저 연극을 한 게, 저 지배인 때문이라 이거지?"

"네. 부왕."

"후훗! 녀석은 또 한 명의 든든한 우군을 만든 건가? 녀석을 변호하기 위해서라면, 내게도 직언을 할 수 있는."

대신들 대부분이 지배인의 설명을 들었고, 자리에서 예약 서류를 작성하고 있었다.

"정무차관님! 지금 시험 치십니까? 왜 옆의 분들 걸 보세요? 소신껏 작성하시라고요!"

대신들을 닦달하는 성훈에게 지배인이 공손히 물었다.

"저……. 국왕 전하께 좀 다녀와도 되겠습니까?"

"왜요?"

"국왕 전하께 말씀드려야 할 것이……."

뚱한 표정으로 성훈이 물었다.

"뭔데요? 급한 거예요?"

"그건 아닙니다만, 전하께서 기다리시게 할 수는 없지 않습니까?"

진지한 그의 표정을 보며, 성훈이 투덜거렸다.

"그럼 얼른 갔다 와요. 바쁘니까."

그의 안색을 살피더니, 말을 이었다.

"그리고 쓸데없이 귀찮게 하시면 저한테 말씀하세요."

"그, 그럴 리가요."

당황한 표정을 짓는 그에게 성훈이 입을 툭 내밀며 손을 휘휘 저었다.

"왜 바쁜 사람을 오라 가라 그래?"

그러고는 대신들을 향해 소리쳤다.

"기간이 30일 넘거나, 중복하지 않는다는 조항에도 사인하시고요. 그거 빠뜨리시면 무효라고 분명히 말씀드렸습니다."

뒤돌아 걸음을 옮기는데, 성훈의 잔소리가 계속 이어졌다.

"거기 다 쓰신 분은 앞으로 넘기시고! 그리고 맨 앞에 있으신 분이 정리해서 이리 가져오세요! 잘못 작성하셔서, 예약에서 밀린 거에 대해서는 호텔에 항의할 수 없습니다. 아시죠?"

왕 앞에 선 지배인이 사죄했다.

"전하, 죄송하옵니다. 제가 생각이 짧았습니다."

하지만 왕은 화내지 않았다.

"괜찮네. 틀린 말을 한 것도 아닌데."

"감사합니다, 전하. 앞으로는……."

더 깊이 고개를 숙이는 그를 아크람이 말렸다.

"괜찮네. 전하께서는 화나신 게 아니니 말일세."

"흥. 내 앞에서 성훈 녀석을 편든 게 어찌 화날 일이 아닌가?"

"그런 분께서 얼굴에 그리 웃음을 띠고 계시옵니까?"

"허허허. 그나저나 누가 저 녀석의 뒤를 닦을지 몰라도 꽤나 고생하겠구만."

아크람이 빙긋이 웃으며 대꾸했다.

"하지만 잘 헤쳐 나가지 않습니까?"

"쯧쯧. 좀 더 천천히 생각했더라면, 저리 급하게 하지 않아도 되었을 것 아닌가? 수천의 직원을 거느린 사장이라는 녀석이 저리 경박해서야."

염려의 말에 저도 모르게 아미르가 눈가를 꿈틀했다.

왕이 피식 웃으며 물었다.

"왜? 또 무슨 바른말을 하려고?"

"송구하오나, 저는 그리 생각지 않습니다. 상황이 다급하여 저리 신속하게 진행하시기에 그렇게 보이는 것일 뿐, 생각은 지극히 깊은 분입니다."

왕이 실눈을 뜨며 물었다.

"지배인 이름이 무엇인고?"

"아미르라 하옵니다."

"그래, 아미르. 그리 생각하는 연유가 있는가?"

"이 일은 아까 말씀드렸다시피, 제 고집으로 시작된 일입니다."

"그게 무슨 고집이냐? 자네가 틀린 말을 한 것도 아니던데 말이야."

아미르는 차분한 얼굴로 고개를 저었다.

"아니지요. 원래의 저였다면, 지배인으로서 사장님의 의견을 백분 참고하여, 무난하게 일을 처리할 수 있도록 수단을 취했어야 마땅합니다."

"그런데 왜 그리하지 않았지?"

"제 신념도 있었지만, 저는 저기 있는 대신들을 설득할 수 없다 생각했었습니다."

왕이 고개를 끄덕였다.

"그게 일반적인 반응인 게지."

"안 되는 건 안 되는 거니까요."

아미르는 힘없이 입꼬리를 내리며 말을 이었다.

"경영의 경험이 없으시니 그런 것이다. 힘으로 누르지 못하게 하면 방법이 없으니, 포기하지 않을까 하여, 그 조건을 내건 것입니다."

"어떤?"

"왕세자의 배경에 기대지 않는 것 말입니다."

"하하하. 알리의 지원이 없으면, 녀석이 포기할 것이다! 그렇게 생각한 것이로구만."

"네, 바로 그렇습니다."

성훈의 곤혹스러워하는 모습이 떠올랐던지, 왕이 만족스럽게 웃었다.

"아주 제대로 길을 막아선 거구만."

"하지만 사장님은 포기하지 않으셨고, 어쩔 수 없이 끌려오는 내내, 제 의견은 무시하는구나, 하고 생각했습니다."

"흠. 실망이 컸겠구만."

"마음이 맞지 않는 주인과 일하는 자가 얼마나 성심을 다

하겠습니까? 그러느니 그만두는 게 낫지요."

지긋이 듣던 왕이 물었다.

"지금도 그런 생각인가?"

"아닙니다. 지금은 전혀 그렇게 생각하지 않습니다. 사장님이 말한 한 마디 한 마디는 빈말이 없었건만, 오히려 제 짧은 생각으로 사장님을 오해하고 있었다 생각하니, 얼굴을 들지 못하겠습니다."

"무슨 말이었기에? 소상히 말해 보게."

잠시 생각을 정리한 아미르가 왕에게 고했다.

"지금 생각해 보면, 사장님은 처음부터 여러 가지 규칙을 정할 수 있었습니다."

"사장이니 그럴 수 있겠지."

"하지만 단 한 가지 규칙만을 말씀하셨고, 제게는 가타부타 다른 말 말고, 그게 맞는지만 답하라 하셨습니다."

"오호. 녀석이 그랬다고? 그 이유가 무어라 생각하는가?"

아미르가 확고한 눈빛으로 답했다.

"그건 지배인인 제 입장을 배려한 겁니다."

"그건 왜 그런 거지?"

"중복 금지의 규칙은 누가 말하든 상관이 없습니다. 말한 대로 그런 경우 자체가 드물고, 고객 중 누구도 묻지 않으니까요. 하지만 제가 말하지 않은 것은 제 실책이 될 수 있지요."

"방금 만든 건데도?"

"마찬가지입니다. 지배인은 그 호텔의 얼굴입니다. 하지만 그럼에도 아무도 제게 화살을 돌리지 않았습니다. 온전히 사장님이 그 화살을 받았지요."

"훗! 그게 배려라……. 녀석을 너무 좋게만 보는걸? 녀석은 고작해야 스물 중반이라네."

왕의 핀잔 섞인 말이었지만, 아미르는 말없이 웃음을 머금었다.

"제가 이런 생각을 하는 것은, 사장님이 처음부터 한 달의 규칙을 만드실 수도 있었기 때문입니다."

"그게 상관이 있나?"

"그런데도, 귀찮음을 감수하며 대신들을 독려하여 그런 규칙을 만들게 하였습니다."

왕이 눈을 동그랗게 뜨며 고개를 갸웃했다.

"자네 눈에는 그게 독려로 보이던가? 나는 협박으로 보이던걸? 안 그러냐? 알리?"

"그렇지요. 계획에도 없었던 예약을 들이대면서 대신들을 다급하게 만들고는, 둘 중 하나를 고르라고 했지요. 칼만 안 들었다뿐이지, 강요한 것이나 진배없지요."

왕이 맞장구쳤다.

"그렇지. 그건 녀석의 특기이기도 하지."

아미르가 적극적으로 성훈을 변호하고 나섰다.

"허나 전하! 대신들 누구도 불만을 말하지 않았습니다. 게다가 중복의 규칙과 한 달의 규칙은 그 의미가 확연히 다릅니다."

"뭐가 다른가?"

"그게 호텔의 규칙이니 지키라고 우기면, 그건…… 고객의 기분이 상하고 또한, 설명하지 않은 제 체면이 상하게 되니, 일부러 지금 만드신 거라 생각됩니다."

"자네 체면이 상하지 않도록, 녀석이 배려했다. 그 말인가?"

"네. 저는 그렇게밖에 생각할 수 없습니다."

왕이 빙긋이 웃으며 물었다.

"시간이 엄청 없었던 것 같은데, 저 녀석이 정말 거기까지 생각을 했을꼬?"

놀리는 말에 아미르가 정색하며 말했다.

"설령 거기까지 생각하지 않았다고 해도, 사장님이 지배인인 제가 얼굴을 붉히는 상황은 절대로 만들지 않았을 거라 확신합니다."

왕이 손뼉을 짝 쳤다.

"옳거니!"

"그런 연유로 저는……."

왕이 박장대소했다.

"이 친구가 눈에 콩깍지가 단단히 씌었구먼그래."

알리가 그 말을 받으며 못 말리겠다는 듯 고개를 저었다.

"자네 고생길이 훤하게 트였어. 저 녀석이 현장의 건축 기사들을 얼마나 갈구고 다니는지 모르지?"

아미르가 그의 말에 반박했다.

"일이 힘들지언정, 그들에게서 사장님께 불평하는 소리는 한 번도 듣지 못했사옵니다."

그래도 알리는 확신하며 말했다.

"흐흐흐. 곧 자네도 우는소리 하게 될 거야. 저 녀석이 사람을 부리는 실력이 보통이 넘거든!"

그러고는 어깨를 토닥이며 의미심장하게 말을 이어 붙였다.

"저 녀석이 섭섭하게 하면, 언제든지 나한테 오라고."

그런 알리를 보며 아미르는 미안한 표정으로 양복 상의로 손을 집어넣었다.

"전하, 죄송합니다."

"뭐가?"

품에서 꺼낸 종이를 내밀며 말했다.

"예전에 드리고자 했던 사직서이옵니다."

알리가 찌뿌둥한 눈으로 말했다.

"그걸 왜 지금?"

"이 일에 대한 확신도 없어 흔들리다 보니, 마음을 다잡고자 지니고 다녔던 것이옵니다."

"알아. 이 일 처음 시작할 때부터 가지고 다녔다고 하지 않았나? 지금 내놓는 이유가 뭔가?"

알리는 정색하며 묻고 있었다.

"그동안 거둬주시고, 예까지 인도해 주셔서 감사합니다."

알리에게 돌아가지 않겠다는 말 대신, 완곡하게 말하고 있었다.

성훈을 선택하겠다고 말이다.

알리는 말 없이 사직서에 시선을 주었지만, 손을 내밀지는 않았다.

하지만 목이 멘 듯, 헛기침하며 말했다.

"자네의 마음을 붙잡았던 것이니, 자네가 처리하게. 그리고…….”

씁쓸한 표정으로 말을 이었다.

“아직도 내 마음은 변하지 않았다네.”

아미르의 자리는 항상 비어 있다는 말이었다.

“전하의 그 배려. 평생 잊지 않고 가슴에 간직하겠습니다.”

그리고 미련 없이 자기 손의 사직서를 찢었다.

찍! 찍!

사 등분으로 조각난 종잇조각을 휴지통에 버렸다.

“정말 후회하지 않겠나?”

“네. 사장님께 죄를 지어 쫓겨나지 않는 이상은…….”

알리가 입맛을 다셨다.

“거기다 뼈를 묻을 생각이로구만.”

“더 모실 수 없게 되어 송구할 따름입니다.”

“아닐세. 송구할 게 뭐 있나? 자네처럼 능력 있는 자가 더 좋은 고용인을 만났으니, 축하해 줘야지.”

아크람도 흐뭇하게 웃으며 말했다.

“아미르, 진정으로 섬길 주인을 만났구만.”

축하 인사에 아미르도 뿌듯한 얼굴로 고개를 끄덕였다.

“저도 그렇게 생각하고 있습니다.”

그들의 대화를 알 리 없는 성훈이 아미르를 부르고 있었다.

“아미르! 볼일 다 봤으면 얼른 와요!”

이미 나갈 채비를 끝낸 듯, 대답도 기다리지 않고, 성훈이 문서를 흔들어 재꼈다.

“이거 얼른 정리해야 하니까, 빨리 오세요. 내일 예약받기 전까지 정리 다 해야 하니까."

"전하, 이만 가 봐야 할 것 같습니다. 용서를……."

아미르가 다급히 고개를 숙이고 돌아서서 성훈의 뒤를 쫓았다.

웃음을 머금고 뛰어가는 아미르의 뒤통수를 보며, 왕은 안쓰럽다는 듯 혀를 찼다.

"쯧쯧. 고생길로 들어서는 것도 모르고."

아크람이 빙긋이 웃으며 말했다.

"하지만 수하의 마음을 저리 배려해 주는 주인이라면, 가시밭길을 걸어도 즐거울 것 같습니다."

"훗. 그야 그렇지. 자신을 알아주는데, 무엇이 두렵겠나."

"그런데 부왕!"

"왜 그러느냐?"

알리는 고개를 갸웃하며 물었다.

"아미르 말대로, 성훈이 정말 그렇게까지 깊이 생각했을까요?"

그를 보며, 피식 웃고는 되물었다.

"질투가 나느냐? 데려오겠다 마음먹은 수하를 빼앗겨서?"

"설마 그렇기야 하겠습니까? 그가 결정하는 것입니다. 하지만 아무리 생각해도 말이 안 되지 않습니까?"

"어떤 것을 말하는 것이냐?"

"대신들을 쥐락펴락하는 것도 그렇고, 수하를 다독여서 제 사람으로 만드는 것 말입니다. 제가 성훈의 입장이었다면, 둘 중 하나만 하라고 해도……."

"그렇지. 권력이라는 배경이 없다면 더더욱 불가능했을 것이고……."

"네! 닳고 닳은 노년이라면 이해할 수 있지만, 성훈은 고작해야……."

알리의 말에 왕은 아미르를 닦달하는 성훈을 바라보았다.

20대 중반의 혈기 충천한 나이!

'저 나이에? 설마! 저런 건 사오십 줄을 먹어도 생각하기 어려운 게 아닌가?'

허나 부정할 수 없는 것은 그걸 해냈다는 것이다. 계산에서 나온 것이 아니라면, 자연스레 몸에 익은 연륜일 터!

'제 목적 하나 챙기기도 바쁜 와중에, 수하의 체면까지 생각한다고?'

연륜이 아니라면, 도무지 이해하기 어려운 행동이었다.

'그게 아니라면?'

국왕도 성훈의 재치와 능력을 인정하고 있었지만, 이것에 대해서만큼은 확신할 수 없었다.

고개를 절레절레 저으며 알리에게 말했다.

"설마 그럴 리가 있겠느냐? 녀석의 타고난 천성인 게지."

그렇게 고객들의 객실 독점 문제는 일단락을 지었고, 호텔의 일은 지배인 아미르의 지휘 아래 순탄하게 굴러갔다.

덕분에 성훈은 공사에 매진할 수 있었고, 덕분에 공사도 거의 마무리되어 가고 있었다. 이제 성훈이 초점을 맞춰야 하는 것은 공사의 품질보다는 기사와 인부들의 마음을 달래주는 것이었다.

'그중에서도 가장 마음이 상한 자부터.'

그런 사람이 누가 있을까?

최 과장은 '신영 산업, 심 사장이 아닐까요?' 하는 조심스러운 의견을 내놓았다. 그도 그럴 법한 것이, 그를 타깃으로 삼아 다른 공장에 본보기를 보였으니까!

누가 되어도 상관없는 거였지만, 신영은 운이 나빴다.

나한테 걸린 게.

하지만 난 정말 쓸모없다고 생각하면 뒤돌아보지 않는다고! 그에게 기회를 준 것만 해도 나로서는 큰 호의를 베푼 거였다.

언제였던가, 최 과장이 물었다.

"팀장님, 이건 좀 심한 게 아닐까 생각됩니다."

"뭐가요?"

퉁명스럽게 내뱉는 말에 그가 물었다.

"공장을 지휘해야 할 사장이 이렇게 현장에 나와 있어서야……."

나이 지긋하신 사장이 작업복을 입고 땀 흘리고 있으니, 안쓰럽기도 하겠지.

그가 말을 이었다.

"공장은 공장의 일이 따로 있고, 현장은 현장의 일이 따로 있습니다. 서로 도와가며 공조하는 게 가장 이상적이지 않을까요?"

나름 논리적인 말이었지만, 내 귀에 들어오기도 전에 기각되었다.

'사장의 정신머리부터 뜯어고쳐야 한다고!'

그에게 물었다.

"최 과장님, 혹시 공장 생활 해보셨습니까?"

"네?"

되묻는 걸 보니, 금세 답이 나왔다.

"문제 있을 때, 품질 확인하러 공장에는 몇 번 들른 게 다죠?"

"네. 아무래도 현장 담당이다 보니."

지난 삶에서 난, 그들을 맞이하는 처지였다.

그를 직시하며 물었다.

"그럼 공장이 왜 몰딩 몇 개를 우습게 보는지, 이유를 모르시겠네요?"

"우습게 본다고요?"

미간을 좁히는 그에게 말했다.

"현장에서는 자재 가지러 가는 걸 무척이나 싫어합니다."

"당연하죠. 거기까지 가는 거리가 있는데요."

그의 당연한 대답을 들으며 웃었다.

'그 거리가 문제죠.'

"공장은 어떨 것 같습니까?"

"그, 그게……."

"공장이 현장을 이해한다고요? 제가 보기엔 아니던데요? 이해하려고 노력하지만, 이해할 수가 없습니다. 왜냐고요? 기본 환경이 다릅니다."

눈만 멀뚱거리는 그에게 말을 이었다.

"현장에서는 몰딩이 부족하면 현장이 정지되지만, 공장에서는 몰딩이 바로 손닿는 곳에 있거든요."

"아!"

"그래서 그들은 이렇게 말합니다. 몰딩 하나 가지러 가는 게 뭐 그리 대수라고 저렇게 지랄을 하는 거냐고요. 그 자재 가지러 갈 시간이면, 해당 작업을 열 개는 더 할 수가 있는데 말이죠!"

"음……."

"이해하기 싫은 게 아니라, 못 하는 겁니다. 바로 옆에 있는 거 가져오는 게 뭐가 그리 힘드냐? 그거죠. 사실은 전혀 그렇지 않은데 말이죠!"

그는 말없이 고개를 끄덕였다.

"게다가 인건비는요? 공장 직원 인건비보다 현장 인부들의 인건비가 배나 비싼데도 말이죠."

비쌀 수밖에 없다.

공장 직원들은 단계별 단순 작업을 하는 노무자이지만, 현장에서는 베테랑만이 공구를 손에 쥘 수 있으니까!

어중이떠중이에게 연장을 맡겼다가는 공장에서 공들여 만든 물건을 쓰레기로 만들 수도 있다고! 그 잘못된 제품 하나 때문에 수십 분이 허비되는데, 그 수가 백 개라고 가정해 보라.

"이런 식으로 현장에서는 돈이 줄줄 새는데도, 공장은 그걸 전혀 이해 못 한다고요."

답답함을 토로하며 말을 이었다.

"이해하려면, 직접 와서 겪어보는 것뿐입니다."

"그래서 사장을 직접……."

고개를 끄덕이며 설명을 이었다.

"네! 그것도 작업자가 아니라, 사장이 직접 겪어야 합니다. 그게 싫으면 물건을 하자 없이 만들겠죠!"

그 뒤로 최 과장은 심 사장의 이야기를 꺼내지 않았다.

하지만 '누가 가장 힘들었겠냐?'라는 물음에 제일 먼저 꼽은 사람이 신영 심 사장이었다.

'한 번으로 끝낼 공사면 몰라도, 다음 공사를 위해서는 좋은 기억도 만들어야 한다고.'

끝맺음이 좋으면 다 좋은 거라고 하지 않던가?

성훈이 물었다.

"과장님, 신영 심 사장님 오실 때 안 됐어요?"

그가 시계를 보며 말했다.

"네. 이제 거의 다 왔을 겁니다."

그의 말이 끝나기가 무섭게, 누군가의 노크 소리가 들렸다.

손수 차를 타서, 심 사장에게 내밀었다.

"할 만하세요? 사장님."

몰딩 납품 건으로 호되게 당한 다음에는 아예 붙박이로 눌러앉아 품질을 점검하고 있었다. 그만큼 이 현장을 우선시한다는 말도 되지만, 현재건설에서 넣은 압박도 한몫했으리라.

지금은 한국에 가 있지만, 이런 일이라면 시키지 않아도 잘할 곽 이사였다.

그가 어색하게 입꼬리를 올렸다.

"이제 익숙해졌습니다. 이런 환경에서 할 만하지 않으면 어쩌겠습니까? 매끼 뷔페에, 잠도 호텔에서 자는데 말입니다."

"사장님께서 신경 써 주신 덕분에, 공사가 별 탈 없이 마무리되어 가는 것 같네요."

감사의 말이었지만, 그는 긴장하며 슬며시 너스레를 떨었다.

"그게 어디 저 때문이겠습니까? 팀장님께서 잘 지휘하신 덕분이지요."

"저 때문에 많이 힘드셨던 거 압니다."

"아니요. 애초에 저희 쪽 실수였으니, 괘념치 마십시오."

성훈이 그를 보며 어색하게 웃었다.

"사실 그때는 몰딩을 바로 반품하고 다른 공장을 찾을 생각이었습니다."

성훈이 입에 담은 그때란, 아마 처음 난리가 났을 때를 말하는 것이리라. 생각만 해도 사장의 입이 바짝바짝 말라왔다.

그의 마음을 성훈이 어떻게 모르랴?

'얼마나 애간장을 졸이며 비행기를 탔겠어?'

자칫 공장이 문을 닫아야 할 수도 있는 위기였을 것이다. 고작 현장 하나 때문에 그 큰 공장이 문을 닫는다고? 거짓말 같이 들리지만, 전혀 아니거든!

'왜냐면, 다 빚으로 세운 공장이니까!'

엄청난 자본가가 아닌 이상, 자기 돈만 가지고 공장을 세운다는 것은 불가능에 가까웠다. 대출받아서 공장을 세우고, 원금과 이자를 갚아가며, 천천히 회사의 지분을 자기 것으로 만들어가는 중소기업들이 압도적으로 많았다.

'그러다가 사정이 안 좋아져서 이자 납부가 약간만 밀리면, 은행들이 빨간딱지를 붙이러 오지.'

그때부터는 지옥도가 펼쳐진다. 애초에 자본가들이라면 돈을 굴려 벌 생각을 하지, 생산 사업에 뛰어들지도 않겠지만 말이다.

그의 신영 산업 또한, 똑같은 길을 밟고 있을걸.

그런 와중에서 현재건설이라는 큰 업체와 척을 지면, 앞으로의 일은 끊어질 것이고, 키워 놓은 공장을 온전히 가동할 수도 없어진다.

로스는 곧 공장의 적자와 직결되는 일이었다.

'그런 악순환을 석 달만 반복하면, 십 년간 쌓아온 공든 탑이 순식간에 무너진다고. 길어야 육 개월이겠지.'

훗! 그걸 알면서 왜 그렇게 공장을 키웠느냐고?

'코딱지만 한 공장에 어떤 대기업이 일을 맡겨!'

아무리 영업력이 있어도, 장비가 받쳐주지 못하면, 대기업의 안중에는 들지 못했다. 그들의 일을 맡아야 파이가 커지고, 맡기 위해서는 빚을 내서라고, 공장의 규모를 키워야 했다. 그렇지 않으면 계속 구멍가게의 굴레에서 영원히 벗어나지 못한다.

어차피 불안요소를 안고 가기는 마찬가지지만, 파이를 키우는 것이 훨씬 더 성공의 기회가 많았다. 게다가 성훈의 오더는 값을 제대로, 아니, 많이 쳐주는 제품이 아니던가?

이제는 은행 배를 불리지 않고, 자기 배를 불릴 수 있다는 장밋빛 미래를 꿈꾸었을지도 모른다. 그것도 현재건설이라는 큼직한 오더가 있을 때의 이야기였다.

그의 위기감의 근원은 거기에 있었다.

사장이 마른 침을 꼴깍 삼키며, 성훈에게로 시선을 돌렸다.

'그 말을 지금 왜 하는 겁니까? 팀장님.'

하지만 지금 부른 이유는 그를 타박할 목적이 아닌 듯, 성훈은 웃으며 말을 이었다.

"아마 사장님께서 진행에 차질이 없도록 재빨리 조처해 주시지 않으셨다면……."

성훈이 그의 눈을 지그시 바라보며 말을 이었다.

"이 공사도 공사려니와, 앞으로는 사장님 얼굴을 안 볼 생각이었습니다."

사장의 가슴이 두근두근 널뛰기했다.

"이, 이해합니다."

긴장이 과했던지, 탁한 소리가 새어 나왔다.

"하지만 이렇게 상주하시면서 관심 가져 주셔서 제 마음도 많이 바뀌었습니다."

마른 웃음을 토하며 긴장된 웃음을 지었다.

"하하하. 그렇습니까? 다행입니다."

"너무 긴장하지 않으셔도 됩니다. 저야 뭐 말단 월급쟁이 아닙니까? 사장님께서는 중소기업 오너시구요. 안 그래요?"

"그럴 리가 있겠습니까?"

"진짭니다. 제가 나중에 잘리면 사장님께서 받아주셔야 하잖아요. 안 그래요?"

성훈의 농담에 조금 자리가 부드러워졌다.

성훈이 차를 마시며 물었다.

"어때요, 사장님. 직접 현장에 계시니 생각하신 것과는 차이가 크죠?"

"네. 저도 예전에 현장 생활을 해봤습니다만……. 많이 다르더군요."

성훈이 빙긋 웃었다.

"사장님께서 현장 해보신 건 적어도 20년 전이실 겁니다."

"그렇죠."

"제가 걸음마를 할 때였으니, 그 경험을 무시하는 건 절대 아닙니다."

"훗. 그런 생각은 하지 않습니다."

"그때보다 삶은 나아졌고 그만큼 자재의 수도 다양해졌습니다."

심 사장이 말없이 고개를 끄덕였다.

"공장에서의 한 걸음은 현장에서의 백 걸음에 맞먹는다고 생각합니다."

그는 성훈이 말한 의미를 금방 알 수 있었다. 공장의 정리된 라인에는 불량품을 걷어내기만 하면 되지만, 현장에서는 그걸 가지러 가기 위해 자재 창고까지 돈 안 되는 걸음을 해야 하는 것이다.

그는 수긍하며 고개를 끄덕였다.

"네, 이제는 그 말을 이해할 수 있습니다."

"반대로 말하면, 공장에서 조금만 신경을 써 주시면……."

그가 성훈의 말을 이어받았다.

"현장에서는 몇 배나 작업이 빨라지죠."

그의 맞장구를 들으며, 성훈이 물었다.

"지금 현장에 공장분들이 몇 명 계시죠?"

"지난달까지 스무 명이 있었는데 이제 물량이 줄어서 열 명이 남아 있습니다."

"흠. 아직도요?"

그가 씁쓸한 표정으로 답했다.

"현장에 딜리버리 하려면 어쩔 수 없죠. 사실 저희 때문에 현장에서도 손해를 많이 봤구요. 현장이 완전히 끝날 때까지는 이 인원을 유지할 생각입니다."

"손해가 크시겠는데요?"

그는 손을 내저었다.

"손해는요. 처음 단가가 좋아서 전혀 손해는 없었습니다. 웬만한 현장보다 더 수익이 컸습니다."

최 과장에게 시선을 보냈다.

'파트너로 어떻게 생각하느냐?'고 말이다.

최 과장은 희미하게 웃으며 고개를 끄덕였다.

현장에서 가장 중요한 것은 품질이다. 하지만 간과하지 말아야 할 것은, 현장이 규칙대로 돌아가는 톱니바퀴의 집합이 아니라는 거다.

'서로의 입장을 고려하여 협조하면서, 유기적으로 돌아가야 한다고.'

그는 실무자인 최 과장에게 합격점을 받았다.

'이 정도 각오라면 충분하지.'

그의 손을 잡으며 말했다.

"전 신영, 다음 현장까지 데리고 갈 생각입니다."

사장의 눈이 부릅떠졌다.

"그게 정말이십니까?"

이렇게 사고를 쳤는데도, 데리고 갈 생각이냐는 물음이리라.

"무엇보다 품질은 좋으니까요. 그리고 사장님께서도 제 일처럼 신경을 써 주셨고."

"그렇게 생각해 주시면, 저야 고맙지요."

"신영의 품질에 자신을 가지셔도 됩니다."

"가, 감사합니다."

성훈이 일어서며 악수를 청했다.

"어깨 펴세요, 사장님. 전 월급쟁이고, 사장님께서는 한 달에 수억씩 버시는 분이신데요."

성훈 자신이 월급쟁이라는 말에 최 과장은 고개를 모로 돌리며 어이없어했지만, 실상을 모르는 심 사장에게는 격려가 되는 모양이었다.

“하하하. 별말씀을 다 하십니다.”

성훈이 손을 맞잡고 흔들었다.

“하지만 명심하십시오. 전 이미 한 번 기회를 드렸습니다. 두 번은 없습니다.”

“네, 팀장님.”

“아무리 밥을 잘 짓는 취사병이라도, 배식에 실패하면 어떻게 되는지 아시죠?”

심 사장은 그 눈을 직시하며 고개를 끄덕였다.

“저는 사람을 쉽게 버리지 않습니다. 하지만 버리면 다시 돌아보지 않습니다.”

“명심하겠습니다. 팀장님.”

“그럼 바쁘실 테니, 가서 일 보세요.”

“알겠습니다. 팀장님.”

석 달 후.

리야드 현장은 마무리되었다.

105장
인원 보강

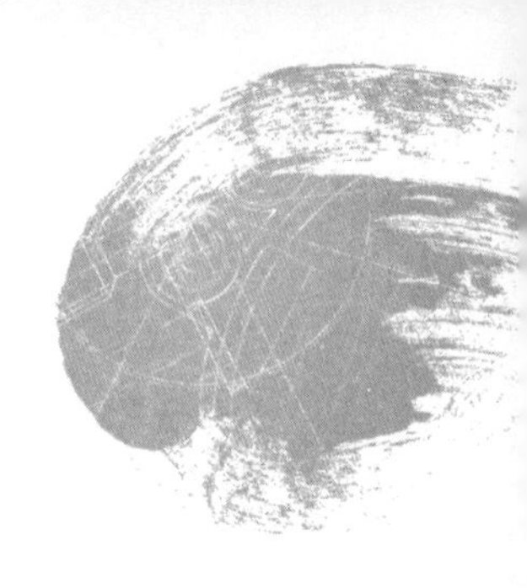

"부장님, 왜 이렇게 인력 충원이 느린 겁니까?"

이제는 흰머리가 희끗해진 인사부장이 신경질적으로 안경테를 위로 밀었다.

"뭐! 인력 충원이 느려?"

그가 말을 이었다.

"지난 삼 년간!"

말없이 듣기만 하는 성훈을 보며, 그의 눈가에 경련이 일었다.

"자네 크레이지 팀에 투입한 인력이 천 명이야!"

"알고 있어요."

"큭! 현장 기능공 숫자는 제외하고, 오로지 현장 기사들로만 그 숫자지!"

"알고 있습니다."

뻔뻔스러운 성훈의 대답에 그의 흰 머리가 한 올 늘었다.

심호흡으로 마음을 가라앉히며, 부장이 말했다.

"자네 팀을 제외한, 우리 현재건설의 지난 삼 년, 신입 사원 숫자가 얼마인지 알아?"

"제가 그걸 알아야 합니까? 인사부도 아닌데……."

뚱한 성훈의 대답에 인사부장이 꿈틀거리는 주먹을 꽉 쥐었다 풀었다.

'휴우. 진정하자.'

차분한 목소리를 원했지만, 저도 모르게 목소리가 올라갔다.

"천 명이 채 안 됐어! 이 사람아!"

"그랬던가요?"

"자네! 삼 년 전에 리야드 할 때! 한 방에 얼마나 투입했는지 기억나나?"

"한…… 오백 명쯤인가, 투입했었죠?"

항상 냉정하던 인사부장의 얼굴에 붉은 기운이 맺혔다.

"말은 잘하네!"

"사실이니까요."

"그때 내가! 내가 아는 최고의 재원으로만 선별해서 넣어줬었지."

"그것도 인정합니다."

인사부장이 크게 심호흡을 했다.

"후! 어쨌거나 좋아. 그중에 지금 남아 있는 인원이 얼마나 되나?"

"그래서 찾아온 거 아닙니까?"

대답을 회피하며, 용건만 말하는 성훈이었다.

욱한 부장이 목청을 높였다.

"100명이 안 돼! 밀어 넣으면 뭘 해? 관리가 안 되는데!"

"일만 잘한다고 최고 인력입니까? 체력도 좋고 깡도 좋아야죠!"

"크. 조 입을 아주 그냥!"

부장이 말을 이었다.

"그 나간 친구들 몽땅! 다른 회사에서 팀장 자리 꿰차고 앉았다고!"

"그래 봤자, 연봉은 반도 안 되죠."

어이없다는 듯, 천정을 한 번 쳐다본 부장이 말했다.

"그 연봉 반의반도 안 돼도 좋다고. 다른 데로 가는 사람들이 줄을 이었다고!"

"칫! 그 정도도 못 버티면서. 반의반도 아깝다."

"나중에 현장 더 커지면 어떡할 거야? 어디서 인원을 충원하냐고?"

아무것도 아니라는 듯, 성훈이 대꾸했다.

"다시 불러오면 돼요."

"오겠냐? 그렇게 도망을 갔는데?"

성훈이 투덜거렸다.

"안 오긴 왜 안 와요? 부르면 오는 거지. 그건 제가 알아서 할게요."

"하이고! 내가 말을 말아야지."

부장이 목덜미를 잡으며 말을 이었다.
"나한테 요즘 청탁 제일 많이 들어오는 게 뭔지 알아?"
성훈이 놀란 눈으로 고개를 앞으로 쭉 뺐다.
"부장님! 청탁도 받고 그러세요? 그렇게 안 봤는데?"
"그럼 어떡해! 돈이고 나발이고, 죽겠으니까 다른 회사 좀 소개해 달라는데!"
"아!"
"그게 무슨 말인지 알지!"
"그럼요. 그 사람들도 먹고살아야죠."
"그런 말이 아니잖아. 업무 강도를 조금만 낮추란 말이야! 제발!"
성훈이 피식 웃었다.
"에이. 부장님도. 현장 바빠 죽겠는데, 이것저것 봐줄 틈이 어딨어요? 그것도 못 따라오면서 무슨…… 최고 인력이야? 췟!"
"지금 그걸 말이라고……."
"아직 최고 팀이 되려면 멀었어요."
결국, 인사부장이 폭발했다.
"아니야! 지금도 최고 팀이야? 자기네 건물 공사해 달라고 오더 쌓인 게 이런 A4로 열 페이지가 넘어 알아?"
서류를 흔들며, 답답함을 토로하는 부장이었다.
"알아요."
"아는데 왜 그래? 자네 현장에 한국 사람 전부를 몽땅 투입해 봐야 만족할 건가?"

성훈이 딴청을 하며 투덜거렸다.

"왜 꼭 한국에서만 찾아요? 외국도 널리고 널렸……."

부장이 벌떡 일어섰다.

"됐어! 나가! 안 해! 사장님한테 사표 낼 테니까, 자네가 따로 인사팀을 만들던가? 알아서 해!"

"칫. 어차피 수리되지도 않을 거!"

"이익! 자네!"

"알았어요. 진정하고 앉으세요. 이번 한 번만 부탁드려요. 이제부터는 업무 강도 좀 낮출게요."

부장이 쌍심지를 키며 물었다.

"진짜야?"

"네. 당분간은 강행군은 없을 거예요."

의심이 풀리지 않은 눈이었지만, 담당자가 그렇다고 하는데 뭐라 반박할 것인가?

부장이 콧김을 뿜으며 말했다.

"약속한 거야! 이번에도 20%도 안 되게 살리면, 더 이상의 인력 보강은 없는 줄 알아! 알았어?"

성훈이 미간을 좁히며 투덜거렸다.

"네! 그럼 믿고 나가보겠습니다."

자리에서 일어난 성훈이 부장실 밖으로 나왔다.

"수고하세요. 박 대리님, 다음에 또 봬요."

인사를 건네고는, 나오면서 성훈이 중얼거렸다.

"해주실 거면서, 꼭 이렇게 혼을 내시더라. 쩝!"

박 대리가 성훈의 중얼거림을 들을 모양이었다.

"크크. 우리 부장님 열 받게 하는 건, 저 크레이지 팀장이 최초이자, 마지막일 거야!"

막 입사한 신입이 물었다.

"박 대리님, 저 사람 누군데 부장님께 저렇게 무례하답니까? 저하고 나이 차이도 얼마 안 나는 것 같은데요?"

그도 그럴 것이, 인사부장은 회사의 인사를 총괄하는 막강한 권력을 쥔 자리가 아니던가?

"쯧쯧. 이 친구가……. 우리 회사에 대해서 자세히 조사를 안 하고 들어왔구만!"

박 대리의 설명이 이어졌다.

"우리 회사는 말이야. KT팀이냐? 아니냐?로 나누어지지."

"KT팀이요?"

"원래 명칭은 Korea Tradition였지만, 지금은 그렇게 부르는 사람은 아무도 없어."

"그럼요?"

"Kim's Team 내지는, Krazy Team으로 부르지."

신입이 웃었다.

"크레이지…… 철자가."

"그렇지. 그냥 Crazy도 아니고, Krazy!"

"화, 확실히 어감이 세네요."

"건축에 미친 사람들만 들어가고, 그런 사람들만 살아남는다고 보면 돼."

"미친 듯이 일만 하나 보네요. 하하하."

박 대리가 정색하며 엄지를 세웠다.

"정확한 표현이야."

농담을 정색으로 받다니, 신입이 놀라서 물었다.

"그런 팀에 들어가는 사람이 있기는 합니까?"

박 대리는 불쌍하다는 듯 혀를 찼다.

"쯧쯧. 정말 아무것도 모르네."

박 대리가 신입에게 다가오라고 손짓했다.

"대외비인데……. 아니지. 알 만한 사람은 다 아니까. 비밀도 아니지."

"뭐가요?"

"자네 연봉 3,000이지?"

인사과이다 보니, 연봉을 아는 것은 일도 아니리라. 신입이 고개를 끄덕였다. 부끄러움이 아니라, 자부심 가득한 끄덕임이었다.

명실상부 대한민국 최고의 기업! 그 이름에 걸맞게 현재건설은 연봉 또한, 업계 탑이었다. 자신의 동기 중에서는, 그 연봉을 넘는 사람을 본 적이 없었다.

"네!"

신입의 자신감에 박 대리도 고개를 끄덕였다.

그럴 만했으니까!

박 대리가 물었다.

"저 팀 신입 연봉이 얼마부터 시작하는지 알아?"

"얼만데요?"

"일억이야. 일억!"

신입의 눈이 휘둥그레졌다.

"에엑! 일억이요? 신입이?"

"과장급은 이억이 넘어."

"와! 꿈의 직장이네요. 연봉이……."

한숨을 내쉬는 그를 위로했다.

"그런데도 일 년을 버티지 못해!"

"연봉을 그렇게 주는데도요? 저 같으면 이 악물고 버틸 것 같은데 말입니다."

"그러게 말이다. 나도 이해는 안 된다만."

현장에서 뛰어다녀 봤어야, 이유를 이해하지!

"대우가 그렇게 좋은데도 버티지 못하다니? 저는 이해가 안 가네요."

그가 빙긋 웃으며, 신입의 귀에 속삭였다.

"그렇게 KT팀에서 일 년 버티다가 퇴사하면 어떻게 되는지 아냐?"

"어떻게 됩니까? 다른 회사에 들어가는 걸 막는다든지?"

저런 악독한 팀장이라면, 충분히 가능성이 있을 거라 예측하며, 신입이 눈매를 좁혔다.

하지만 박 대리는 고개를 저었다.

"다른 건설회사에서 팀장으로 모셔간다. 그것도 줄 서서 모셔가지."

"신입을 팀장으로요? 그게 말이 됩니까?"

말도 안 되는 소리 말라며, 손사래 치는 그에게 박 대리가 콧방귀를 꼈다.

"흥! 경력? 그런 걸 묻는 사람은 보지도 못했다. 거기서 팀장이면, 바로 현장소장으로 모셔가!"

"바로 현장소장이라니, 그게 있을 수 있는 일입니까?"

"여기서 며칠 근무해 봐라. 사내 청탁보다 사외 청탁이 더 많다는 걸 느낄 거야!"

"그게 무슨 말씀이신지?"

어이없게 웃으며, 박 대리가 말했다.

"KT팀에서 퇴사하는 사람 있으면 바로 연락 달라고 말이야. 다른 건설회사 인사부장들이 너한테 설설 길 거다."

"에이. 설마요. 저 같은 신입에게?"

"다른 회사에서 우리 회사 KT팀을 뭐라 부르는지 알아?"

"글쎄요?"

"건축 사관학교!"

자신과 아무 관련도 없건만, 박 대리는 어깨에 힘주며 말을 이었다.

"KT팀에 있던 사람들은 경력 따위는 따지지도 않아. 그게 기사든, 팀장이든, 하다못해 현장 기능공이라도 말이야."

"왜요?"

"어차피 다른 회사에서 쌓은, 경력이 무의미하거든! 기능공까지 초 A급이야."

"설마요?"

"만나보면 알아! 왜 내가 그 사람들을 초 A급이라고 부르는지."

예전의 기억을 떠올렸다.

'그건 기사가 아니라, 특급 전사의 눈빛이었지!'

특히나 인원 보강을 요구할 때의 눈빛은…….

'그런 그들이 팀장 앞에만 서면, 꼼짝도 못 한다고.'

성훈이 사라진 곳을 보며 말을 이었다.

"저 사람이 아무 생각 없이 돈을 많이 줄 것 같아? 절대 아니지! 돈 준 만큼 일 못하면 당장 쫓아내 버리지."

그러고는 씁쓸하게 말을 이었다.

"보통은 그 전에 관두지만."

"그럼 그 현장에 버티고 있는 사람들은 뭡니까?"

"괴물들이지. 괴물!"

"와! 저는 문과라 전혀 그런 거 몰랐는데, 대단한 팀인가 봅니다."

"그렇지. 대단하지. 팀도, 팀장도!"

여전히 의문이 풀리지 않은 듯, 신입은 고개를 갸웃했다.

"그게 우리 부장님께서 꼼짝 못 하시는 이유와……."

"쩝! 그걸 얘기 안 했구나."

"뭡니까?"

"그건 매출액 때문에 그렇지."

신입이 성훈이 나간 쪽으로 눈을 흘기며 물었다.

"얼마나 대단하기에, 저런 방자한 행동이 가능한 겁니까?"

처음 보면 그런 생각할 만하지.

'하지만 인센티브를 받아보면, 그런 말이 쏙 들어갈걸! 그게 연봉만큼 나오니까.'

그리고 그 인센티브의 대부분은 KT팀의 매출에서 발생한다는 사실을, 박 대리는 누구보다 잘 알고 있었다.

신입의 등을 토닥이며 말했다.

“저 팀 매출이 해외 수주액의 90%라고 보면 돼!”

“해외 매출의 90%요? 작년에 4조였으니까, 3조 오천억을 저 팀에서 한다고요? 믿기지가…….”

“더 놀라운 게 뭔지 알아?”

“3년 전 해외 수주액이 2조밖에 안 됐어.”

“그럼 삼 년 만에 두 배로?”

“그래. 그게 저 크레이지 팀장이 끌어와서 생긴 매출이지.”

신입의 등이 오싹해졌다.

‘겨우 내 또래로 보이는데…….’

놀라는 신입을 보며 말을 이었다.

“그리고 작년부터는 국내 수주액을 뛰어넘었지!”

“헉! 그럼!”

벌떡 일어서는 신입을 끌어앉히며 속삭였다.

“저 팀 매출이 현재건설 전체 매출의 절반이 넘는다고.”

“아!”

이제 상황을 파악한 신입이 고개를 끄덕였다.

“그러니까…….”

박 대리가 더 목소리를 죽였다.

“저 팀장은 우리 사장님도 안 건드리셔. 진즉에 학을 떼셨지!”

“그게…… 무슨 말씀이신지.”

부장실에서 예의 차분한 목소리가 들려왔다.

“업무와 관련 없는 얘기는 퇴근하고 나서 하세요. 박 대리님!”

"네! 부장님."
박 대리가 신입에게 손을 휘휘 저었다.
"저리 가! 일 끝나고 맥주나 한잔할까?"
"네!"
중간에 끊어진 이야기를 들을 수 있는 기회이리라.
밝아진 표정의 신입을 보며 박 대리가 흐뭇하게 웃었다.
"네가 사는 거다. 흐흐흐."
"네? 네!"
"가서 일 봐!"

사무실로 돌아가니 선객이 있었다.
"성훈 님! 다녀왔습니다."
성훈도 함께 인사하며, 소파로 그를 안내했다.
"곽 전…… 아니. 부사장님. 죄송합니다. 자꾸 습관이 되어놔서."
"아닙니다. 뭐로 부르든, 그게 뭐 그리 중요하겠습니까?"
"하긴 그렇죠!"
삼 년이라는 짧은 시간에, 이사에서 부사장으로 승진한 곽 부사장이었다.
그리고 성훈은 팀장이었다. 입사할 때부터 팀장, 그리고 지금도 팀장! 현재건설 본사 건물의 세 개 층을 차지하고 있는 KT팀의 팀장.
곽 부사장이 안타깝다는 듯 말했다.
"그나저나 성훈 님의 직급도 좀 올리시지. 아직도 팀장님이시니."

"그거야말로 뭐가 중요합니까?"

"그래도…… 저는 벌써 부사장인데……."

"저는 팀장이면 충분합니다."

곽 부사장의 관자놀이가 빠직거렸다.

'그게 어디! 성훈 님 때문에 그러는 겁니까?'

당신 위에 누구요? 하고 물으면, 부사장이니 으레 사장이라고 해야 하지만, 그의 상관은 팀장!

'말하기도 뭐하고, 안 하기도 뭐하고!'

부사장, 전무, 이사들을 거느린 팀장!

그 깐깐한 카리스마로 유명한 현재건설 사장이, 일체 일에 관해서는 간섭하지 않는다는 KT팀.

"뭐 그런 것까지 신경을 써 주시고 그러세요?"

성훈이 너스레를 떨며 말을 이었다.

"일 얘기나 하시죠? 앉으세요."

서류가방을 탁자에 올리며, 성훈의 맞은편에 앉았다.

성훈이 먼저 말을 꺼냈다.

"이번 프로젝트는 압둘이 내건 조건이 좀 까다롭다면서요?"

"물경 30억 불짜리 공사입니다. 그럴 만하지요."

"어떤 조건인지 들어보도록 할까요?"

곽 부사장은 신이 난 듯했다. 높은 금액에 고무된 게 아니었을까?

"이게 성사된다면, 지금까지 수주한 것 중에 단일 건으로는 최고의 물량이 될 것입니다."

하지만 세상에 거저먹는 것이 있던가? 덩어리가 클수록, 대어가 모이는 법!

"이번에는 프랭크도 참가한다면서요?"

"네. 그 어르신도 마지막 작품이 될 거라면서 열정을 불태우시더군요."

부사장이 말을 이었다.

"그 외에는 오타다, 이아젠만, 호울! 이 건축가들이 참가합니다."

거론되는 건축가들 모두 한 시대를 풍미한 거장들이 아니던가? 어깨를 견주며 경쟁한다는 것만으로도 감회가 새롭게 느껴졌다. 지난 삶에서는 생각도 못 했던 일이 아니던가? 절로 목소리가 떨려 나왔다.

"휴! 이름만으로도 가슴이 떨리네요."

하지만 그렇게 너스레를 떠는 성훈의 눈은 전혀 떨고 있지 않았다. 오히려 투지를 불태운다고 할까?

성훈의 마음을 알았던가?

곽 부사장이 말했다.

"우리 KT팀도 이름만 가지고는 밀리지 않습니다. 지난 삼 년간, 전 세계를 돌아다니며, 공사를 진행하지 않았습니까!"

그동안 쌓아온 명성은 이때를 위한 것이었다.

'진짜배기들을 위한 무대는 따로 있거든!'

스스로의 레벨을 올리지 않는 이상, 절대로 그들과 같은 리그에 참여할 수 없는 법!

그러나 순수하게 우리 팀만의 힘만으로 그 무대에 올랐을까? 하는 의문을 던진다면, 그 대답은 '노'였다.

"압둘이 신경 많이 써 줬네요."

성훈의 말뜻을 알아챈 부사장이 빙긋 웃었다.

"네. 쿠웨이트 국왕께서 신경을 많이 쓰셨지요. 그런데도 성훈 님께서 직접 가시지 않으셨으니……."

성훈이 콧잔등을 찡그렸다.

"뭐라고 하던가요?"

부사장이 근엄한 목소리를 흉내냈다.

"'일하기 싫으냐?'라고 전하라 하더군요."

"단지 제가 직접 안 갔다고요?"

"다른 의미가 있겠습니까?"

성훈이 코웃음 쳤다.

"우리 팀에서 제일 높은 사람이 갔으면 됐지! 뭘!"

명목상의 대표자는 누가 뭐래도, 최상급자가 아니던가?

고로 팀장보다는 부사장이 위!

대외적인 대표는 누가 뭐래도, 곽 부사장이었다.

실무를 이야기해야 하는 자리는 부사장 대신, 자신이 갔지만, 사진을 찍거나 혹은 자질구레한 이야기를 해야 하는 곳은 반드시 부사장을 보냈다.

이번에도 그런 경우였다.

서로 인사하고 약간의 설명만 들으면 되는 모임!

성훈이 투덜거렸다.

"칫! 완전히 주는 것도 아니면서! 왕이면 다야? 오라 가라 하게!"

부사장이 머쓱하게 웃었다.

'그분께 그리 말할 수 있는 분도, 성훈 님뿐이시지요.'

"'얼굴 한 번 비추는 게 그리도 어려운 일이냐?'고도 하셨습니다."

"거기 갈 시간이 어딨어요? 작년에 거기서 살았으면 됐지."

작년에 압둘 호텔의 인테리어를 한다고, 거의 육 개월 가까이 쿠웨이트에서 보내지 않았던가?

"보고 싶으면 자기가 오라고 전해 주세요! 비행기라도 한 대 주던가? 그럼 오라 그럴 때마다 날아가지! 안 그래요?"

부사장이 그 말에 웃으며 말했다.

"그 말씀, 꼭 전해드리겠습니다."

"농담이 많이 느셨습니다."

부사장이 속으로 다짐했다.

'앞의 말은 전할 수 없지만, 뒤의 말은 꼭 전하겠습니다. 흐흐.'

이제는 성훈 대신 현장을 뛰어다니기보다, 사내에 머물며 관리를 하고 싶은 부사장이었다.

'더 이상은 올라갈 자리도 없다고!'

사장은 오너 일가가 버티고 있으니 안 되고, 성훈을 넘어설 야망은 애초에 없었다.

성훈이 물었다.

"좋은 일 있으신가 봐요? 아까부터 웃음이 떠나질 않으시네요."

뜨끔한 부사장이 웃으며 너스레를 떨었다.

"이 어찌 기쁜 일이 아닐 수 없습니까? 이유야 어찌 되었든, 세계의 거장들과 어깨를 나란히 했으니까요."

"아직은 아니죠."

머쓱하게 웃는 부사장에게 말을 이었다.

"우리 팀에 대해서 경계를 많이 하던가요?"

부사장이 희미하게 웃었다.

"우리에 대해 뭘 안다고 경계를 하겠습니까? 오히려 우리가 시공팀으로 온 줄 알고 쌍수를 들어 반기더군요."

"하하. 그랬어요?"

부사장이 멋쩍게 웃었다.

"그럴 수밖에요. 시공하면 KT팀이 세계 원탑이잖습니까? 경쟁자가 없는!"

"그래서 뭐라 그랬어요?"

"설계 따러 왔다고 했지요."

성훈이 다음 말을 기다렸다.

"멋진 경쟁이 되길 원한다며 악수를 청하더군요."

"그러고는요?"

"시공은 저희더러 꼭 해달라는 말도 하면서……."

성훈이 큰 소리로 웃었다.

"크하하하."

"그게 웃을 일입니까? 얼굴이 붉어져서……. 참 내!"

"좋잖아요. 우릴 경쟁자로 안 여긴다는 말이니까. 적어도 보안 걱정은 없겠네요."

물론 꼼빼에서 꼭 뒤통수를 칠 필요는 없다. 자신이 가진

바 기량을 최대한 발휘하면 되는 것! 하지만 비슷한 기량의 경쟁자가 모여들 경우는, 실제 작업보다는 보안에 더 신경을 써야 한다.

지피지기 백전불태! 그건 꼭 전쟁에서만 쓰는 말은 아니었다.

'하지만 상대가 신경 쓰이지 않을 정도로 약하다면, 정찰은 무의미하지.'

그럴 시간에 내실을 다지는 게 옳은 판단이다. 그게 아직은 세계에서 바라보는, KT팀의 현주소였다. 외부에서 바라보는 냉정한 분석!

성훈이 웃음을 멈추고, 어금니를 꽉 깨물었다.

"하지만 이 일이 끝난 뒤에는 아무도 그런 말을 하지 못하게 만들어 놓겠어요."

"암요! 여부가 있겠습니까?"

부사장도 이를 악물었다.

"이제 겨우 출발선에 선 거네요."

"삼 년이 걸렸습니다."

"고생 많으셨습니다. 이번 일이 끝나면, 부사장님은 내부 관리에 신경써 주세요."

부사장의 눈이 휘둥그레졌다.

"저, 정말입니까?"

"설계는 부사장님 전문이 아니잖아요."

"그, 그렇지요."

부사장이 시선을 천정으로 돌렸다.

가만히 있으면, 눈물이 날 것 같았기 때문이다.

"그 전에 압둘을 놀라게 해줘야죠."

부사장도 각오를 다졌다.

"그래야지요. 세상을 놀라게 해줘야지요."

짝!

성훈이 손바닥을 마주쳤다.

"자! 그럼 이제, 필요한 사람을 모아볼까요?"

"그건 제가 인사부장에게……."

성훈이 손을 내저었다.

"아뇨! 지금 부장님은 기사들 모으는 것만으로도 과부하이신 것 같아요."

부사장이 침을 꿀꺽 삼켰다. 하고 싶은 말도 같이 삼켰다.

'당! 연! 히! 과부하지요! 사람이 양심이 없어요!'

입을 열면 그 말이 튀어나올 것 같았으니까!

성훈이 인사부장에게만 사람을 모으라고 했을까? 곽 부사장이 아는 인맥 또한 총동원해야 했었다.

처음에는 그들에게 고맙다는 말을 들었다.

'이런 고액 연봉을 주는 직장을 소개해 줘서 감사합니다! 이사님!'

그러나 감사의 말이 원망으로 바뀌는 데는 채 한 달이 걸리지 않았다.

'세상 그렇게 살지 마시오! 돈이 인생의 전부는 아니잖소!'

곽 부사장이라고 할 말이 없으랴!

'누가 계약하라고 떠밀었어? 계약서 보여준 것뿐인데!'

그렇게 부사장은 다단계 하는 사람들보다도 빨리 인맥을 잃어버렸다.

'그 사람들! 이제 제 전화는 받지도 않는다는 말입니다!'

회장이 물었다.

"각 계열사에 박아뒀던 지 새끼들, 다 데려오라고 했다면서?"

사장이 대답했다.

"네. 일주일 전에 각 계열사로 협조문 띄웠습니다."

"놈! 결국 지가 원하는 대로 다 했구만!"

며칠 전의 일이 생각난 듯, 사장이 피식 웃었다.

"이번에는 뭘 할지 기대가 됩니다."

"반대하는 사장들은 없었고?"

"왜 없었겠습니까? 일 제일 잘하는 사원들로 뽑아간다고 난리도 아니었습니다."

회장이 피식 웃었다.

"그래도 우짜겠노? 니가 제일 힘이 센데."

대기업의 계열사들은 위급할 때 서로를 돕기 위해 다른 계열사의 주식 지분을 보유하는 것은 누구나 알고 있는 상식이었다.

반대로 그것은 한 계열사의 독주를 막는 방편이기도 했다.

하지만 삼 년 사이에 현재건설 사장의 위상은 확연하게 바꿔어버렸다.

다른 형제들을 앞지르고, 압도적인 1위!

회장은 우려가 되는 모양이었다.

"다른 놈들 도움 없이, 니 혼자서 경영권 보호할 수 있제?"

"네. 가능합니다."

사장의 말에 회장이 고개를 끄덕였다.

"다른 놈들이 멍청해가, 이래 벌어진 기 아니라는 거는 니도 뻔히 알고 있을 기고."

"네. 알고 있습니다."

"글마들이 성훈이를 델고 갔으믄, 아마도 입장이 완전히 뒤바꼈을 끼라!"

사장도 차분히 고개를 끄덕였다.

"저도 그건 인정합니다. 아버지."

조금도 거만한 모습을 보이지 않는 사장에게 안심한 듯, 회장이 주제를 바꿨다.

"이번 수주액은 얼마라꼬?"

"30억 불이랍니다."

어이없다는 듯 회장이 웃었다.

"뭐 그래 크노?"

"압둘이 세계에서 가장 높은 건물을 만들겠다고 했답니다."

"그래가 글마는 그걸 하겠다고 덤빈 기고?"

"네. 이번에는 설계와 시공을 다 먹어야겠답니다."

"크. 글마 욕심을 누가 말릴꼬? 승산은 쪼매 있어 보이드나?"

회장의 감탄과 걱정이 이어졌다.

사장이 아리송한 표정으로 답했다.
"솔직히 이번에는 저도 장담을 못 하겠습니다."
회장의 의문스러운 시선에 사장이 답을 이었다.
"워낙 내로라하는 건축가들이 덤벼들었고, 아무래도 설계 쪽은 좀……."
"뭐! 몬 해도 시공은 안 갖고 오겠나?"
그 말에는 사장이 호탕하게 웃었다.
"다른 건 몰라도, 시공은……. KT팀 따라갈 회사가 없습니다."
"느그 집 막둥이. 이번에 유학 마치고 온다 캤나?"
"네. 두 달 후에 귀국할 겁니다."
"글마한테 회사 이을 생각라면서? 참말이가?"
"네."
"그랄 거믄 성훈 밑에 보내라."
"안 그래도 그럴 생각입니다만……."
사장의 염려가 뭔지 왜 모르랴?
"몬 버틸 거 같제?"
사장이 작게 고개를 저었다.
"아무래도 그렇지 않겠습니까? 베테랑들도 나가떨어지는 판에."
"글마 밑에서 못 버티믄, 사장 자리 줄 생각하지 말고, 걍 성훈이한테 줘 뿌라."
농담이 아닌, 진지한 말이었다.
"지 뜻대로 안 되믄, 경영권 확보할라고 덤빌 놈이고!"

회장의 선견지명에 그는 고개를 끄덕일 수밖에 없었다.

"그거 갖고 싸우다가는, 회사 작살날 낀데, 고민할 필요 있나?"

"그렇기는 하지만……."

"그러다가 배알 꼴리가 회사라도 차리가 나가뿌믄? 니 그거 뒷감당할 수 있겠나?"

그거야말로 큰일이 아니던가?

"성훈이하고 호형호제 하믄서 회사일 할 수 있으믄, 성훈이가 회사 알아가 돌릴 거고."

회장의 말이 이어졌다.

"그것도 못할 그릇 같으믄, 주식이나 갖고 다른 일 알아보라 캐라. 언놈을 붙이놔도, 성훈이, 가한테는 안 된다!"

회장의 단언이었다.

반박할 거리가 없었다.

"크. 알겠습니다. 막내에게 단단히 일러두겠습니다."

"한 교수님, 부르셨어요?"

한석이 학과장실을 들어서며 인사를 건넸다.

결재서류를 보던 한 교수가 책상에서 일어나며 소파로 손을 내밀었다.

"오! 한석이, 이리 앉아라. 학생회 일 때문에 바쁠 텐데 불러서 미안하다."

“아닙니다. 학과장님이 부르시는데, 총알같이 튀어와야죠. 참! 소피아도 같이 왔습니다.”

한석의 말이 끝나자, 소피아도 인사를 건넸다.

“안녕하세요. 교수님.”

소피아의 인사를 받으며, 그는 흐뭇한 미소를 지었다.

“마침 소피 양도 부르려 했는데, 잘했군.”

언제나 그랬던 것처럼 익숙하게, 소피아가 찬장에서 찻잎과 다구들을 꺼내며 물을 데웠다.

그사이, 한 교수가 말을 꺼냈다.

“학생회장, 신입생 설명회는 잘 준비되고 있어?”

“네. 이번에도 경쟁률이 치열할 겁니다.”

한석의 장담에 한 교수가 미소를 보였다.

“흠. 그래? 이번에는 만만치 않을 텐데?”

그의 염려를 알고 있다는 듯, 한석이 물었다.

“다른 학교 박람회 때문에 그러시는 거죠.”

한 교수가 대답 대신 고개를 끄덕였다.

삼 년 전, 현재건설의 후원으로 시작된 U 대학의 졸업 박람회로 이슈를 모았었다. 결과의 귀추를 떠나. 일부의 대학들은 차가운 냉소를 보냈다. 배움의 터가 되어야 할 대학이 너무 취업에만 목을 매단다는 고정관념 때문이리라.

그 중심에 서울의 명문대들이 있었다.

그렇게라도 해서 학생들을 취업시켜야 하는 지방대학에 대한 동정도 있었겠지.

미디어 또한 마찬가지였다. 한쪽에서는 산학협동의 올바른 모습이라며 칭찬했지만, 다른 편으로는 취업에 치우쳐 진정한 학문에는 집중할 수 없다는 비판이 일었었다.

하지만 비판의 말들은 다음 해 봄이 오기도 전에 흔적도 없이 사라졌었다.

'결과가 모든 의혹을 종식시켰지.'

U 대학의 졸업 박람회의 결과를 본 수능 응시자들이 대거 입학 원서를 들이밀었기 때문이다. 그중에는 서울의 이름 있는 대학에 지원해도 충분히 합격할 수 있는 사람들도 많았다.

그중 주목할 만한 것이 건축학과.

공대 평균 지원율만 해도 '45 : 1'로 이례 없었던 일인데, 건축학과는 그걸 뛰어넘어 '103 : 1'이라는 살인적인 경쟁률을 보였다.

은연중에 응시자들이 'U 대학 건축학과는 현재건설로 입사하는 지름길'이라는 인식이 생겼기 때문이었다. 실제로 그 해에는 성훈을 비롯한 50명의 팀원, 전체가 현재건설로 특채 입사하지 않았던가?

그 외에도 많은 학생이 현재그룹 지원 시 5%의 가산점이라는 특혜를 부여받았고, 학교 창립 이래, 가장 높은 취업률을 기록했었다.

이런 상황에서 다른 대학이 가만히 있었을까? 아이러니하게도 가장 먼저 박람회를 따라 한 대학은 비난의 선두에 섰었던 S. K. Y 대학이었다.

'자기 학교로 들어왔어야 할 재원들이 몽땅 우리 대학으로 지원했으니, 억울할 만도 했겠지.'

비등비등한 상대였었다면 결과에 승복할 수 있었을지 몰라도, 그들이 보기에는 같은 레벨로 놓아줄 수 없는 지방대학이 아니던가?

'이에는 이, 눈에는 눈.'

고민은 짧았고, 행동은 빨랐다.

S. K. Y 대학은 현재건설과 어깨를 나란히 할 만한, 태림, 삼송, 태우건설과 각각 연계하여 자신들의 졸업 박람회를 대외적으로 홍보했다.

그리고 다른 대학들도 줄줄이 졸업 박람회를 개최한다고 광고를 했었다.

'그렇게 졸업 박람회 붐이 일었지.'

학교 내부 행사로 여겨지던 형식적 졸업 전시회가 아닌, 실력으로 대기업에 어필하려는 졸업 박람회를 대부분 대학이 개최했던 것이다.

'하필 이런 시기에 한석이, 이 녀석이 학생회장이라니. 이게 복이 될지 화가 될지.'

한 교수는 저도 모르게 고개를 갸웃했다.

그의 걱정을 아는지 모르는지, 변함없이 자신감 있는 목소리로 한석이 말했다.

"그래도 이번에는 다를 겁니다."

"그래? 수성(守成)이 공성(功成)보다 어려운 건 알지?"

누가 말했던가? 챔피언이 되는 것보다, 지키는 게 더 어렵다고.

한 교수가 말을 이었다.

"명문대들이 방심하는 틈을 타서 지금 이 자리까지 올라왔다. 하지만 이제 그들의 방심은 끝났다고."

명문들의 견제가 한 번이라도 성공한다면, U 대학이 다시 지방의 삼류대로 전락하는 것은 시간문제가 될 터!

"그래서 단 한 번이라도 실패하면 안 된다는 말씀이시잖아요."

한 교수는 고개를 끄덕이며 수긍했다.

"교수님은 저 만나서 복 받은 줄 아십셔!"

밑도 없는 그의 자신감에 한 교수가 어이없는 웃음을 터뜨렸다.

"허허허. 왜? 난 네 녀석 때문에 불안하기 짝이 없는데."

"왜요?"

한석은 자신을 엄지로 가리키며 말을 이었다.

"제가 누굽니까? 바로 성훈 선배님 직계 아닙니까!"

하긴 선거에서도 '성훈 선배님의 직계'라는 말로 학생회장에 입후보했었다. 그리고 성훈이 졸업하고 삼 년이 지난 지금, 성훈과 직접 연고가 있는 사람은 없었다.

하지만 한석은 일 년간 성훈과 어울려 다니며 모든 작업을 함께하지 않았던가? 한 교수가 낸 첫 번째 과제에서부터 시작해서, 한석이 군대에 가기 전까지는 말이다.

또한, 성훈이 유명세를 치르기 전부터 함께 어울리는 모습을 자주 보였으니, 영 빈말은 아니었다.

대학과 현재건설의 연계성을 최우선 순위로 놓았던 학생들에게 '성훈의 직계'라는 말이 크게 호감을 사면서 학생회장의 감투를 따냈던 한석이었다.

한 교수가 그의 말에 찬물을 끼얹었다.

"그런데 왜 내 기억에는 네가 성훈이한테 얻어터지는 장면만 남아 있을까?"

이것이 한 교수가 한석을 완전히 신뢰하지 못하는, 가장 큰 이유 중의 하나였다.

못 미더운 표정으로 말을 이었다.

"직계는 그렇다고 치고. 뭐 특별한 방안이라도 있는 거냐? 삼 년 전이나 지금이나 우리 조건은 똑같은데."

그의 말처럼 조건은 삼 년 전과 별반 다른 바가 없었다.

현재건설 입사 지원 시 5%의 가산점과 수상 시 특채로 바로 입사할 수 있다는 점.

삼 년 전에는 그것만으로도 충분히 매력적이었지만, 지금은 다른 학교들도 건설회사를 등에 업고 있었다.

"지금까지는 그랬죠. 하지만 이제는 다릅니다."

"뭐가?"

"현재건설의 위상이 다르죠. 예전에는 현재, 태림, 삼송, 태우, 이 네 건설회사가 나란히 어깨를 견주었다면, 지금은 현재건설이 압도적으로 우위에 서 있거든요."

아직 만족하지 못한 듯, 한 교수가 미심쩍은 눈빛을 보였다.

"그리고 비장의 카드가 있습니다."

한석의 말에 한 교수는 턱을 까닥였다.

"비책이 있으면 말해봐. 간 보지 말고"

"제가 지난 삼 년간의 치열한 방어전에 종지부를 찍을 겁니다. 이제 더는 도전할 엄두도 안 날 겁니다. 흐흐흐."

한 교수가 미간을 찌푸리며 말했다.

"그래서 그게 뭐냐고?"

한석이 의미심장한 눈빛으로 말했다.

"그건 바로! 박람회 최종 우승자에게 KT팀에 바로 입사를 시킨다는 조건을 내거는 겁니다."

미처 예상 못 한 말에 한 교수의 눈이 커졌다.

"엉? KT팀에?"

"네!"

"그게 메리트가 될까?"

그는 고개를 갸웃하며 말을 이었다.

"거기는 닳고 닳은 베테랑들도 채 일 년을 버티기 어려운 곳이라고!"

말을 하다 답답했던지, 언성이 높아졌다.

"오죽하면 연봉이 다른 회사의 몇 배가 넘는데도, 때려치우고 나오겠냐?"

한석이 빙긋이 웃으며 말했다.

"고작해야 인턴으로 넣어달라는 건데요. 뭐."

어이없는 눈으로 한석에게 말했다.

"네가 성훈이를 몰라도 엄청 모르는구나. 그놈! 쓸모없다 싶으면, 바로 내치는 놈이라고. 물론 그 전에 다들 관두고 나오겠지만."

하지만 한석은 도전적인 눈빛으로 말했다.

"만약 이게 된다면……. 어떻게 생각하십니까? 교수님."

그의 말에 한 교수가 조용히 눈을 굴렸다.

승리의 전략이 무엇이던가? 적에게 없는 것을 자신의 강점으로 승화시키는 것이 아니던가?

한 교수가 슬며시 입꼬리를 올렸다.

"실행만 된다면 확실한 한 수가 되겠군."

다른 형식은 모방할 수 있을지언정, KT팀의 이름만은 흉내 낼 수 없을 것이다. 비슷한 형식을 갖춘다 해도, 알맹이가 다른 것을 어찌할 손가?

한 교수가 말을 이었다.

"확실히 KT팀은 여타 건설회사들과 인지도가 다르지. 독보적인 세계 최고의 시공팀이지."

"그렇죠. 현재건설이라면 그냥 건설회사지만, KT팀이 되면 이야기가 다르죠."

국내에서는 단 한 건의 시공도 하지 않았지만, 그 이름을 모르는 한국인은 없었다.

한 교수의 칭찬에 한석이 맞장구쳤다.

"그렇죠?"

한 교수가 고개를 끄덕이자, 그는 말을 이었다.

"그 학교들이 다른 건 다 따라 해도 이건 못 할 테니까요."

KT팀은 성훈이 만든 브랜드나 마찬가지였다.

브랜드의 가치는 시공 오차 1㎜.

공사를 맡긴 건물주들로 하여금, 혀를 내두르게 하였으니, 자세한 설명은 필요 없을 것이다.

"확실히 구미가 당기는 조건이기는 한데……."

말을 흐리는 한 교수에게 물었다.

"다른 문제라도 있습니까?"

"그래도 거기서 버티지는 못할 거야."

그의 염려에 한석은 냉정하게 고개를 저었다.

"버티고 못 버티고는 자기 능력이라고요. 거기도 못 가서 애타는 사람들이 얼마나 많은데요."

"KT팀에서 콜하는 사람은 신입 말고는 모두 그 계통에서 20년은 구른 베테랑이라고요. 그나마 신입에 대한 비중은 코딱지만큼이고요. 아시잖아요. 교수님도. 성훈 선배님이 실력 없는 사람에게 어떻게 대하는지."

"알지. 냉정하다 못해 매정하지."

"그러니까 입사하는 것만으로도 다른 학교가 줄 수 없는 최고의 기회가 된다고요. 들어갔다가 나가떨어지면 어떡하느냐고요?"

한 교수의 말 없는 수긍에 한석이 말을 이었다.

"거기서 잘려도, 다른 건설회사에서 팀장으로 모셔간다고요! 이런데, 교수님이 학생이라면 포기할 수 있겠습니까?"

"어렵지."

"어차피 학교에서 졸업 후까지 책임지진 않죠."

"그건 그렇지."

"성훈 선배님 밑에서 6개월만 죽었다 생각하고 구르면 된다고요."

"그 말도 맞네. 거기서 6개월만 버티면 다른 데서 6년 배울 걸 배운다고 하더군."

한석이 설명을 덧붙였다.

"그것도 제대로 배우죠. 그 잘린 사람들 연봉이 타 건설회사 팀장 두 배가 넘는데, 더 말이 필요 없죠."

그런 한석을 바라보며, 한 교수가 빙긋이 웃었다.

"컨셉은 잘 잡았네."

"이번에 확실히 못을 박을 겁니다. 건축은 U 대학! 으하하."

자신만만하게 웃는 한석에게 물었다.

"그런데 성훈이한테 허락은 받은 거냐?"

그 말에 뜨끔한 한석이 말을 더듬었다.

"그, 그게…… 이제부터 비벼볼 겁니다."

"큭. 비빈다고? 자신은 있고?"

"흥. 제가 누굽니까? 바로……."

"쯧쯧. 떡 줄 놈은 생각도 안 하는데."

"아닙니다. 성훈 선배님께 비비고 들어가는 건 제가 최곱니다. 이것만큼은 민수 형도 못하는 거거든요."

"훗. 민수라면 애초에 무리한 시도를 안 하겠지."

심드렁한 한 교수의 반응에 한석이 발끈했다.

"어쨌거나 교수님은 운 좋으신 거라니까요. 제가 성훈 선배님 로우킥에는 이골이 나서, 어떻게든 될 겁니다."

그의 결말을 예상이라도 한 것일까?

한 교수가 큭큭 거리며 말했다.

"그래. 잘해봐. 허벅지 멍들어서 울지 말고. 나 같으면 다른 방법을 생각하겠지만."

소피아가 끓여온 차를 내려놓고 소파에 앉으며 물었다.

"누가 한석의 허벅지를 때려? 무소불위의 권력을 휘두르는 건축학과 학생회장에게?"

한 교수가 피식 웃으며 답했다.

"그런 사람이 있어. 저 녀석을 쥐 잡듯 잡는 놈이 말이야."

"누구요?"

한석이 뚱하게 말을 받아쳤다.

"있어. 전전전대 학생회장."

"전전전이면…… 성훈 씨?"

한석이 뚱한 표정으로 고개를 끄덕였다.

믿을 수 없다는 표정으로 소피아가 말을 이었다.

"그럴 리가 없어. 얼마나 다정다감한 사람인데?"

"뭐 다정다감? 하긴 죽지는 않게 때렸으니……."

"성훈 씨가 그렇게 폭력적이라고? 허벅지가 멍이 들 정도로? 거짓말. 그 정도면 부러지지 않니?"

놀란 소피아를 보며 한석이 당당하게 말했다.
"다른 사람 같으면 가루가 되겠지."
그는 자신의 허벅지를 탁 치며 말을 이었다.
"하지만 군대에서 단련한 이 허벅지는 웬만한 타격에는 흠집 하나 안 나지."
"그렇게 폭력적일 줄은 몰랐는데."
"응. 완전 깡패야."
감정 섞인 평가에 소피아의 얼굴은 찌푸려졌고, 한 교수는 박장대소했다.
"네가 맞을 짓 한 건 생각도 안 하고, 그러냐?"
"보통 맞을 짓 했다고 진짜로 때리는 사람은 없죠."
그 말에 한 교수도 맞대응했다.
"진짜로 때릴 때까지 맞을 짓을 하는 놈도 드물지."

한석이 주제를 돌리며 물었다.
"그런데 무슨 일 때문에 부르신 거예요? 이 일 때문에 부르신 건 아닌 것 같은데요."
"응. 다른 안건이 있어서지. 드디어 성훈이가 움직이기 시작했다."
"그럼…… 드디어!"
"주말에 그룹에 모여 있던 녀석들을 불러들였다고 연락이 왔다. 곧 조만간 나한테도 연락이 오겠지."
"그런데 벌써 대책을 세우시게요?"
그의 말에 한 교수가 코웃음 쳤다.

"전화해서 바로 쓸 만한 놈 올려보내라고 난리 칠 놈인데, 늦장 대응했다가는 잔소리만 듣는다고. 그러니까 미리 대비해 둬야지."

"쯧쯧. 교수님. 제자가 아니라 상전이네요. 상전."

"어쩌겠냐? 잘난 놈은 제자로 둔 내 업이지."

한숨을 내쉬며, 한 교수가 차를 후룩 불었다.

"그런데 한석이, 넌 성훈에게만 너무 기대는 것 아니니?"

당당하게 비비겠다고 말하는 한석을 어이없는 눈으로 보며 묻는 소피아였다.

한국에 지사를 내면서 U 대학 전통건축학과에 편입한 뒤, 그녀를 가장 편하게 대해 주었던 친구가 한석이었다.

생판 모르는 남들보다는 전통박람회에서 얼굴을 익힌 한석이 더 편했고, 성훈과의 관련도 있었기에 쉬이 친해질 수 있었다.

한 교수의 염려도 이어졌다.

"그러게. 그걸 대목장 어르신께서 아시면 노발대발하실 텐데. 괜히 성훈이 귀찮게 한다고."

"크크크. 그러니까 안 계실 때, 후딱 해치워야죠. 성훈 선배님 허락만 받아내고 나면 별말씀 않으실 테니까요."

확신에 찬 얼굴로 너스레를 떠는 한석이었다.

소피아가 고개를 절레절레 저었다.

"너도 참 넉살이 좋아. 혼날 걸 뻔히 알면서."

그녀의 물음에 한석이 코웃음 쳤다.

"흥. 어차피 해야 할 일이고, 이 말을 할 수 있는 사람은 나 정도밖에 없다고. 다른 분들은 체면 때문에 힘드시지. 총장님도 선배님한테 이런 제안은 못 할걸!"

한 교수가 수긍하듯 고개를 끄덕였다.

"하긴 현재건설 사장도 안 건드린다고는 하더라."

"요즘 선배님 영향력이 장난 아니야. 게다가 성훈 선배님 또래에서는 감히 이런 말을 건넬 수도 없지."

확신하며 한 교수를 돌아보았다.

"사실 이건 교수님도 바라시는 거잖아요?"

정곡을 찌르는 말에 한 교수가 눈을 슬쩍 피하며 어깨를 으쓱했다.

"그렇기는 하지. 그것만 되면, 다른 작전은 의미가 없지."

"향후 몇 년 동안은 아마……. 압도적으로 앞서갈걸요."

"그렇지. KT팀을 앞지르는 시공팀이 나올 때까지는 계속되겠지."

"이건 우리 학과와 학교의 미래를 위해서 꼭 되어야만 하는 일이라고."

소피아가 말리며 말했다.

"다른 방법이 있지 않겠니? 네가 변태도 아니고, 맞는 걸 좋아하지는 않을 거 아니니?"

"훗! 역대 학생회장 중에 성훈 선배님한테 뭔가 얻어내는 사람은 없었을걸."

그의 말마따나 성훈의 선례를 따랐을 뿐, 뭔가를 요구한 적은 없었다.

한 교수가 피식 웃었다.

"그래. 그렇게 간 큰 놈은 없었지."

"학생회장으로서 이보다 더 큰 공로가 어디 있어? 게다가 누군가 선배님 목에 방울을 달아야 한다면, 그건 응당 내가 되어야지."

"하지만 그런다고 성훈 씨가 득 되는 게 뭐 있다고 해주겠니?"

소피아의 타박에 한석이 입술을 삐죽였다.

"그렇게 생각하면 안 되지. 이건 성훈 선배님한테도 좋은 거라고. 소피아. 생각해 봐. 더 영리한 후배들이 뒤를 받쳐주면 선배님도 더 일하기 편할 거 아니야. 지금 내가 하는 일은 선배님의 후일을 위한 밑거름이라고."

"무작정 성훈 씨한테 기대지만 말고, 다른 경우의 수도 생각해 둬요. 아니면 뭔가 거래할 만한 걸 생각해 두던지."

"걱정 마. 소피아는 아직 내 진가를 몰라서 그래."

"진가가 뭔데?"

"성훈 선배님한테 엉길 수 있는 유일한 남자지."

어안이 벙벙한 얼굴로 소피아가 반박했다.

"얻어맞는다면서?"

"이 정도 제안을 몇 대 맞고 얻어내면 싸지. 그리고 세 대쯤 넘어가면 민수 형이 도와주실걸. 흐흐흐."

"민수가 안 도와주면 어쩔 거냐?"

한 교수의 말에 한석이 비장한 표정으로 허벅지를 두들겼다.

"그때는 저 자신을 믿는 수밖에요."

그러면서 고개를 저었다.

"제가 잘 설명하기만 하면 이런 부탁 정도는 쾌히 들어주실 겁니다."

잘 설명하지 못해서 맞은 건데도, 잘 설명할 수 있다고 믿는 한석이었다.

하기야 이야기의 시작은 언제나 한석이, 그 마무리는 민수가 하지 않았던가?

"그러다가 미움받으면 어쩌려고 그러니?"

소피아의 염려에 한석이 비장하게 웃었다.

"괜찮아. 선배님의 로우킥은 죽도록 아프지만 그만큼 뒤끝도 없거든."

"그래도……."

"성훈 선배님한테 맞은 사람도 나쁜이고, 맞을 자격이 있는 사람도 나쁜이야."

그가 튼실한 허벅지를 탁탁 소리 나게 쳤다.

둘의 오고 가는 대화를 보며 한 교수가 씨익 웃었다.

'생각해 보면 한석이만 한 적임자도 없지.'

녀석의 말마따나 그것만 해결되면, 졸업 박람회에서 경쟁자가 사라지는 것 또한 사실이었다.

게다가 학생회장으로서 할 일을 하겠다는데 무슨 이유로 말리겠는가?

'로우킥 몇 대로 거래 가능하다면, 해보지 뭐. 내가 맞는 것도 아닌데.'

한 교수가 고개를 흔들며 말했다.

"쯧쯧. 그건 네가 알아서 하고. 이번에 성훈이가 부를 때, 소피아 너도 같이 데려가려고 하는데 네 생각은 어떠니?"

소피아의 미간에 주름이 생겼다.

"음. 저도 가고 싶기는 한데, 시간이 날지 모르겠어요."

"'Germany Craft' 지사 건은 끝난 거 아니었어? TV에서 대대적으로 선전하는 것도 봤는데?"

소피아가 처음 한국 땅을 밟은 이유가 지사 설립 때문이지 않았던가? 게다가 옆에서 보아온 소피아의 실력으로 봤을 때, 그건 말이 안 되는 소리였다.

손 하나 까딱하지 않게 생긴 우아한 생김새와 달리, 일 하나는 똑 부러지게 하는 사람이 아니던가? 그런 그녀가 시간이 없다라?

그런 오해를 불식시키기라도 하듯 소피아가 말했다.

"아뇨. 그 문제는 끝났어요. 시장님과 총장님의 도움이 컸죠. 참 좋으신 분들이더라고요."

총장이나 시장이 마냥 호의로 도와줬을 리는 없다고 확신하지만, 어쨌거나 도움이 된 것은 사실이니, 한 교수로서는 수긍할 수밖에 없었다.

"크흠. 다행이군. 하지만 적당히 거리를 두도록 해."

그의 말에 소피아의 뺨에 매력적인 보조개가 팼다.

"아빠도 똑같은 말씀을 하세요. 정치인들과는 항상 거리를 두라고요. 제가 어릴 때 회사를 키우면서 많이 데신 것 같더라고요. 호호."

거기까지 알고 있다면 염려할 일이 없으리라.

안심하며 한 교수가 물었다.

"그럼 달리 바쁜 일이 있나? 가구 학과 신설 건은 권터, 그 어른께서 하시고 있잖나?"

"학과 신설이 거의 마무리되어 가는 것도 있고, 항상 옆에 있던 분이 안 계시니까 적적해하시더라고요."

"그래서?"

"학과장님께 가보시라고 했어요. 여기 일은 제가 알아서 하겠다고."

"흐흐흐. 하긴. 두 분 인연도 3년이 된 건가?"

소피아도 빙긋 웃으며 맞장구쳤다.

"저도 깜짝 놀랐어요. 권터 같은 고집쟁이에게 친구가 생기다니 말이죠."

"대목장 어르신도 만만찮은 고집쟁이시거든. 거기서 합이 맞았는지도 모르지."

"이십 년 가까이 산에서 혼자 지내시다가 마음 맞는 친구가 생기니까, 사람이 어찌나 바뀌던지. 전 그런 할아버지 모습은 처음 봤어요. 권터가 말은 안 했지만, 사람이 많이 그리웠나 봐요."

"마음 맞는 친구라……."

한 교수가 씁쓸하게 웃으며 말을 이었다.

"그럴 수밖에. 두 분 다 사람들의 기억에 잊혀지고 있다고 체념하시던 분들이거든."

"맞아요. 권터도 산장에서 칩거하듯 십몇 년을 지냈거든요. 성훈이 아니었다면 지금도…….”

희미하게 웃으며 소피아는 눈을 아래로 깔았다.

“성훈은 권터에게 은인이에요. 아빠에게도.”

침울한 분위기를 바꾸려는 듯, 한석이 감탄했다.

“우리 총장님도 능력도 좋으시지. 어떻게 독일의 유명 장인을 이렇게 붙들어서 학과를 만들 생각을 했을까요?”

소피가 고개를 들며 빙긋 웃었다.

“할아버지가 부탁하신 거야. 성훈에게.”

“네? 선배님한테 왜요?”

그 말에는 한 교수가 답했다.

“어쩔 수 없지. 너도 알겠지만, 그 어르신이 성훈이 말 아니면 콧방귀나 끼실 분이냐?”

“권터도 꽤나 명성 있는 분이던데, 굳이 한국에서……. 기술이라면 독일이 더 뛰어날 텐데.”

“그게……. 그때 박람회를 보고 느낌이 딱 왔었나 봐요. 뭔가 새로운 시도를 하고 싶다고 하셨어요. 한국인의 이런 재주라면 가능할 것 같다고 하시더라고요. 아직은 기계문명보다는 손재주가 더 돋보인다고.”

한석이 고개를 끄덕이며 물었다.

“그래도 전 이해가 안 되네요. 두 분이 그렇게 친하다는 게. 사실 두 분을 개별적으로 뵈면, 숨이 턱 막힌다니까요. 이마에 쓰여 있잖아요. ‘나 고집쟁이야’라고.”

“호호. 나도 그래. 어느 순간부터인가 두 분이 어울리고 계시더라고.”

“그 일등 공신은 나라고.”

한 교수의 말에 둘이 고개를 갸웃했다.

“왜요?”

권터가 가구만 만들었지, 학과를 만든 적이 있었겠는가?

당연히 한 교수에게 물어보러 왔었고, 그는 얼마 전 전통건축 학과를 신설한 경험이 있는 대목장을 소개해 줬던 것이다.

“거의 같은 계통이니 잘 어울릴 거라 생각했던 내 예상이 딱 맞았지!”

한 교수의 으쓱함에 소피가 핀잔을 줬다.

“저를 힘들게 하신 원흉이 교수님이셨군요.”

“엉 내가 왜?”

뜬금없는 화살에 한 교수가 반문했다.

“두 분이 하루걸러 하루씩 집에 오신다고요.”

“왜?”

“두 분이 의기투합한 게 뭔지 아세요?”

“술?”

“네. 말도 마세요. 이틀에 한 번씩 전을 부쳐야 한다니까요.”

해달라고 하면 해주는 소피아가 기특하기도 했지만, 잠자코 있으면 그녀의 하소연이 길어질 것 같아, 한 교수가 헛기침하며 말을 돌렸다.

“흠흠. 말을 들어보니, 한국에는 안 계신 모양이네?”

“네. 심심하시다면서 대목장 어르신께 가셨어요.”

"엉? 홍콩으로?"

놀라는 한 교수를 놀리듯 소피아가 눈웃음쳤다.

"아뇨. 지금은 라스베이거스에 계세요. 거기 힐튼 호텔에도 인테리어 공사가 있잖아요."

"허. 왔다는 말씀도 못 들었는데, 어느새 거기까지?"

"네. 한국에 왔다가 가면 이틀이 더 소요된다고 하시면서, 거기서 바로 가셨어요."

"허허허. 나한테 말씀도 없이 가시다니. 요즘은 성훈이 녀석보다 어르신이 더 바쁘신 것 같아."

한 교수가 혀를 차며 말을 이었다.

"그렇게 돌아다니시다가 병이라도 안 나시면 좋겠는데……."

"워낙 힘이 넘치시니까요."

한석도 그의 말을 거들었다.

"그럼요. 예전에 일이 없어서 고달플 때에 비하면 지금은 몸은 힘들어도 마음은 더없이 편하다고 하시던데요?"

"협회장 일도 바쁘실 텐데, 현장까지 일일이 돌아다니시니 걱정돼서 하는 말이지."

"저도 걱정은 되는데, 주변 분들이 잘 챙기고 있으니까……."

"어쨌거나 소피아는 못 간다는 거네."

"네. 아쉽지만 이번에는 그래야겠어요."

"성훈이가 많이 아쉬워할 거야."

"설마요. 성훈 성격에……."

소피아가 고개를 절레절레 저었지만, 한 교수가 어찌 그녀의 마음을 모르랴. 성훈이 섭섭해할지는 아무도 장담할 수 없지만, 당사자가 없는 데야 무슨 말이든 어떠하리.

'뭐 어때? 소피아의 마음만 편하면 되는 거지.'

한 교수는 스스로를 납득시켰다.

"아니야. 많이 섭섭해할 거야. 다음에는 같이 가자고."

한석을 보며 말을 이었다.

"그럼 한석이는 우리 과에서 성훈이가 맘에 들어 할 만한 학우로 골라내는 작업 해두고."

"걱정 마세요. 선배님 취향이라면 제가 꽉 잡고 있으니까요."

"그럼 내일 오전까지 정리해서 내게 전달하도록."

그리고 소피아에게도 말을 이었다.

"학과 개설 문제 잘 마무리하도록 하고."

"네. 교수님."

"너무 걱정하지 않아도 돼. 성훈이가 된다고 해서 안 된 게 없거든. 자네 전통건축학과도 봐. 삼 년 동안 수많은 학교가 우릴 따라서 전통건축학과를 만들었지만……."

그의 말을 한석이 이었다.

"모두 파리 날리고 있죠."

"왜 그런지 알지? 소피아."

"네. 성훈이 몇 년에 걸쳐서 준비한 걸, 한 번에 따라잡으려고 하니, 그럴 수밖에요."

그녀의 말에 한석이 고개를 끄덕였다.

"그러게. 밖에서 보기에는 엄청 쉬워 보였나 봐. 선배님이 일류장인들 끌어오느라 얼마나 고생하셨는데. 어중이떠중이들 모아놓고는 전통학과입네 하니 그게 먹힐 리가 없지."

장인들을 모은 것은 대목장이었지만, 그들이 정착할 수 있는 일을 제공한 것은 성훈이었으니, 그가 불러모았다고 해도 지나친 말은 아니리라.

U 대학의 전통건축학과의 활성화는 산학협동에서 시작되었다.

해외 건설현장은 넘쳐나고 전통문화 인력은 부족했으니, 항상 수요가 넘쳐났다. 그 증거로 장인들은 학과 수업이 없을 때는 거의 해외로 일의 진척 상황을 점검하러 다녔다. 특히나 방학이 되면, 학과 학생들을 해외 현장에 연수를 보내기 때문에, 배운 것을 바로 써먹어 익힐 수밖에 없는 시스템이 안착되었다.

물론 등록금을 충분히 웃도는 급료를 지급하면서 말이다. 그러니 방학 때 높은 급료의 아르바이트를 뛰기 위해서는 교과과목을 완벽히 이수하지 않으면 불가능했다.

안 좋은 점이라면, 방학 때 충분히 놀지 못한다는 것이겠지만 불만을 제기하는 학생은 별로 없었다.

한석이 말했다.

"소피아, 너도 충분히 준비했잖아. 선배님도 괜찮다고 했었고."

"그래. 염려할 건 없어."

소피아의 어깨를 토닥이며, 한 교수가 말을 이었다.

"그럼 이제 자리에서 일어나도록 하지."

서로 인사를 건네고 자리에서 일어설 때, 한 교수의 휴대폰이 울렸다.

"녀석도 양반은 아닌가 보다."

다시 자리에 앉으라며 손짓하며 핸드폰을 열었다.

익숙한 목소리가 들려왔다.

–교수님. 성훈입니다.

"아이고. 내 애제자 성훈이 아닌가? 나한테 전화할 정도면 이제 좀 한가한가 보네?"

–흣. 말도 마세요. 몸이 두 개라도 모자랄 지경입니다. 교수님은 잘 지내셨어요?

한 교수의 농담을 수화기 너머에서는 앓는 소리로 응수했다.

민수를 통해 성훈의 행보를 실시간으로 보고받는 한 교수였으니, 그의 상황을 어찌 모르랴?

"네 덕분에 나도 몸이 모자랄 지경이다."

성훈이 바쁠수록 KT팀의 명성은 날로 높아졌고, 학교와 한 교수도 덩달아 바빠졌다. 또한, 그만큼 학교의 위상과 그의 어깨도 올라갔으니까. 권력이나 연줄은 부질없이 생각하는 그였지만, 제자 칭찬을 싫어하는 스승이 어디 있으랴? 오히려 제자의 행보에 걸림돌이 되지 않게끔, 한 교수 또한 죽을 힘을 다해야 했다.

수화기 너머로 능글맞은 웃음소리가 들렸다.

–흐흐흐. 힘드시면 다른 교수님께 넘기셔도…….

성훈이 넉살을 떨었지만, 그는 추호도 그럴 생각이 없었다. 아무리 바쁘다 한들, 이런 신바람이 나는 일을 놓칠 수 있겠는가?

되려 앓는 소리를 하며 말했다.

"그 생각이야 하루에 백 번도 더하지. 그런데 말이다. 다른 교수들 명줄 짧아질까 봐 그렇게는 못 하겠더라. 녀석아."

얼마나 힘들었으면, 그 말 없는 민수가 하루걸러 한 번씩 자신에게 전화해서 푸념했을까?

며칠 전 민수의 하소연을 떠올리며, 웃음 띤 얼굴로 말했다.

"그런데 웬일이냐?"

용건이야 이미 알고 있는 것! 달란다고 째깍째깍 줘서야, 체면이 서겠는가? 연인 사이엔 밀당이, 거래 관계엔 흥정이 있는 법.

'그동안 학교 일을 맡아 달라고 하면서, 한 번도 프로젝트에 끼워주지 않았으렷다! 녀석!'

이번에는 기필코 자신도 참여할 요량이었다.

그냥 끼워달라고 하면, 콧방귀도 안 뀔 녀석이니, 이렇게라도 흥정을 해볼 참이었다.

'치졸해 보여도 어쩔 수 없지!'

그동안 후방 지원만 몇 년이었던가? 뇌가 돌덩이처럼 굳어가는 느낌이었다. 새로운 설계에 대한 욕망이 꿈틀거렸다.

'부탁하는 자는 저자세일 수밖에 없지! 흠.'

그런데 웬걸!

—교수님, 실력 있는 놈들로 골라서 서울로 좀 올려보내 주세요. 쓸데가 있어요.

부탁이라 아니라 요구였다. 맡겨 놓은 것 내놓으라는 그 말투 말이다.

'상투적 감사로 시작하겠지?' 하고 기대했던 한 교수의 입에서 어이없는 웃음이 터져 나왔다.

"허허허. 야! 인석아! 애써 키운 애제자들을 데려가면서, 일언반구 감사도 없이 대뜸 용건만 말하기냐?"

수화기 너머로 뻔뻔스러운 음성이 들렸다.

—웬일이냐? 하면 무엇 때문에 전화했느냐? 즉! 용건을 묻는 거 아닙니까? 그리고 제 후배도 된다고요.

'어! 이렇게 우격다짐으로 나오면 물 건너가는 건데?'

"그, 그게. 한국 사람의 정이란 게……."

그의 말이 끝나기도 전에 성훈의 말이 이어졌다.

—그리고 이번에는 교수님도 좀 올라오셔서 도와주셔야 할 것 같아요.

"크흠. 그러냐?"

의도치 않게 목적을 달성한 한 교수가 헛기침하며 말을 이었다.

"압둘 왕자의 공모전 때문에 그러는 거지?"

—네. 맞습니다.

이미 내용을 알고 있으니, 더 무슨 설명이 필요하랴. 게다가 몸이 두 쪽이라도 바쁘다는 녀석의 시간을 빼앗고 싶지 않았다.

"인선은 지금까지처럼 내게 맡기는 거겠지?"

—음. 네. 특이사항은 없죠? 한석이처럼 농땡이가 올라온다거나 하는 그거요.

저도 모르게 코를 벌름거린 한 교수가 답했다.

"어떻게 알았냐? 일단 한석이……."

그의 말은 대뜸 잘려 버렸다.

—네? 그 농땡이를요? 여기가 학교인 줄 아세요?

성훈이 생각하는 한석의 이미지가 단적으로 드러났다. 그 말에 한석의 얼굴을 붉히며 발끈했지만 한 교수가 손가락을 입에 대며 막았다.

"아냐. 그 녀석, 학생회장인 데다가……."

—학생회장이면 정치나 하라고 해요!

수화기를 빼앗으려는 한석을 한 손으로 막으며, 다른 손으론 수화기를 막고 작은 소리로 물었다.

"네가 말하면 될 일도 안 돼!"

그러고는 다급하게 말을 이었다.

"너 보내지 말라는데?"

한석이 다급하게 입을 빼끔거렸다.

"제가 가야 이번 졸업 박람회 건을 처리하고 올 것 아닙니까? 님을 봐야 뽕을 따든 말든 하죠!"

한 교수가 다시 수화기를 들었다.

"커험! 거기다 우리 과 수석이야. 진짜라고."

—…….

믿을 수 없다는 듯, 수화기 저편에서는 말이 없었다.

"진짜야. 내가 실력도 없는 놈을 데려간다고 하겠냐? 무슨 잔소리를 듣겠다고."

성훈이 무슨 표정을 하고 있을지, 눈앞에 훤히 보이는 듯했다. 그의 개인적인 목적만큼이나 학과의 미래도 중요했다.

진중한 음성으로 말을 이었다.

"믿어 봐라."

─쩝. 실력이 된다면야. 대신…….

"대신?"

─와서 '학교 일이 어떻고, 애교심이 어떻고' 쓸데없는 소리 하면 다리 몽댕이 분질러 버린다고 하세요!

한 교수가 수화기를 막으며 속삭였다.

"한석아, 이렇게 나오는데, 안 가는 게 좋지 않겠냐? 이러다가……."

한석은 되려 콧김을 내뿜으며 각오를 다졌다.

"킁! 제가 이번에! 선배님께 제 진면목을 보여드리고 오겠습니다. 교수님."

비장한 표정의 한석에게서 소피아에게로 눈을 돌렸다.

소피아가 작게 속삭이며 어깨를 으쓱했다.

"섭섭하긴 하지만, 사정이 이러니까요."

그녀의 속상함이 씁쓸한 미소로 드러났다. 또한, 둘이 이어지기를 바라는 대목장과 귄터의 얼굴도 한 교수의 뇌리를 스쳐 지나갔다.

'대목장 어르신과 귄터가 알면 잔소리 좀 듣겠지만, 당사

자들이 결정한 일이니 어쩌겠어?'

당장은 연애보다 제 꿈을 이루려는 청춘들의 의지 또한 존중해 주어야 하지 않겠는가?

'하지만 소피아를 안심시켜줘야겠지? 녀석 성미에 일을 놔두고 연애를 하지는 않았을 테고.'

민수에게서도 여자 얘기는 한마디도 없지 않았던가? 그녀로서는 연모하는 사람 옆에 아무도 없다는 것만으로도 안심이 되리라.

한 교수가 피식 웃으며 물었다.

"성훈아, 국수는 언제 먹을 수 있는 거냐?"

찻잔을 응시하던 소피아의 귀가 쫑긋 움직였다.

–무슨 결혼 같은 말씀을 하세요? 여자도 없는데.

기대를 벗어나지 않는 대답이었다.

'그러면 그렇지.'

한 교수의 입술이 동그랗게 말렸다.

'소피아, 염려 안 해도 되겠어. 그리고 그 일 끝나면 준비하고 있어. 기회를 만들어서라도 너 부를 테니까. 그때 콱 도장 찍으라고!'

직설적인 말에 소피아의 얼굴이 발그레하게 물들었다.

안심하고 전화를 끊으려는데, 한석이 슬며시 옆으로 다가와 속삭였다.

"교수님, 현주 누님은 잘 계시는지 물어봐 주세요."

다급히 수화기를 막으며 물었다.

"누구? 현주?"

고개를 갸웃하는데, 한석이 설명을 덧붙였다.

"그 있잖아요. 서울에서 박람회 할 때, 한복 입고 무용했던 누나요."

짧은 기간의 박람회였지만, 한복을 입고, 회장 가운데서 춤을 추던 그녀가 떠올랐다.

"아! 현주? 네가 걔를 어떻게 알아? 휴가 나와서 잠시 본 게 전부일 텐데, 눈썰미가 좋다?"

그의 묘한 시선을 받으며, 한석이 헤벌쭉 웃었다.

"에이. 그 누나 덕분에 무용과 애들이랑 단체 미팅도 했었는데? 아! 교수님은 모르시겠구나?"

가만히 듣던 소피아가 한석의 옆구리를 쿡 찔렀다.

"미팅? 무용과랑 미팅을 했다고?"

한석이 고개를 끄덕였다.

"응. 현주 누나랑 성훈 선배님이 주선자가 돼서 여러 번 했었거든."

소피아의 미간이 찌푸려졌지만, 한석은 계속 말을 이었다.

"제대하고 나서 연락을 하려니까, 전화번호가 바뀌었는지 안 되더라고. 선배님하고는 연락하고 지낼걸? 그 누나가 선배님 되게 좋아했었거든."

추억을 떠올리며, 환한 미소를 지은 한석에게 소피가 따지듯 물었다.

"그럼 박람회 때, 처음 본 사이가 아니었던 거네?"

한석이 당연한 걸 묻느냐는 듯 고개를 끄덕였다.

"응!"

한 교수의 입에서 한숨이 터져 나왔다.

'쯧쯧. 눈치라고는. 저러니 매번 얻어터지지.'

소피아에게 괜찮다며 고개를 저었다.

"장담한다만, 그 이후로는 만난 적도 없었을걸?"

소피아는 심각한 표정이었다.

"왜 그렇게 생각하시는 건데요?"

물론 한 교수도 그녀가 당시에 성훈 옆에 붙어 있다시피 한 건 알고 있었지만, 이렇게 오래된 관계라고는 예상치 못했었다.

그렇다고 해도 그 뒤로 무슨 접촉이 있었으랴?

"소피아, 생각해 봐. 박람회 끝나고 성훈이가 뭘 했는지 말이야."

"네? 아!"

잠시 후 소피아가 탄성을 터뜨렸다.

그도 그럴 것이, 박람회 끝나자마자 바로 현재건설에 입사했고, 곧장 사우디아라비아의 공사를 따내서는 일 년이나 외국에서 시간을 보내지 않았던가?

"그 뒤로는 계속 외국에 있었죠."

그녀의 말에 한 교수가 눈썹을 으쓱했다.

"거봐. 접점이 있으려야 있을 수가 없지! 눈에서 멀어지면 마음에서도 멀어지는 법이라고."

자신만만한 미소를 띠며, 한 교수가 말을 이었다.

"내 장담하는데, 녀석은 현주 기억도 못 할 거다. 이 열 손가락에 장을 지진다."

그러고는 찡그린 소피아에게 물었다.

"진짜인지 확인해 볼까?"

수화기의 손을 떼고 두루뭉술 휘돌려 물었다.

"걔 이름이 뭐더라? 그 박람회에서 한국 무용하던 애."

답은 금세 나왔다.

–아! 현주요?

대번 답하는 성훈의 말에 뜨끔했지만, 소피아의 눈을 피하며 되물었다.

"아! 그 친구 이름이 현주였었나? 하, 하여간 보통 아니게 예쁘던데, 걔랑은 요즘도 연락하냐?"

성훈이 그의 답답한 마음을 알 리가 있나?

심드렁한 답이 들려왔다.

–흠. 연락은 종종 오는데, 한국에 있어야 말이죠.

소피아의 눈에 불똥이 튀었다.

"종종? 한국에 있어야? 있으면……?"

소피아가 한 교수와 뺨이 닿을 듯, 수화기 반대편에 바짝 얼굴을 붙였다.

'이거야 원. 안심시켜 주려다가 되레 벼락 맞는 거 아니야?'

뜨끔해진 한 교수가 재빨리 말을 이었다.

"큼. 어쨌거나 만난 적 없다는 말이지?"

–네.

소피아가 작게 속삭였다.

"앞으로는요?"

머쓱해진 한 교수가 입맛을 다시며 물었다.

"어쨌거나 앞으로도 만날 예정은 없다는 거네?"

이 상황을 빨리 종결짓고 싶은 한 교수의 유도 질문이었다.

-흠. 딱히 보고 싶은 건 아닌데, 조만간 한 번은 만나야 할 것 같아요.

미간을 좁힌 채, 소피아의 눈치를 보며 물었다.

"왜? 현주가 그렇게 마음에 들어?"

-아뇨. 그런 건 아니고, 걔 아버지가 국세청장이잖아요. 세금 관련 건으로 물어볼 게 있어서요.

소피아가 입술을 깨물며 으르릉거렸다.

"세금이면 세무사나 변호사를 통하면 되는 거지. 왜 국세청장을 만나야 하는 건가요?"

틀린 말은 없었다.

'이거 원. 방자와 향단이도 아니고.'

당장에라도 수화기를 넘겨주고 싶었지만, 그러면 모양새가 어색해질 것이 뻔한 노릇!

그는 체념하며 소피아의 말을 전했다.

"하아. 세금이면 세무사랑 상담하면 되지."

말을 하다가 이상한 느낌이 들었다.

"너 혹시 탈세는 아니지? 그건 무서운 죄야. 국민의 정당한 의무를 저버리는 거라고."

-에이. 제가 무슨 돈이 그렇게 많다고.

너스레를 떠는 성훈을 다그쳤다.

"호텔에서만 한 달에 천만 달러씩 꽂히는 놈이 무슨!"

—세금 내는 것 때문에 그러는 게 아니에요. 계획하는 사업이 있는데, 그게 국정 방향도 그렇고, 시기도 맞아야 하거든요.

"어떤 사업인데."

—아직 뭐라고 말씀드리기는 뭐하고요. 하여간 세무사랑 할 얘기는 아니에요.

"흠. 어쨌거나 여자로 생각하는 건 아니로군."

그의 다그침에 성훈이 투덜거렸다.

—이상하시네. 평소엔 이런 거 전혀 안 물어보시더니.

성훈의 목소리가 이어졌다.

—혹시 옆에 소피 있어요?

"아, 아냐. 그냥 궁금해서 물어보는 거지."

얼버무리는 사이, 소피아는 결심을 굳혔다.

"교수님, 저도 갈래요."

그녀의 속삭임에 한 교수가 속으로 혀를 찼다.

"성훈아, 소피아가 가도 문제 될 건 없겠지?"

대뜸 답이 들려왔다.

—뭐. 굳이 온다는데 말릴 것까지 있나요. 경험한다 치고 올려보내세요.

성훈의 말이 이어졌다.

—아! 벌써 시간이 이렇게 되었네. 교수님, 인원 좀 챙겨주시고…… 내일 다시 전화 드릴게요.

"벌써 끊으려고? 많이 바쁜가 보구나."

—급히 전화해야 할 곳이 있거든요.

"그래. 아, 알았다."
성훈과의 통화가 끝나고, 한석이 말했다.
"교수님, 이건 분명히 현주 누나랑 통화하려는 거라고요. 생각난 김에 해버리는 거죠."
"에이. 그럴 리가 있나?"
"확실하다니까요. 선배님이 뜸 들이는 것 보셨어요. 생각나면 한 방에 해치우지."
조잘대는 한석의 입을 막으며 한 교수가 말했다.
"일 때문에 만나는 거랜다. 알지? 어떤 녀석인지?"
소피아가 조용히 고개를 끄덕이며 문을 열었다.
"그렇겠죠. 저도 그렇게 믿어요."
문이 닫히고, 한석이 물었다.
"선배님은 대체 무슨 일을 벌이려고, 국세청장을 만난다는 겁니까?"
"글쎄다. 올라가 보면 알겠지."
"칫. 그래 봤자 건축가가 집짓기지. 별거 있겠습니까?"
그러다 생각난 듯, 환한 얼굴로 웃었다.
"참! 교수님……."
능글맞은 웃음에 한 교수가 대꾸했다.
"왜?"
"장 지지셔야겠습다."
절로 한 교수의 손이 올라갔다.
"아이고 머리야!"

성훈이 시계를 힐끗 보며 폴더를 열었다.

"이제 시스템 팀만 부르면 퍼즐이 맞춰지는 건가?"

싱긋 웃으며 통화 버튼을 눌렀다.

"묵혀놨던 칼을 빼 드는 느낌이네."

두세 번의 연결음 끝에 통화가 연결되었다.

유창한 영어가 들려왔다.

-'KT 홈 시스템' 기획부 이정희입니다.

"정희냐? 오랜만이네?"

-오라방! 이게 얼마 만이야?

회의실에서 브리핑을 준비하고 있는데, 사람들이 우르르 들어왔다.

반가운 목소리가 들렸다.

"성훈 팀장, 목이 빠지라 기다렸는데, 왜 이제야 부른 거냐?"

보람을 필두로 3년 전 박람회 참가자들이 모습을 드러내고 있었다.

"보람이, 오랜만이네."

그리고 뒤따르는 사람들에게도 인사를 건넸다.

"모두 반갑다."

성훈의 말에 동기들은 눈인사로, 후배들은 일렬로 도열해

우렁찬 함성으로 고개를 숙였다.

"불러주셔서! 감사합니다! 선배님!"

그들을 흐뭇하게 보며 웃음 지었다.

"너희들 빠지니까, 회사에서 좋아하지 않던?"

제대로 인정받으며 일했느냐고 성훈이 빙글거리는 웃음으로 묻고 있었다.

후배 하나가 정색하며 답했다.

"그럼 말씀 마십시오. 부장님께 쌍욕을 먹고 나왔습니다. 일 좀 할 만하니 도망친다고요."

어깨를 으쓱하는 그의 말에 옆에 있던 그의 동기가 피식 웃으며 대응했다.

"잘도 그랬겠다. 너 같은 뺀질이를."

"뺀질이? 내가? 너라면 몰라도 말이야."

주먹을 치켜드는 그에게 동기가 말했다.

"훗. 난 이사님이 붙드시는 거, 사정사정하고 빠져나왔거든!"

모두 제대로 인정받고 있다는 건, 성훈도 알고 있었다.

'중심축이 될 놈들만 골라서 빼가면 어쩌냐고 욕이란 욕은 다 먹었어. 실망시키면 안 되네!'라는 건설 사장의 엄포를 몇 번이나 들었으니까.

'있어도 그만 없어도 그만'인 사원을 누가 붙들려고 하겠는가?

그들의 농담을 들으며 말을 이었다.

"어쨌든 이 프로젝트에만 전념할 수 있게끔 잘 인수인계하고 왔겠지?"

"네! 그렇습니다."

회의실이 쩌렁쩌렁 울렸다.

"일하다가 중간에 딴짓하는 놈은 자동으로 아웃이니까 그렇게 알아!"

"절대 그럴 일 없습니다!"

말투는 우렁찼지만, 삼 년이라는 시간 동안 얼마나 정이 들었겠는가?

그들의 표정에는 이전 직장에 대한 아쉬움, 그리고 새 프로젝트에 대한 기대감, 여러 감정이 다채롭게 어우러져 있었다.

그들 중 묘한 표정의 후배에게 물었다.

"야! 넌 왜 울 것 같은 얼굴이냐?"

성훈의 질문에 후배가 자세를 바로 했다.

"네?"

"원래 있던 곳이 더 좋은 거냐? 돌아가려면 지금이라도 안 늦었다."

"아, 그런 건 아닙니다."

질문에 대한 답은 그의 옆 동기에게서 나왔다.

"이 자식. 애인을 두고 와서 그런 겁니다."

회의실 모두가 공감하며 고개를 끄덕였다.

'흠. 그러면 그럴 만도 하지.'

모두 아직은 피 끓는 청춘이 아니던가? 돌아서면 보고 싶고, 마주 보고 있어도 그리운 청춘 말이다.

성훈이 피식 웃으며 말했다.

"그래? 그럼 넌 이번 프로젝트만 하고 가!"
사람들의 표정이 묘하게 변했다.
애인을 두고 온 후배가 물었다.
"네? 다음 프로젝트도 있습니까?"
그건 생각하지 않았던 모양이다.
"그럼 당연하지! 이거 한 건 하려고 너희를 거기다가 삼 년씩이나 박아뒀겠냐?"
"그럼?"
"계속 프로젝트를 만들어 갈 생각이다. 해외로 나갈 일도 있고, 한국에서 할 일도 많이 있을 거다. 당분간은 일이 끊어질 일은 없어. 그러니까 일시적으로 프로젝트팀에 합류할 생각이라면 애초부터 그만두라는 말이야."
그 후배에게 말을 이었다.
"특히 너! 나 때문에 애인이랑 헤어졌다는 원망은 듣고 싶지 않거든."
그가 잠시 고민하더니 말했다.
"아닙니다. 그녀는 이해해 줄 겁니다."
말없이 빤히 쳐다보자, 그는 급히 말을 이었다.
"그렇게 속 좁은 여자 아닙니다. 그리고 제 일은 제가 알아서 합니다. 선배님!"
보람이 나서며 상황을 종결시켰다.
"어쨌거나 중도 하차할 마음은 없다는 거네?"
"네. 그렇습니다."
"그럼 됐지 뭐. 나중에 딴소리만 안 하면 돼. 각자 빈자리에 가서 착석하도록.”

자리를 정리한 보람이 성훈에게 말했다.
“팀장님! 이제 시작하시죠? 올 사람은 다 온 것 같은데?”
성훈이 손을 들며 그의 말을 저지했다.
“아니. 아직 한 팀 더 남았어. 거의 다 도착했을 거야. 아까 연락 왔으니까.”
“누굽니까?”
고개를 갸웃하는 보람의 말에 응답이라도 하듯, 회의장의 뒷문으로 일단의 무리가 들어왔다.
“오라방, 우리 왔어요!”
자신의 작은 체구가 안 보일까 봐, 정희는 까금발을 한 채 크게 팔을 흔들고 있었다. 그리고 그녀의 옆에 김선우와 그의 직원으로 보이는 사람 몇 명이 걸어들어오고 있었다.
박람회에서 알던 얼굴이 아니라서 그런 건지, 경계의 눈빛들이 그에게로 쏠렸다.
“누구지?”
그 답은 컴퓨터 공학과 출신에게서 나왔다.
“어! 선우 선배잖아!”
“어! 그러네? 미국에 가 있다고 하시더니?”
아직 정체를 모르는 동기들이 물었다.
“너 아는 사람이냐?”
“응. 우리 과 선배님.”
“니네 선배가 왜? 저 선배도 박람회 참석했었냐?”

"아니? 처음에 참석했었다가 개인 사정 때문에 그만뒀었지."

"그런데 왜 불렀지?"

컴공과 후배가 으스대며 입꼬리를 올렸다.

"무지막지 대단한 사람이거든."

"뭐가?"

그러고는 코웃음 치며 말을 이었다.

"너희 선배라는 게 뭐 그리 대단한 벼슬이라고. 설마 성훈 선배보다 대단하겠어?"

하지만 컴공과 후배는 검지를 좌우로 저었다.

"성훈 선배는 한국에서나 유명하지만, 저 선배는 포브스지에 이름이 실릴 정도거든."

"뭐? 포브스에?"

포브스!

미국의 저명한 경제 잡지가 아니던가?

유수한 경제 잡지 중에서도 특히나 순위 매기기로 유명했다. 그가 자랑스럽게 고개를 끄덕였다.

"응. 작년과 올해, 이년 연속으로 포브스가 선정하는 주목할 CEO에 선정되었다고, 작년엔 겨우 100위 언저리였지만 이번에는 75위에 랭크됐다고! 너도 들어 봤지. 'KT 홈 시스템'이라고."

그는 고개를 끄덕이며 수긍했다.

"흠. 들어보긴 한 것 같은데, 그렇게 유명했냐? 게다가 한국인이 사장이었다니."

"거기서는 대니얼 킴 이라고 하니까 모를 수도 있지."

"한국에서만 모르지. 굉장히 유명해. 아직 한국 건설회사는 그런 기술을 도입시키기에는 시기상조라서 그런 건지도 모르고."

"네 말처럼 그렇게 유명하다면 여길 왜 오냐? 다른 유명 건축가들도 우리 프로젝트랑 경쟁하는 것 같던데. 그리 가는 게 낫지 않냐?"

그 말 또한 신빙성이 있었던지라, 컴공과 후배가 어깨를 으쓱했다.

"글쎄. 성훈 선배랑 모종의 연관이 있다는 루머가 돌았었는데, 그게 사실이었나?"

중얼거리는 소리에 귀를 세우며 물었다.

"무슨 루머?"

"몰라! 자식아. 성훈 선배가 선우 선배님 회사에 대주주라는 이야기가 있었던 것 같은데, 정확하지는 않아. 확인되면 말해줄게."

"어쨌거나 한국에서만 모르지. 미국뿐만 아니라, 전 세계적으로 유명해. 요즘 지어지는 호텔에는 저 회사 시스템이 적용 안 되는 곳이 없다고 소문이 날 정도니까."

자기 과 선배가 아니라 자존심이 상한 것인지 고개를 끄덕이면서도 뚱한 표정을 지었다.

"그래? 진짜로 유명하긴 한가 보네."

"그러니까 자식아. 우리 선배가 와주신 것만으로도 영광으로 알아야 돼."

성훈이 그들을 맞이하려 하던 일을 멈추고 강단을 내려갔다.

한창 바쁜 시기임에도 자신의 요청에 만 리 길을 머다 않고 달려와 준 사람들이었다.

"선우 형, 갑자기 불러서 놀라셨죠?"

선우는 성훈을 미소로 맞으며 그에게 고개를 숙였다.

"안 부르면 섭섭할 뻔했습니다. 보스!"

얼굴에 반가움을 한가득 품은 그에게 성훈이 어색하게 손사래 쳤다.

"보스는 무슨. 팀장이라 부르라……."

성훈의 말에 정색하며 선우는 데려온 부하들을 소개했다.

"정희는 뭐 알 거고. 톰과 제리입니다."

다인종의 나라라서 그럴까?

톰는 흑인, 제리는 백인이었다.

"보스가 보고 싶어서 안달이 났길래, 안 데려올 수가 없었어."

그러고는 그들을 향해 말했다.

"인사드리지. 그렇게 보고 싶어 했잖나."

제리가 먼저 싱글벙글 미소 띤 얼굴로 허리를 숙이며 양손으로 악수를 청했다.

"빅 보스, 만나 뵙게 되어 영광입니다."

제리에 이어 톰도 서슴없이 고개를 숙였다.

"빅 보스, 한 수 배우러 왔습니다. 많이 가르쳐 주십시오."

'어라. 이 친구들은 한술 더 뜨네. 빅 보스라니…….'

그들의 격한 반응에 김선우가 피식 웃으며 말했다.

"제법 쓸 만한 친구들입니다."

톰과 제리가 이구동성으로 그의 말을 정정했다.

"빅 보스, 감히 단언컨대, 제가 최고입니다."

"재미있는 친구들이네요. 형."

자신감에 넘치는 그들을 자리에 앉히며 선우가 속삭였다.

"이번에 한국에 간다고 하니까, 회사에서 얼마나 난리가 났는지 몰라. 널 보겠다고 말이야."

그리고 들어가는 둘을 보며 말했다.

"쟤들 말마따나, 저 둘은 그중에서도 최고 실력자들이라고. 맘껏 부려 먹어. 네 말이라면 껌뻑 죽을 녀석들이니까."

"그럼 저야 고맙지만, 자신감이 어마어마하던데, 제 말을 듣기라도 할까요?"

"걱정할 필요 없어. 녀석들은 네 신봉자니까."

"신봉자요?"

성훈의 의문에 선우가 피식 웃었다.

"미국 갈 때, 네가 내준 숙제 기억하냐?"

당연히 기억할 수밖에.

"휴대폰으로 외부에서 기기 제어하는 거요?"

"응!"

"그게 왜요? 벌써 다 된 거예요?"

설령 되었다고 해도, 하드웨어가 뒷받침되지 못하면, 무용지물이 될 터.

"아직……. 하지만 머지않았어. 거기 저 녀석들뿐만 아니라, 전 개발자들이 그 개념에 푹 빠져 있지. 일일이 자리에서 버튼을 누르지 않아도, 내 맘대로 통제한다! 그건 꿈이라고."
"흐. 고생이 많으셨네요."
"녀석들이 한목소리로 말하더군. 빅 보스는 미래에서 온 사람일 거라고 말이야."
"엥?"
뜬금없는 말에 성훈이 미간을 좁혔다.
"그렇잖아. 미래인이 아니라면 어떻게 그리 정확히 미래를 예측하느냐고. 앨빈 토플러도 그렇게 정확히 예측은 못 할 거라고 하더군."
"그래서 내 말을 잘 들을 거다?"
"그래. 넌 쟤들에게는 신이야. 신! 일단 시켜봐. 그 뒤에 어떻게 길들일지 고민해도 안 늦어."
"크. 알았어요."
헛웃음을 내뱉는 성훈에게 선우가 은근한 목소리로 물었다.
"그리고 보스. 이제 자리로 돌아와야지. 언제까지 내가 너 대신에 CEO 노릇 할 수는 없잖냐? 회사가 커지니까 바지사장도 슬슬 버겁다."
"아직요. 시간이 좀 더 필요해요. 전면으로 드러나면 하고 싶은 것도 맘대로 못 할 텐데."
"야! 막말로 네가 못 할 게 뭐 있어?"
조심스레 언성을 높이는 그에게 성훈이 도리질을 쳤다.
"하여간 아직은 안 돼요."
"왜?"
"귀찮아요."

"내가 말을 말자. 휴우."

고개를 절레절레 저으며 자리로 들어가려는 선우의 팔을 성훈이 붙잡았다.

"왜?"

"형. 들어가기 전에 자기소개나 하고 들어가요."

"응?"

"저거 안 보여요. 이대로 들어가면, 아무도 내 브리핑에 집중 안 한다고."

성훈의 말처럼 모든 중인의 시선이 선우에게 집중되어 있었다.

한국이 아니라, 미국에서 유명한 사람. 전 세계 천재들이 모두 모인 미국에서 백 손가락에 꼽히는 CEO. 여기 모인 모두가 바라는 성공을 이미 이룬 사람이 바로 선우였다.

항상 옆에 있는 성훈은 차치하고라도 말이다.

선우의 입에서 피식 웃음이 나왔다.

"아직 네가 우리 회사 실제 주인인 거, 애들은 모르는 거지?"

성훈이 조용히 고개를 끄덕였다.

"이따 나하고 얘기 좀 하자."

"네. 이따가요."

연단을 올라가며 선우가 투덜거렸다.

"귀찮다고? 참……. 대단하다고 해야 하나? 어떻게……. 욕심이 없는 건지, 아니면 욕망이 터무니없이 강한 건지."

회사 창업 동기들의 목소리가 그의 귀에 어른거렸다.

"이번에는 어떻게든 성훈이 녀석한테, CEO 자리 해결해 달라고 하고 와! 알았어? 우리는 연구를 하고 싶었던 거지, 사무를 보려고 했던 게 아니잖아. 안 그래?"

외부 일 때문에 연구시간이 없어진 창업 동기들의 투덜거림이었다.

"사장이 시키는데 어쩌냐?"

"그러니까 이번에 가서 확실히 선을 긋고 오란 말이야. 막말로 선우, 너도 솔직히 버겁잖아."

지금까지는 어떻게든 버텼는데, 회사 확장을 앞둔 지금은 선우도 남의 사정을 봐줄 상황은 아니었다.

연단에 서서 중인들의 동경 어린 시선을 받으며 속으로 피식 웃음이 나왔다.

'애들은 알려나 몰라. 내가 바지사장이라는 거. 휴우.'

하지만 어쩌랴?

'하지 말라는데 강제로 말했다가는 본전도 못 찾을 거고.'

그의 눈에 주변 사람들과 속삭이는 톰과 제리의 모습이 들어왔다.

'훗. 저 떠버리 녀석들이 있는데 뭐가 걱정이야!'

성공한 CEO, 선우가 깊게 숨을 들이쉬고는 근엄하게 입을 열었다.

"안녕하십니까? 'KT 홈 시스템'의 CEO 김선우라고 합니다."

인사와 함께 성훈에게도 눈인사를 건넸다.

'빅 보스, 저 녀석들 입단속은 나도 불가능하다고.'

106장
건축가란?

선우의 간단한 인사가 끝났다.

거만하지 않으면서도, 꼭 필요한 정보 그리고 자신들이 이 프로젝트에 어떤 역할을 기대하는지를 말하며 인사를 마무리했다.

"깔끔하네요."

선우가 위트 있게 인사를 마치자, 성훈이 단상으로 나가며 말했다.

선우가 머쓱하게 웃으며 너스레를 떨었다.

"말발만 늘었지. 누구 덕에 팔자에도 없는 CEO 노릇을 하느라 말이지."

"수고하셨어요."

성훈을 지나쳐 들어가며 선우가 중얼거렸다.

"난 분명히 얘기 안 했다. 앞으로도 안 할 거고."

"네. 그거면 돼요."

그의 말에 선우가 넌지시 말을 이었다.

"그러니까 앞으로 네가 우리 회사 사장이니 하는 얘기가 나와도 내 책임이 아니라는 말이야."

선우는 단호하게 책임 소재의 경계를 그었다.

성훈이 웃으며 말했다.

"알았어요. 정희는 내가 입단속 할 테니까, 형은 일이나 신경 써 주세요."

'흐흐흐. 정희 말하는 거 아닌데.'

의미심장한 미소에 성훈이 고개를 갸웃했다.

"더 하실 말이라도 있어요, 형?"

"아니! 아무것도 아니야."

"남은 이야기는 브리핑 끝나고 하자고요. 시간은 많으니까요."

"응, 그래. 이따 보자."

선우는 입 밖으로 나오려는 말을 가까스로 삼켰다.

'여기까지가 딱 좋아. 자칫 하다가는 톰과 제리의 입까지 막아버릴 수도 있으니까.'

저 둘이 말 많은 떠버리임에는 분명하지만, 아직 안심할 수 없었다.

'녀석들은 날 그저 월급 주는 고용주로밖에 생각 안 한다고.'

마음에 안 들면 다른 곳으로 가버리면 그만인 평등한 관계.

'하지만 성훈이는 다르거든. 성훈이 말이라면 팥으로 메주

를 쓴대도 믿을걸. 저 녀석들은.'

자리에 앉으며 좌우의 톰과 제리에게 말했다.

"열심히 하자고. 이 친구들아."

선우의 속내를 아는지 모르는지, 그들은 성훈을 뚫어지라 바라보며, 건성건성 답했다.

"걱정 마십셔, 보스. 우리가 언제 실망시킨 적 있습니까?"

"그러게요. 괜히 쓸데없는 걱정을 하시네."

둘의 심드렁한 대응에 기가 찬 선우가 말했다.

"이거 봐. 내 말은 그게 아니라."

"아! 이따가 말씀하세요. 지금 빅 보스께서 시작하시잖아요."

"그래요. 보스. 그리고 톰. 네 목소리가 더 커. 플리즈, 셧업!"

성훈이 스크린을 몇 번 체크하고는, 마이크를 뽑아 들었다.

"방금 김선우 CEO께서 말한 것처럼, 'KT 홈 시스템'은 우리 설계 전반에 걸친 네트워크를 계획할 겁니다. 설계의 최종 단계까지 무리가 없도록 관련 종목들을 서로 협조 바랍니다."

그리고 스크린의 스위치를 켰다.

"자! 이제 잡담들은 그만하고, 스크린을 주목해 주십시오."

〈쿠웨이트 : 건설적 미래〉라는 주제를 가진 공모전 브리핑이 끝났다.

청중을 보며 성훈이 말했다.

"다소 광범위한 주제를 가졌습니다만……."

보람이 내 눈을 보며 입을 열었다.

"음. 팀장, 제가 들은 게 맞다면 제가 익히 알고 있던 공모전과는 좀 다른 것 같습니다."

"그렇습니다. 보통 공모전 하면, 정해진 주제가 있죠. 예를 들면 도시계획 공모전이라고 하면, 도시를 녹화할 것인지, 아니면 무역에 적합한 도시를 만들 것인지!"

보람이 고개를 끄덕이며 말했다.

"네. 포항 제철이 공모전의 주체라면 그들은 철을 주제로 내놓겠죠."

공모전에는 상금, 혹은 그 결과에 따른 보상이 따르기 마련이며, 투자가 있는 만큼 주최 측의 관심사는 주제에 함축적으로 표현되는 경우가 많았다.

'그러면 당연히 주최 측의 시선이 어디를 향하는지 알면, 과녁도 명확해지는 법이고.'

"그런데 이번 공모전에는 그게 잘 안 보인다는 말씀이신 거죠?"

"네. 그렇습니다."

그의 명확한 지적에 작은 한숨이 나왔다.

'이것도 나름 압둘이 많이 고민한 거라고.'

"압둘, 원하는 게 뭔가요?"

공모전 서류를 검토하자마자 압둘에게 전화를 걸었다.

그의 의도를 명확히 알고 싶었기에 대화는 직설적일 수밖에 없었다.

내 물음에 압둘은 잠시 말을 얼버무렸다.

—성훈, 그게 말일세…….

"'건설적 미래'라는 말만으로는 당신의 의도를 짐작하기 어렵다고요."

—그럴 걸세.

"우리 사이에 이런 거로 밀당할 필요가 있겠어요? 필요한 게 있으면 대놓고 말하세요."

잠깐의 침묵 후 압둘이 말했다.

—자네는 쿠웨이트 하면 뭐가 떠오르나?

"석유? 그리고 사막? 일단 그 정도네요."

—그래. 금방 연상되는 이미지는 그 두 개지. 사실 그게 다라고 해도 과언은 아니지. 그렇지 않나? 풀도 자라기 힘든 사막에서 석유라도 없었다면, 쿠웨이트라는 나라가 과연 지금처럼 존재할 수 있었을까?

'여전히 우리는 유목 생활을 하고 있었겠죠'라는 말을 성훈은 속으로 삼키며, 너스레를 떨었다.

"압둘, 당신이 늘 말하는 것처럼 석유는 아랍 민족의 축복이죠."

—흐흐흐. 그렇지. 석유로 인해 산유국이 되었고, 다른 나라로부터 부러움을 사고 있지.

"네."

—하지만 성훈. 오늘의 축복이 반드시 내일도 축복이라고는 말할 수 있을까?

'훗. 누구는 그것도 없어서 맨땅에 삽질하고 있구만.'

속으로야 입을 삐죽 내밀었지만, 조용히 그의 다음 말을 기다렸다.

압둘의 한숨 섞인 목소리가 나로 하여금 입을 열지 못하게 하고 있었다. 나라를 짊어진 그 고민의 깊이를 어찌 범인이 예상할 수 있겠는가?

—언젠가 부왕께서 내게 물으셨다네. '내가 과연 알라를 뵈올 때, 그분께 당당할 수 있겠냐?'고 말일세.

'사후에 또 다른 삶을 산다는 걸 믿는 왕으로서는 당연한 생각이겠지.'

완벽히 이해가 가는 것은 아니지만, 성훈은 가만히 고개를 끄덕였다.

—많이 쇠약해지셨지.

"네. 연세가 있으시니까요."

—그리고 내게 숙제를 주셨지. '언젠가는 알라께서 뿌리신 축복의 열매가 마르는 날이 올 게다. 남은 시간이 마냥 많다고 할 수는 없지. 그때를 대비해 압둘, 너는 어떤 대비를 하고 있느냐?'고 물으시더군.

"……."

—내 개인이 아닌, 왕으로서의 준비를 물으신 거로 생각한다네. 그리고 그건 내가 항상 고민하던 문제이기도 하지.

'이해 못 하는 바는 아니지만 그건 당신이 풀어야 할 숙제고.'

"원유로 번 자금을 재투자하겠다는 말이군요?"

―그렇지. 대신들과 논의를 해봤다네. 별별 이야기들이 다 나오더군. 금융, 미래 기술, 생명공학…….

압둘의 한숨이 한층 더 깊어졌다.

―휴. 그야말로 물정을 모르는 소리가 아닌가?

그의 푸념에 성훈이 맞장구쳤다.

"그렇게 들리네요."

'금융이야 돈 놓고 돈 먹기고!'

미래 기술, 생명공학?

그거야말로 뜬구름 잡는 소리나 진배없었다.

―지금 그런 원천기술을 누가 내놓겠나? 돈으로 팔라고 한들, 그들이 팔겠나?

"그건 돈으로 해결되는 문제가 아니죠."

선진국들이 수십 년간 큰 성과가 없음에도 불구하고, 더 나은 미래를 위해 천문학적인 자금을 투자한 분야일 터!

하지만 더 중요한 것은 시간과 인재가 아닐까?

그건 돈으로 해결이 불가능한 문제니까?

―그렇지. 그걸 누가 돈 몇 푼에 팔겠어?

압둘의 한숨을 이해할 수 있었다.

생산의 문외한, 그들처럼 소비에만 익숙한 사람들이 생각해낼 레벨의 문제가 아니었다. 자국의 원유도 자신들의 기술이 아니라, 다른 나라의 힘을 빌려 퍼내고 있는 상황에야, 무슨 설명이 필요하랴?

—지금 내 머리에 떠오르는 건, 건설밖에 없다네. 그걸 한국에서는 '배운 게 도둑질'이라고 하던가?

"가장 익숙한 분야니까요."

—또한, 확실하게 이 땅에 남는 거지. 집이 어디로 도망가지는 않지 않나? 허허허.

"그래서 건설로 재투자하겠다는 거네요."

—그렇지.

"그러려면 적어도 발주처에서……."

성훈이 말을 끝내기도 전에 압둘이 선수를 쳤다.

—자네가 주제를 정하면 안 되겠나?

"네?"

순간적으로 성훈의 인상이 살짝 찌푸려졌다.

'이봐요. 왕세자 양반! 아무리 급해도 이건 아니잖아!'

고개를 갸웃하며 머리를 굴려봐도 이해가 가지 않았다.

'이게 뭐지?'

잠시 넋을 놓고 있는 사이, 성훈을 달래는 목소리가 들려왔다.

—건설은 자네가 더 전문가잖아? 안 그래? 성훈? 요즘 KT 팀의 약진이 장난이 아니더군.

'그거랑 주제랑 뭔 상관?'

압둘의 속내를 좀 더 알아볼 필요가 있었다.

'뭔가 장난을 치려는 것 같은데?'

"그럼 내가 주제를 정해서 하면, 그대로 받아주겠다는 말씀이세요?"

성훈의 말에 압둘이 혀를 찼다.

-쯧. 무슨 말을 하는 건가? 그럼 다른 건축가들은 들러리게?

"그럼 다른 건축가들에게도 똑같이 말할 건가요?"

응당 다른 건축가들도 의도를 물어오겠지.

'바보가 아닌 이상, 과녁이 어디 있는지도 모르면서 덤비지는 않을 거라고.'

나처럼 압둘에게 다이렉트로 통화를 하지는 못하겠지만 말이다.

-건설부 대신에게는 이미 언질 줘놨네.

"한두 푼 들어가는 사업도 아니고, 그런데 이런 걸 이렇게 주먹구구식으로 정한다고요?"

-돈이라면야, 얼마든지…….

손해 보지 않기로 이름난 압둘이 이렇게까지 돈을 뿌릴 각오를 할 때는 그 나름의 고민이 있었으리라.

하지만 그건 그거고!

'이 양반아. 그런 문제가 아니잖아!'

속에서 울컥하는 감정이 터져 나왔다.

"이건 거저먹겠다는 심보잖아요! 손도 안 대고 머리도 안 쓰고."

말 그대로 돈만 내겠다는 심보.

"이건 장사꾼에게 어울리는 일이지, 왕에게 어울리는 처사는 아니잖아요."

압둘이 깊은 한숨을 내쉬었다.

—성훈, 말하기 부끄럽지만 말일세.

“네. 말씀하세요!”

—인재가 없어.

“네? 널리고 널린 게 대신들인데, 그들에게 의견을 물어보면 되잖아요.”

—그러니까 하는 말이야. 돈을 쓰는 데는 다들 한 재간하는데……. 돈으로 뭔가를 만드는 데는 영…….

절레절레 고개를 젓는 압둘의 모습이 눈앞에 보이는 것 같았다. 실망 가득한 얼굴로 말이다.

얼마나 자신들의 수하들이 실망스러웠으면 이렇게 말할까? 제 얼굴에 침 뱉는 격이니 말을 아낄 뿐.

‘이런 반응이면 더 캐낼 것도 없겠네. 압둘도 머리가 아프겠군.’

빠릿빠릿하게 말귀를 알아듣는 손발이 없으면 머리만 빠개지는 법이다.

‘그래도 하나는 건져 가야지. 시간이 아까워서라도.’

성훈도 한숨을 내쉬며 물었다.

“그래도 원하는 게 있을 거 아니에요? 호텔이라든지, 아파트 단지라든지, 산업단지라든지. 원하는 용도가.”

이만한 규모, 설계비만 일억 달러가 넘는 건축물을 기획하는데, 주먹구구식으로 할 리가 없잖아!

—그야…….

그는 뭔가를 말하려다, 생각이 바뀐 듯 말을 이었다.

–아니! 그냥 없다고 생각하게. 자네가 그릴 수 있는 최고의 쿠웨이트를 그려줘.

"그게 무슨……."

어이없어하는 성훈에게 압둘이 말을 이었다.

–뭐가 되었든, 우리 대신들보다는 더 나은 결론을 내릴 테니까.

"제가 알아서 주제를 정하라? 그겁니까?"

–그렇지.

네 마음대로 해라!

이게 말은 듣기 좋지만, 이것보다 어려운 게 어디 있던가?

뭘 만들어 오든, 결정권은 압둘에게 있는 상황이라면 더더욱 그러하다.

헛웃음을 토하며 성훈이 말했다.

"압둘."

–응?

"배운 게 도둑질이라 하셨지만, 이건 완전 날강도 수준인데요?"

–미안허이. 어쩌겠나? 정 안 되면 강도질이라도 해야지. 나라가 망할 게 뻔히 보이는데…….

"아주 불성실한 교수 같은데요?"

–뭐가?

"과제 내기 귀찮으니까, '네가 알아서 주제 정하고 답을 가져와!'라고 하는 그런 선생이요."

머쓱해하는 듯한 목소리가 들려왔다.

–큼. 말이 그렇게 되나?

“그리고 채점 기준은 당신 마음이죠.”

–그야…….

“속내를 말하지 않으니, 기준이 언제 어떻게 바뀔지도 모르고 말이죠.”

–그래도 참가한 건축가 중에서는 성훈, 자네가 가장 유리할 거로 생각하는데? 자네만큼 날 잘 아는 사람은 없을 테니 말일세.

“유리하다고 해서 반드시 성공하는 건 아니죠.”

내가 상대해야 할 건축가들의 면모를 봐서는 더더욱 그렇다.

닳고 닳은 건축가들이 아니던가?

‘클라이언트를 구워삶는 데는 다들 일가견이 있는 사람들이라고.’

어쩌면 시작도 하기 전에 포기하는 사람이 나올지도 모를 일이다.

‘만약 나오지 않는다면, 그 금액 때문이겠지.’

덤으로 명성까지 생각한다면, 쉽사리 포기하기는 어려울 것이다.

‘당연히 나도 포기할 수 없지.’

그러나 상황이 바뀌면 조건도 변하는 법.

압둘에게 물었다.

“예상 총면적 50만㎡, 공사비는 15억 달러로 잡으셨더라고요?”

–큼. 그랬지.

"그러면 설계비는 대략 1억 5천으로 잡았겠네요."

–그렇지. 10% 내외로 계산하지.

"흠. 그렇단 말이죠?"

'무슨 말을 하려나?' 하면서 그는 내 말을 기다리고 있었다.

한 3초?

머릿속으로 주판을 두드렸다.

1㎡당 300달러.

적지 않은 금액임은 분명했다.

'하지만 이건 기본이지!'

발주자 측에서 명확한 기준을 제시할 때의 기본인 것이다. 다른 건축 공모전에서는 기준을 명확히 준다고.

헌데 내게 기준을 잡으라고?

하지 않아도 될 고민을 하는 것은 곧 하지 않아도 될 일을 하는 것과 뭐가 다르랴? 발주자의 고민을 대신해 준다면, 그 일의 대가 또한 마땅히 청구해야 할 터!

'돈을 받는다고 해서 무료로 추가 봉사를 하고 싶지는 않거든.'

수고한 만큼 더 받는 건 당연한 이치!

보상받지 못하는 땀방울은 바닷물보다 못하다.

생각을 정리하고 말했다.

"압둘, 우리 설계가 당신의 마음에 들었을 때를 가정하고 하는 말입니다.”

왜 가정이라는 말을 하느냐고?

압둘이 만족하지 못한다면 공모전에서 탈락하는 건 당연한 거니까. 탈락자가 설계비를 요구할 수는 없다.

공모전은 가장 냉정한 승자독식의 시스템이거든.

그러므로 그의 마음을 사로잡지 못한 설계를 하지 못한다면, 지금 하는 말은 무의미해진다.

‘하지만 난 자신이 있다고.’

그 근거로 내세우기에는 확실성이 부족한 부분이 없잖아 있지만, 이미 난 그에게 합격점을 받은 적이 있지.

‘알리와의 몰딩 레이스에서 그의 취향을 확인했다고!’

그 경험을 근거로 말하자면, 압둘은 자신이 지금까지 보지 못한 것에 약하다.

세계적 대부호인 그가 못 본 것이 얼마나 있겠냐만은, 그 당시 내 몰딩의 디자인은 그를 사로잡을 만했었던 것 같다.

그걸 기반으로 생각해 보면, 다른 건축가들에 비해서 나는 압도적인 이점을 갖고 있다.

다른 건축가들은 그들만의 건축관을 세웠다. 그들의 이름으로 세워진 건축물이 세계 도처에 즐비하다.

‘그 말은 곧 익숙하다는 말이지.’

이번 공모전에서 조금이라도 이전 작품의 색이 묻어난다거나, 혹은 조급함에 떠밀려 자신의 설계에 어중간하게 현대의 기술을 접목한다면, 압둘의 관심에서 멀어지게 될 것이다.

‘물론 날고 기는 베테랑들이 그런 실수를 할 가능성은 극

히 희박하지만.'

–말해 보게.

"인센티브를 붙여주세요."

–응? 인센티브?

그의 물음에 당당하게 말했다.

"네. 고민의 폭이 훨씬 넓어졌거든요. 만드는 놈에게 주제를 정하라니. 이건 뭐."

고개가 절로 저어졌다.

내 너스레에 잠시 생각하는 것 같더니, 그가 물었다.

–얼마나?

"5% 인상!"

–설계비에서?

"흥!"

콧방귀를 뀌며 말을 이었다.

"총공사비에서요!"

'부가세보다 못한 그 금액을 받아서 누구 코에 붙이라고. 갑부가 쩨쩨하게!'

어지간히 당황했던 모양이다.

–어이, 어이, 성훈!

"왜요?"

–그건 설계비의 50%를 인상해 달라는…….

"아니면 주제를 정해주세요. 그대로 진행할 테니."

세상에 공짜가 어딨어! 날강도 같으니!

–크읏.

압둘의 신음성이 이어졌다.

"물론 다른 건축가들에게도 똑같은 주제가 주어져야겠죠."

당연한 거다. 공정한 경쟁이 되어야 하니까.

'없던 주제가 갑작스레 나올 리가 있나? 그것도 나라의 미래가 달린 건데.'

쿠웨이트에 인재가 없긴 한 모양이다.

잠시 후 압둘의 목소리가 들렸다.

–크흠. 욕심이 너무 많은 것 아닌가?

"대신 돈 가치만큼 일을 할 테니까요. 어차피 마음에 안 들면 돈 안 줄 거잖아요? 안 그래요?"

–그야 당연히…….

어디서 뒤통수를 까려고 해!

돈만 딸랑 들고 와서 꽁으로 먹으려고 하면서!

압둘이 은근한 목소리로 물었다.

–만약에 어렵다면?

"내가 고작 2억도 안 되는 돈 때문에 이러는 거로 보여요?"

다른 사람은 몰라도 압둘은 잘 알 테지.

내 호텔의 수익이 얼마인지 말이다.

–물론 그건 아니겠지.

잠시 후, 그는 다시 입을 열었다.

–그럼 이유가 뭔가?

'이유는 간단하지. 약오르니까!'

그렇다고 '당신의 심보가 고약해서 그런다!'라고 할 수는 없지 않은가?

나름 합당한 설명이 필요했다.

"당신이 주제를 명확하게 정해줄 수 없다면, 전 지금까지 누구도 보지 못한 걸 만들고 싶어요."

-그거랑 설계비가 무슨 관계가 있나?

"그럴듯하게 디자인만 하는 게 아니라, 모든 공학을 다 접목할 생각이구요."

이건 맞는 말이잖아. 지금 이 프로젝트 때문에 이 많은 사람을 모았고 말이다.

'공과대의 모든 분야를 모았다고 해도 빈말은 아닐 거라고.'

압둘이 귀가 솔깃했던 모양이다.

-그럼 하이-테크인가?

"흥. 나도 모르죠!"

-혹시…… 이미 계획이 서 있는 건…….

서둘러 그의 말을 잘랐다. 내가 이미 준비하고 있다는 걸 들키면, 어떻게든 빠져나가려고 할 테니까.

"압둘 당신은 결과가 나온 후에 평가만 하면 돼요. 과연 이 작품이 추가금 50%의 가치가 있는지 없는지를."

내가 왜 이렇게 배짱을 튕기냐고?

어차피 다른 건축가들도 나처럼 옵션을 걸 거라고. 나와 방법은 좀 다를지 몰라도.

'나처럼 추가금을 요구하던지, 아니면 다음 공사 수주를 약속받던지, 방법은 많지.'

거기까지 내가 관여할 필요는 없지만, 확실한 건 세상에 공짜는 없다는 거다. 그의 제안을 그대로 받을 거라고 봤다면, 압둘은 나를 호구로 본 것이다.

'앞으로도 호구로 보겠지.'

하이 리스크, 하이 리턴!

위험성이 큰 만큼, 그 보장 또한 확실해야 한다.

왜 이런 추가 제안을 하느냐고?

일반적인 공모전에는 주제가 있고, 그 주제는 작품 선정의 기준이 된다.

주제가 철이라면, 누가 봐도 '아! 철이구나!' 하는 것을 알 수 있게 작품을 만든다.

논란의 여지가 없지. 그런데 쿠웨이트의 미래? 개 풀 뜯는 소리 하고 있네. 압둘 제 마음에 들어야 한다는 거잖아. 이런 상황에서 객관적 기준을 논한다고!

세상에 갑질도 이런 갑질이 어딨어! 이런 공모전에서 객관적 잣대를 기대하는 것은 바보가 하는 짓이다.

상금 내거는 사람의 시선이 곧 기준이다.

'그럼 보상이라도 확실해야지.'

—어쨌거나 추가되는 50%는 내 결정에 따르겠다! 그 말이지.

결정권이 자신에게 있다는 사실은 마음에 들었던 모양이다. 주든 안 주든 자신의 마음이니까.

그의 생각이 머리에 떠오르자, 피식 웃음이 나왔다.

"네! 그리고 사람을 더 투입하는데도 명분이 서고요. 알다시피 전 직장인이잖아요. 결재를 받아야죠. 사장님께."

–흠. 확실히 면이 서기는 하겠군.

"그리고 그 약속을 한 만큼, 좋은 작품을 위해 박차를 가하겠죠."

하지만 호쾌한 허락 대신 압둘은 걱정스럽다는 투로 물었다.

–그런데 말일세. 만약에 당선이 안 되면? 그 부담은 모두 자네 몫이 아니겠는가?

그러고는 말을 이었다.

–만약 내가 싫다고 하면 어쩌려고 그런……?

그는 뒷말을 삼켰지만, 충분히 예측할 수 있었다.

'내가 베팅을 안 받으면 어쩔 셈이었냐?' 겠지.

거기에 추가적인 설명을 붙이자면 이거 아닐까? 지금까지 한 설계가 허사로 돌아갈 텐데, 두렵지 않은가 정도?

'내가 미쳤어? 한 일을 허사로 만들게?'

공모전 주최자들이 착각하는 게 있는데, 그건 돈을 내는 자신이 갑이라고 생각한다는 거다.

'흥! 그깟 상 안 받으면 그만이라고.'

무모한 협상이 아니냐는 물음에 씨익 웃으며 이렇게 답했다.

"압둘, 공모전에 입상작이라도, 상금 안 받으면 주최 측에서 권리를 주장할 수 없다는 건 알죠?"

–에잉?

이 경우는 전혀 예상하지 못했던 것 같다.

'하긴 이런 거금을 포기할 사람은 없을 테니까.'

하지만 나는 다르다.

애초에 돈이 오고 가지 않은 상태의 계약서란 종잇조각에 불과하다. 선금 없는 계약에 무슨 강제성을 부여하랴?

당연한 말이겠지만, 공모전에 참가 신청을 한다고 주최 측에서 계약금을 주는 경우는 극히 드물다.

'강제력이 없어요, 압둘. 고로 억만금이라도 내가 안 받으면 그만이라는 거지.'

"왜요? 제 말이 틀렸나요?"

-케켁!

사레라도 들린 건지, 캑캑대며 압둘이 말했다.

-하지만 대체로 공모전 입상작은…….

"압둘, 전 호구가 아닙니다. 돈 받은 만큼 일해주고, 일한 만큼 돈 받아냅니다. 다른 공모전과는 투자한 자원과 시간이 다른데, 같은 돈 받으면서 일할 생각은 없어요. 게다가 지금은 조건도 아주 안 좋죠. 완전 맨땅에 헤딩하기니까."

-그럼 그 작품은 의미를 상실하는 거 아닌가?

누가 그래? 의미가 없다고.

코웃음 치며 그의 말에 반박했다.

"압둘, 당신 나라의 미래는 되는데, 다른 나라의 미래가 되지 말란 법은 어딨어요?"

-그럼…….

"네. 찾아보면 살 사람은 있을 겁니다."

-흠…….

잠시 말이 없던 그가 다시 입을 열었다.

–혹시 그 녀석인가?

그에게 제일 먼저 떠오른 사람이 누구였을까?

"아마도…… 일 순위?"

–굳이…… 알리를 일 순위로 놓는 이유는?

"사우디아라비아나 쿠웨이트나……. 제가 보기에는 비슷해서 말이죠. 사막, 유전, 정치 등등. 여러 부분에서."

–크윽!

그리고 내 말발이 먹힌다는 이유도 많은 부분을 차지하지만.

압둘이 콧김을 내뿜으며 말했다.

–킁! 날 만족시킬 수 있다! 그 말이지?

"그건 압둘, 당신이 결정할 일. 전 제 작품에 최선을 다할 뿐이죠."

–알겠네. 자네 말대로 하기로 하지. 좋은 작품을 기대하네.

압둘의 허락은 받아냈다.

'이제 작품 선정에 고민 좀 하셔야 할 겁니다.'

내심을 감추고 말했다.

"알겠습니다. 최고의 작품을 만들어 보겠습니다."

이게 예전에 압둘과 나누었던 대화였다.

다른 건축가들이 압둘과의 대화를 알면, 내가 유리하다고 생각할지도 모르겠다.

'하지만 그건 문제가 안 되지. 수상작에 부끄럽지 않은 작품을 만들면 되니까!'

압둘에게 다른 곳에 판다고 말한 건 그저 엄포일 뿐! 현실로 구현되고 안 되고는 수상 후의 문제다.

'게다가 이 친구들에게 설계비까지 얘기할 필요는 없지.'

당장은 여기 모인 팀원들을 설득하는 것이 우선이었다.

"다르게 생각할 수도 있지 않겠습니까?"

"어떤 말씀이신지."

"주제가 광범위하면, 우리의 운신 폭이 넓어지죠."

보람은 거기에도 반론을 보탰다.

"하지만 이렇게 되면, 주최 측의 의도에 따라 '귀에 끼면 귀걸이, 코에 걸면 코걸이'가 되지 않습니까?"

보람은 문제의 핵심을 꿰뚫고 있었다.

'눈치 빠른 녀석!'

"달리 말하면, 주최 측의 마음에만 들면 된다는 거죠."

"음……."

보람은 뾰로통한 표정으로 미간을 찌푸리다가, 내 눈을 직시하며 물었다.

"혹시. 생각해 두신 다른 복안이 있으신 겁니까?"

"네. 있습니다."

"그렇다면 알겠습니다."

내 확신에 그는 고개를 끄덕이며 자리에 앉았다. 상황을 보여주려 부른 것일 뿐, 그들을 설득할 생각은 없었다.

'주제에 대한 고민은 이미 내가 결론 내렸거든.'

이 공모전의 총괄 디자이너는 나, 김성훈이다.

사람들을 아우르며 말했다.

"분명, 이 프로젝트는 주제가 불명확해 보이는 면이 없잖아 있습니다."

아무도 입으로 내어 말하지 않았지만, 눈으로는 강하게 동감하고 있었다.

"하지만 이걸 말씀드리고 싶습니다."

"……."

진심으로 납득하지 못하면, 앞으로 나아가기 어려운 법.

"이건 제가 계속 기다려왔던 기회입니다. 삼 년 전, 우리가 박람회를 하던 때부터……."

"네? 그때부터 이 공모전을 계획하고 있었다고요? 전혀 그런 말을 듣지 못했는데요?"

보람의 물음에 고개를 저었다.

"아뇨. 이 공모전이 아니라, 이런 식의 프로젝트가 나오기를 기다리고 있었다는 말이죠."

"이런 식이라니……."

그의 눈은 좀 더 많은 설명을 요구하고 있었다.

"간단히 말해, 이 프로젝트는 설계자의 자유도가 상당히 높다는 거죠."

"대신 출제자를 만족시키기는 쉽지 않을 겁니다."

자유도가 높다는 말은 반대로 성공을 위해서 고려해야 할 것이 많다는 말도 된다. 뭐가 되었든 모두 내 책임이 될 테니까.

"나는 좀 더 완전한 집을 만들고 싶었습니다."

흔히 건축을 종합예술이라고 한다. 디자인, 구조공학, 유체 역학, 기계, 전기, 이 모든 학문이 거주자의 편의를 위해 건물에 적용된다. 기초공학의 발전에 힘입어 많은 기술도 앞으로 나아갔다.

비행기와 잠수함은 100년 전에는 상상하지도 못했던 하늘과 물속을 활보하고 있는데, 건물은 여전히 땅에 발이 묶인 채, 21세기를 살아가고 있다.

'기원전이나 지금이나 바뀐 게 뭐가 있어?'

팀원들은 조용히 내 말을 경청하고 있었다.

"건축가는 완벽한 인간도, 그렇다고 그리 뛰어난 천재도 아니죠. 모든 것을 파악하지 못하죠."

물론 지금까지의 모든 건축가는, 설계를 함에 있어서 꼭 필요한 기술들을 적용하기 위해 노력했으리라 믿는다.

하지만 그게 최선이라고 말한다면, 그건 건축가의 교만이 아닐까? 또한, 그 교만은 더 발전할 수 있는 건축의 발목을 잡는 것이 아닐까?

미켈란젤로나 다빈치의 시대였다면, 그건 교만이 아닐지도 모른다.

'그게 그들의 최선이었을 테니.'

팀원들을 보며 말했다.

"이게 여러분들을 불러모은 이유입니다. 설계의 초기 단계부터 전문가의 의견을 수렴하는 것."

"그럼 우리가 해야 하는 일은……."

"여러분들은 각 분야의 전문가들입니다. '이런 기술이 건축에 접목되었다면 더 좋았을 텐데. 집에 이게 불편하던데' 하는 게 있었을 겁니다. 제안해 주세요. 최대한 수렴하겠습니다."

그럼 중구난방의 의견으로 설계의 중심이 흐트러지지 않느냐고?

아니다.

이들이 의견을 낼 때는 이미 해결책도 가지고 있을 것이다.

그들은 전문가니까. 건축가가 상상하지도 못했던 것들이 그들의 머리에는 떠다니고 있을 것이다.

'효율성을 위해서 애써 외면했을 뿐.'

그들의 눈 하나하나를 보며 말을 맺었다.

"우리는 최고의 건축물을 만들어낼 수 있을 겁니다."

회의가 끝났다.

똑똑!

"들어오세요."

말이 떨어지기 무섭게 문이 벌컥 열렸다.

"성훈 선배님! 우리 왔습니다."

환하게 웃으며 한석이 들어오고 있었다. 그 뒤로 한 교수와 소피아도 모습을 드러냈다.

절로 얼굴에 웃음이 피어났다. 어찌 반갑지 않을 수 있겠는가? 누구보다 든든한 우군이었다. 만면에 미소를 머금고 의자에서 일어났다. 그들을 따라 후배들도 줄줄이 들어오고 있었다.

살짝 긴장이 어린 얼굴들.

'얼굴이나 익혀둘까?'

앞으로 나오며 내 소개나 하려는데, 한석이 선수 치며 호들갑을 떨었다.

"잘 봐둬! 우리 동문 중에서 제일 잘나가는 선배님이시다!"

제 일이라도 된 것처럼 한석이 너스레를 떨었고, 그 덕에 후배들의 긴장도 한층 풀어졌다.

한석의 지시에 따라 두 줄로 정렬한 후배들이 일제히 허리를 굽혔다.

"반갑습니다! 성훈 선배님!"

힘찬 인사에 손을 들며 답했다.

"반갑다, 후배들. 김성훈이다."

고개를 든 후배들의 면면을 주시하며 말했다.

"급히 불러 경황이 없었을 텐데도 군말 없이 와줘서 진심으로 고맙다."

뭐라고 대답을 할 만도 하건만, 모두 입을 꾹 다물고 나를 바라보고 있었다.

'너무 긴장한 거 아니야? 대체 나에 대해 뭐라고 들었기에…….'

웃으며 한 교수 쪽으로 고개를 돌리다가, 미간에 주름 잡힌 한석의 눈동자와 마주쳤다.

'이 녀석은 또 왜 이래?'

개선장군이라도 된 양, 어깨에 힘이 잔뜩 들어갔는데, 눈빛은 간절하달까?

'뭔가 언발란스한데?'

그 옆에서는 한 교수가 그 긴장한 모습을 힐끔거리며, 웃음을 참고 있었다.

이게 무슨 장난을 치나? 하면서 인상을 살짝 찌그리는데, 소피아가 눈치를 주면서 중얼거렸다.

'한석이 아는 척 좀 해줘요. 저렇게 기다리고 있는데…….'

상황이 눈에 들어왔다.

'녀석들 앞에서 가오 좀 잡고 싶다! 그거냐?'

내 이름을 들먹이며, 학생회장 선거에 나갔다고 들었다.

꼭 눈으로 봐야만 아는 건 아니질 않던가? 녀석의 성격상 우리 관계를 부풀려 얘기했겠지. 하지만 그 당시에 나와 한석의 접점을 아는 사람들이 남아 있었을 리가 만무하지.

'녀석이 제대했을 때는 내가 학교에 없었으니까.'

나와의 관계를 증명하고 싶었으리라.

제 말이 거짓말이 아니라는 것을…….

어떤 말을 해뒀는지 몰라도, 잔뜩 기대한 후배들이 한석의 뒤통수를 보고 있었다.

피식 웃음이 나왔다.

'녀석! 하나도 안 변했네.'

허세는 부리고 싶은데, 상대가 상대인지라 바짝 긴장한 모습이랄까? 거기서 발생하는 불균형이었다.

긴장했는지 어떻게 알 수 있냐고? 쉴 새 없이 목울대가 오르락내리락하고 있는데, 못 알아채면 바보겠지.

한 교수도 그걸 보고 웃은 거였고.

하지만 한석을 따르는 후배들은 눈치채기 어려울 것이다. 적어도 그들에게는 한석의 듬직한 등만 보일 테니까.

'누굴 속이려고! 또 한 방 맞고 싶은가 보지?'

한석에게 한 걸음 다가갔다. 간절하던 시선을 보이던 동공이 내가 접근하자, 해일 위의 종이배처럼 쉴 새 없이 흔들리기 시작했다.

'요 맹랑한 녀석을 어떻게 할까?'

입술을 쓱 쪼개는데, 한 교수가 눈썹을 으쓱하며 입을 열었다.

"성훈아, 이번에 올라오는데, 학생회장이 힘 많이 썼어. 참가자들 시험도 남아 있었는데, 일일이 교수들 찾아가서 리포트로 조정하고……."

긴장한 한석의 엉덩이를 툭 치며 말을 이었다.

"안 그랬으면, 아마 다음 주 초에나 왔을걸?"

'설마? 정말이냐?'

신뢰할 수 없다는 듯 한석에게 눈을 돌리자, 녀석은 자세를 바로 하며 외쳤다.

"후배로서 마땅히 해야 할 일을 했을 뿐입니다. 선배님!"

한 교수가 고개를 작게 갸웃했다.

'칭찬해 줘라. 좀!'

내가 무슨 힘이 있나?

한 교수와 소피아가 한목소리로 갈구는 데야…….

'운 좋은 줄 알아.'

후배들이 없었다면 몰라도, 지금은 한석의 체면을 세워주는 것이 옳았다. 앞으로도 계속 후배들 관리는 녀석이 도맡아 할 텐데, 그 정도 입지는 굳혀줄 수 있지 않나?

그의 어깨를 두드리며 피식 웃었다.

"그래. 우리 한석이 고생 많다는 얘기 들었다. 이번 공모전 기간에도 네 활약을 기대하마."

감격스러운 미소로 한석의 얼굴이 환해졌다.

"네! 알겠습니다. 선배님! 맡겨만 주십시오."

그제야 긴장이 풀린 듯, 예전의 히죽거리는 모습으로 돌아왔다.

"숙소 알지? 오늘은 급할 거 없으니까, 일단 애들 거기서 쉬도록 조치해."

한석이 허리를 꾸벅 숙이고 후배들을 인솔했다.

나가는 잠깐 사이가 참기 힘들었는지, 한석이 입을 나불거리고 있었다.

"봤지! 짜식들아. 선배님이 내 이름 부르는 거. 우리 한석이라도 했잖냐! 우리 사이가 이래! 글구 어떤 놈이 내가 구라친다고 했어? 엉! 나와!"

아까의 긴장은 흔적도 없고, 기세등등한 목소리로 말을 이었다.

"니들이 몰라서 그러는데 말이야. 이 KT팀의 실질적인 이인자, 민수 형님은 나 없이는 못사는 분이야. 나하고 의형제나 마찬가지라고!"

제 딴에는 소곤거린다고 생각했는지 모르지만, 흥분된 목소리는 사무실을 울리고 있었다.

'민수가 들으면 큰일 날 소리를…….'

자리에 있었으면 인상을 찌푸렸으리라.

그 한없이 착한 민수가 말이다.

어이가 없어 멍하니 바라보는데, 두리번거리다 나와 눈이 마주친 한석이 말했다.

"선배님, 숙소 배정만 하고 바로 돌아오겠습니다. 잠시만 기다리십셔!"

한 교수와 악수하며, 성훈이 인상을 썼다.

"쓰읍. 저게 나가라니까……."

한소리 하려는 걸 한 교수가 말렸다.

"들떠서 그런 거야. 너 만난다고 얼마나 기대했는지 아냐?"

한석을 변호하려는 듯, 그는 말을 이었다.

"그리고 우리 학과 역대 최고의 학생회장이야."

"네?"

"진짜야. 너보다 카리스마는 없어도 애들 잘 챙기고, 일도 꼼꼼해. 입으로 점수를 까먹어서 그렇지……."

"그렇다면 다행이구요. 어쨌든 오신다고 수고 많으셨어요."

그 옆의 소피아에게도 인사를 건넸다.

"소피도 반가워. 바쁘면 안 올라와도 되는데……."

한창 지점 때문에 바쁠 거라 생각해서, 미안한 마음에 한 말이었는데 오지 말라는 소리로 들린 것일까?

그녀는 뚱한 얼굴로 힐끗 보더니 고개를 돌렸다.

"흥. 누구 좋으라고요?"

'뭐지? 이 맥락 없는 대화는?'

아직 한국 문화에 적응이 덜 된 건가? 아닌데? 대목장 어르신하고도 스스럼없이 대화할 수 있다고 들었는데?

성훈은 저도 모르게 머리를 벅벅 긁었다.

'음…… 여자는 어려워.'

한 교수가 뜨끔한 표정으로 소피아의 눈치를 살폈다.

'벌써 시작인 거냐? 아직 분위기 파악도 안 됐는데?'

그러고는 다급하게 성훈에게 물었다.

"성훈아, 여, 여기 커피는 어디서 타면 되냐?"

"저기 오른쪽으로 돌아가시면 탕비실 있는데요?"

눈치 없는 성훈의 말에 한 교수가 눈동자를 휘돌렸다.

'눈치 없는 녀석! 커피나 타오라는 말인데.'

성훈을 보내놓고 소피아를 달래보려 했건만, 전혀 먹히지를 않는 것이다.

'여기서 둘이 다퉈 봐야…… 쯧.'

한 교수도 소피아를 응원하지만, 그것도 성훈이 마음이 있다는 걸 확인한 다음이지.

'너무 급해. 소피아.'

일 문제라면 누구보다 소피아와 죽이 잘 맞는 성훈이었지만, 연애라면 영…… 젬병이 아니던가? 소피아도 그의 마음을 알았던지, 혀를 삐죽 내밀며 민망한 표정을 지었다.
"제가 타올게요. 교수님은 홍차. 성훈 씨는?"
"으, 응. 나도……."
소피아가 나가고, 성훈이 물었다.
"쟤, 왜 저래요?"
한 교수가 한눈을 찡그리며 묘한 시선으로 물었다.
"정말 몰라서 그러는 거냐?"
"제가 뭐 소피한테 책잡힐 만한 짓이라도 했나요?"
이해할 수 없다는 듯, 한 교수는 신음성을 내뱉었다.
"끄응."
성훈이 코끝을 긁었다.
아무리 생각해도 짚이는 곳이 없었다.
"음……. 아무 짓도 안 했는데, 왜 저러지?"
한 교수가 황당한 표정으로 중얼거렸다.
"아무것도 안 하니까 문제지!"
"네? 무슨 말씀 하셨어요?"
"아니다."
그러고는 한숨을 내뱉었다.
"으이구. 이 무심한 녀석아."
"네? 제가 뭘요?"
무슨 생뚱맞은 소리냐는 성훈에게 한 교수가 혀를 차며 고개를 절레절레 흔들었다.
"쯧. 관심 좀 가져라. 벽창호 같은 놈아."
"엥? 관심요?"

되레 성훈이 큰소리쳤다.

"제가 소피 문제에 얼마나 발 벗고 뛰었는지 아시면서 그런 말씀을 하세요?"

"휴. 그거 말고. 네가 보기에 소피아 어떠냐?"

"뭐. 이쁘고 일 잘하죠."

한 교수가 어이없는 한숨을 내쉬었다.

'전혀 여자로 보지 않는군!'

"그게 다냐?"

"또 뭐가 필요해요?"

결국 헛웃음을 내뱉었다.

'허허허. 이역만리 타국에서 저 하나 보고 온 여자에게 할 소리냐?'

아무리 말하면 무엇하랴!

애초에 핀트가 안 맞는 것을.

'이렇게 둘이 같이 있게 하는 것만으로도 난 내 할 일 다 했어!'

왜 더 붙여놓지 않았느냐고 나중에 대목장에게 잔소리를 듣기는 하겠지만, 인력은 안 되는 게 연애라지 않던가?

입맛을 다시며 말했다.

"쩝. 성훈아, 넌 남녀관계에 대해서 나한테 강의를 좀 들어야겠다."

그 말에 되레 성훈은 피식 웃으며 응수했다.

"다른 사람은 몰라도, 노총각으로 늙어가시는 교수님께 그런 말을 듣고 싶지는 않은데요? 흐흐."

한 교수가 씁쓸하게 천정으로 눈을 돌렸다.
"그래. 내가 말을 말자!"
그사이, 한석이 돌아왔다.
한 교수 옆자리에 앉으며 말했다.
"선배님, 감사합니다. 또 엎어터지는 줄 알고 긴장했잖습니까? 헤헤헤."
녀석의 너스레에 웃으며 답했다.
"한 따까리 할려다가, 노력이 가상해서 한 번 봐줬다."
"어쨌거나 선배님 덕에 얼굴 좀 세웠습니다. 감사합니다."
"왜 이렇게 빨리 왔냐? 숙소 배정하랬더니?"
"제가 직접 움직일 군번은 아니잖습니까? 헤헤."
"까불기는. 녀석!"
소피아가 홍차 소반을 탁자에 내려놓았다.
"수고했어. 소피."
성훈의 말에 소피아가 나긋나긋한 소리로 말했다. 성훈에게 등 돌린 채.
"맛있게 드세요. 교수님."
"어, 어. 그래. 고마워. 소피아 양."
없는 사람 대우를 당하자, 성훈은 잠시 어안이 벙벙해 있는데.
탕!
"여기요!"
잔 받침 달그락거리는 소리가 유난히 컸다.
'이거 뭔가 내가 큰 실수를 한 모양인데?'

쌓인 감정이 있다면, 화해를 청하는 것이 도리.

뜨끔해서 소피아에게 손을 뻗었다.

"저…… 소피. 왜 이러는……."

하지만 둘의 감정은 안중에도 없다는 듯, 한석이 입을 열었다.

"그런데 말입니다. 선배님!"

녀석의 진지한 목소리에 소피아를 향하던 손을 슬그머니 내렸다.

"으, 응. 왜? 다른 할 말이라도 있냐?"

"오다가 이상한 말을 들었습니다."

"무슨 얘기?"

"KT팀 선배들하고 통화하는데 말이죠. 공모전 주제가 모호하다는 말을 하더라고요?"

진지한 표정에 성훈이 잔을 내려놓고 자세를 바로 했다.

"응. 그럴 거라 생각했어. 동의를 구한 건 아니었으니까."

어제의 브리핑은 일방적인 정보의 전달이었고, 그들에게 아이디어를 요청한 것이었다.

"선배들이 염려를 좀 하더라고요. 그런 공모전은 처음이라고 하고. 저도 선배님이 그걸 그냥 받아들인 것도 이해가 잘 안 간다고요."

"그런 말이 나올 건 알고 있었어."

"이미 알고 계셨다고요?"

말없이 고개를 끄덕였다.

모든 사람을 이해시키면서 일을 하기란 참 어려운 일이다.

만인에게는 만개의 생각이 있으니까.

"그럼 어떻게 하실 건지 여쭤봐도 됩니까?"

"이미 말한 대로 미래라는 단어에 포커스를 맞춰서 진행할 거다."

"전 잘 이해가 되지 않습니다, 선배님. 이런 시작으로 과연 압둘 왕세자가 원하는 작품이 나올 수 있을까요?"

한석은 동의를 구하려는 듯, 한 교수에게로 말머리를 돌렸다.

"그렇잖아요. 교수님. 자칫하면 모든 게 허사로 돌아갈 수도 있잖아요!"

성훈이 고개를 차분히 끄덕였다.

"다른 후배들도 비슷한 생각이겠지?"

"아마 그럴 겁니다."

고개를 끄덕이며, 한 교수에게 물었다.

"교수님도 그렇게 생각하세요?"

가만히 경청하던 그는 찻잔을 내려놓으며, 고개를 갸웃했다.

"난 딱히 그렇게 생각 안 하는데?"

"왜요? 교수님? 의뢰자의 의도를 명확히 모르는 거잖습니까?"

그의 반박에 성훈이 말했다.

"한석아, 의도가 명확하든 모호하든, 결국 설계는 건축가가 하는 거야."

성훈이 찻잔을 들며 물었다.

"한석이, 넌 어떤 건축가가 되고 싶은 거냐?"

무슨 가당찮은 질문이냐는 듯, 한석이 말했다.

"어떤 건축가라뇨? 건축주의 집을 지어주는 사람이 건축가입다! 건축의 스페셜리스트로서 당연히 건축주의 마음을 헤아리는 건축가가 되어야죠."

그러곤 되레 고개를 모로 꺾으며 물었다.

"그것 외에 다른 정의가 있나요?"

건축가란 '건축에 대한 전문적인 지식이나 기술을 가진 사람'을 칭한다. 건축의 스페셜리스트라는 그의 말이 틀린 것이 아니다.

당당한 한석의 말에 한 교수는 입맛을 다셨다.

"하지만 그것만으로 건축가를 말하기에는 부족하지 않을까?"

"그럼 뭐가 더 필요합니까?"

한 교수는 살짝 미간을 찌푸렸다.

"네 말은 음…… 직업인으로서의 건축가만 말하는 게 아닌가 싶은데?"

마땅한 단어가 생각나지 않았던 듯, 그는 말을 끌었다.

그의 심중을 짐작한 성훈이 덧붙였다.

"돈벌이라는 말을 하시고 싶었던 거죠?"

짝!

손뼉을 부딪치며, 한 교수가 목소리를 높였다.

"그렇지! 돈벌이! 딱 맞네."

뚱한 얼굴로 한석이 물었다.

"그런데요? 돈벌이가 뭐 어때서요? 전 유명해져서 돈 많이 버는 유명 건축가가 되고 싶다고요."

"성훈이가 묻는 건 그런 의미가 아닌 것 같은데?"

한 교수의 말에도 한석은 무시하고 말을 이었다.

"그러기 위해서는 돈이 많은 물주 마음에 들어서 큰 건물을 많이 짓는 게 짱이라고요."

그리고 당당하게 말을 이었다.

"물론 실력이 있어야 가능한 거지만요."

한석은 가슴을 내밀며, 자신감을 내비치고 있었다.

그런 한석을 보며, 한 교수는 씁쓸한 미소를 지었다.

그러자 한석이 눈치를 보며 말을 맺었다.

"하, 하지만 제가 틀렸다고 생각지는 않습니다."

한석의 말에 한 교수가 작은 한숨을 내쉬었다.

"네가 그렇게 생각하고 있었다면, 내 가르침에 문제가 있었나 보구나."

그의 실망감이 눈에 보였던지, 눈을 데굴거리던 한석이 성훈에게 속닥거렸다.

"선배님? 제가 뭐 잘못 말한 거라도……."

"난 어떤 건축을 하는 사람이 되고 싶으냐고 물었는데, 남의 집 지어주는 사람이 되겠다고 하면 뭔가 좀…… 안 맞는 답이지 않냐?"

그리고 성훈이 말을 이었다.

"돈을 보고 건축을 한다는 것도 그렇고."

한석이 머쓱하게 웃으며 뒤통수를 긁었다.

"에이. 그거야. 선배님 정도 되니까 그런 말씀 하시는 거라고요. 막말로 맨손으로 뭘 합니까?"

그러고는 한 교수에게 눈을 돌렸다.

"교수님도 그래요! 제자라고 다 같습니까? 성훈 선배님과 절 동격으로 보지 마시라고요!"

"누가 성훈이랑 비교했다고?"

"에이. 교수님 눈이 너무 높으신 거죠. 다른 사람들은 다 저처럼 생각한다고요. 선배님이야 학교 시절부터 일찌감치 두각을 드러냈으니 이런 고민 안 해보셨겠지만, 전 다르다고요."

입술을 뚱하게 내밀며 말을 이었다.

"처음이니까, 남의 집 지어주면서 돈도 좀 벌고 해야, 나중에 제가 하고 싶은 건축을 할 수 있을 것 아닙니까? 남의 눈치 안 보고 말이죠. 안정적으로 가야죠. 안정적으로……. 네!"

"야! 녀석아!"

발작적으로 끼어드는 한 교수를 제지하며 성훈이 말을 이었다.

"시작이니까 하는 말이다. 뭐든 시작이 가장 중요하니까."

한 교수의 얼굴을 힐끔거리면서도, 한석은 제 할 말을 마저 했다.

"시작이 다 미약하지. 어떻게 제 고집만 세우며, 독불장군처럼 혼자서 갑니까? 누가 알아주지도 않을 건데요."

그런 한석의 마음을 어찌 모르겠는가? 누구나 성공을 바란다. 그리고 시간이 주는 기회가 많은 청춘일수록 더더욱 성공할 거라 믿으면 바란다. 어쩌면 이루지 못할 꿈이라고 해도, 젊은 치기가 스스로를 세뇌한다. 할 수 있다고!

그리고 반대의 경우도 분명히 존재한다.

'예전의 내가 그랬지.'

성공을 위한 시도가 없었기에, 딱히 실패한 경험도 없다.

'하지만 인생은 실패작이 되었지! 원했던 건 아니었지만…….'

처음부터 실패를 원하는 사람은 없으리라.

도전을 거부한 데 대한 당연한 대가일 뿐.

'무슨 말을 해야 할까?'

하지만 행동은 한 교수가 더 빨랐다.

그는 탁자를 탕 치며 물었다.

"그래서! 네가 하고 싶은 건축이 뭔데?"

"그야……."

"넌 어떤 건물을 짓고 싶냐고?"

"그야……."

"그야? 그냥 건축주가 지어달라는 대로 지어주는 거냐? 그럼 그 작품에 넌 어디에 있는데? 도면에 네 도장만 찍혀 있으면 되는 거냐?"

그는 속사포처럼 말을 쏘아붙였다.

"그럼 네가 건축주한테 물어보고 선 그어주는 사람이지. 그게 무슨 건축가야! 신념도 없고, 꿈도 없고! 애초에 돈 벌려고 건축을 배운 거냐? 4년 동안 배운 건 그게 전부냐?"

그의 일갈에 성훈이 작게 미소 지었다.

'한 교수라면 저럴 만도 하지.'

건축이 좋아서 원래 전공이던 철학의 길을 포기하고, 졸업 후 다시 건축학과로 입학했던 그였다. 그런 만큼 한 교수에게 건축은, 철학이라는 학문보다 더 깊은 의미가 있었으리라. 그리고 제자들 돈벌이를 위해서 교수라는 일을 선택했을 리도 없지 않은가?

답을 못 하고 버벅대는 한석에게 한 교수가 일침을 날렸다.

"그래! 넌 평생 제 소신도 없이, 남의 집 도면이나 그려줘라."

"에이. 교수님도…… 나중에 명성을 좀 얻으면……."

하지만 아직 한 교수의 말은 끝나지 않았다.

"나중 좋아하시네? 말해줄까? 나중이 어떤지?"

좋은 말이 나올 리 있나?

하지만 한석이 잠시 멍한 사이, 그가 말했다.

"그냥저냥 늙어가다가 구청 앞에서 허가 도장이나 찍어주는 허가방이나 하게 되겠지."

이 정도까지 말이 확장되자, 한석이라고 가만히 있겠는가?

"아주! 악담을 하십쇼. 교수님!"

버럭 하는 한석은 안중에도 없는 듯, 한 교수가 비웃음을 지었다.

"흥. 악담 같으냐? 그 사람들이라고 처음부터 허가방을 하고 싶어서 건축사가 된 것 같으냐? 시작할 때부터 그냥 돈이나 사람들의 인정이 목적이었으니까, 그렇게 된 거지."

얼굴이 붉어지는 한석을 보며 말을 이었다.

"하긴 그 사람들 입장에서는 목적을 달성한 거나 다름없지. 적어도 돈벌이는 착실하게 되니까."

"교수님!"

"흥! 그래. 명성도 있겠지! 적어도 구청 직원들은 네 이름을 꿰고 있을 거다."

기가 막히는 표정의 한석이 성훈에게 도움의 눈길을 청했다.

'선배님! 제가 그렇게 말을 잘못한 겁니까? 말씀이 너무 심하신 거 아닙니까?'

약 올리는 한 교수를 보며 성훈이 피식 웃었다.

한 교수라고 제자의 미래를 그렇게까지 단정 짓고 싶을 리가 있나?

이룰 수 없을 것 같은 목표라 할지라도, 원대한 꿈을 꾸다가 이루지 못한 것과 처음부터 소박한 꿈으로 시작하는 것은 다르다.

'게다가 애초에 목표가 돈과 명예여서야…….'

어떤 결과가 나올지는 불을 보듯 뻔한 것 아닌가?

"성훈아, 이놈은 답이 없다!"

그는 꼴도 보기 싫은 듯, 쌩하게 고개를 돌렸다.

풀이 죽은 한석이 물었다.

"선배님, 선배님은 어떤 건축가가 되고 싶으신 겁니까?"

성훈을 통해서 답을 찾고 싶은 것일까?

"허가방이 되기는 싫은 거냐?"

성훈의 놀림에 한석이 발끈했다.

"선배님까지 그러실 겁니까?"

고개를 돌린 채 팔짱 낀 한 교수가 투덜거렸다.

"지금까지 내 수업은 뭐로 듣고, 성훈이한테 묻는 거냐?"

계속되는 비아냥에 한석이 짜증을 냈다.

"교수님께 물어보는 거 아니라고요."

"뭐라고!"

"그만 하세요. 녀석도 나름대로 진지한 것 같은데요."

"흥! 알았다."

성훈이 말했다.

"내가 생각하는 건축가는 네 말대로 스페셜리스트가 맞아."

한석이 한 교수를 향해 눈을 부라렸다.

'거봐요!'

"하지만 의미는 약간 다르지."

"뭐가요?"

"'내 맘대로' 스페셜리스트지."

한석은 의뭉스러운 표정으로 성훈의 말을 기다렸다.

"의사를 예로 들면 편하겠네."

"의사요?"

"사람들은 의사에게 몸을 맡기지."

"네. 그런데요?"

"건축주에게는 몸이 아니라, 건물을 맡긴다는 게 다른 거지."

"별로 다를 것도 없는데요?"

"의사한테 몸을 맡기면서, 내 몸을 이렇게 해달라는 환자 봤어?"

"에이. 그런 게 어디 있어요? 환자가 인체에 대해서 뭘 안다고?"

그의 대꾸에 피식 웃음이 나왔다.

"그렇지. 의사나 변호사한테는 꼼짝도 못 하면서."

"선배님, 의료나 법은 사람들이 모르잖아요."

"그럼 건축은 안다고 생각하는 거냐? 왜?"

한국은 기형적으로 급속한 성장을 이룬 나라다. 아니, 기형적이라는 표현이 어울릴지도 모른다.

답을 못 하는 한석에게 물었다.

"하긴 우리 아버지 세대에, 건축현장에서 일해본 사람들 찾는 건 어려운 게 아니지."

"그렇죠."

"그래서 그분들이 건축을 안다는 거냐? 4년간 건축만 죽으라고 판 우리보다?"

"그건……."

'그건 오만이지.'

지난 삶에서 현장을 많이 다녔다.

가구 일을 하다 보면, 아직 완공되지 않았는데도 주방과 붙박이장을 실측하러 가야 하는 경우가 비일비재했다.

한국인의 '빨리빨리'는 모든 것을 서두른다. 그런 이유로 주방에 타일 공사도 끝나지 않았는데, 가구는 제작에 들어가야 한다. 마감공사가 하루라도 빨리 끝나야 준공검사를 받고, 빨리 집을 팔아먹을 수 있기 때문이리라.

'8세대짜리 빌라였었지. 아마.'

그 현장에서 집주인을 만난 적이 있었다.

가구에도 이래라저래라 간섭이 심했지만, 정작 기억에 남아 있는 건 다른 사건이었다.

'벌써 20년 전의 기억이지만, 기억에 남아 있는 걸 보면…… 참!'

그는 뒷짐을 지고 현장을 거닐고 있었다. 안전모도 없이. 그때는 그게 당연했겠지만.

그가 건축소장을 불렀다.

"어이. 김 소장! 이건 이렇게 하면 안 되지!"

뭐 때문에 그랬는지는 명확하게 기억나지 않고, 그저 그가 전문가인 체하는 말에 어이가 없었던 것만 기억이 난다.

그가 역정을 내며 말했다.

"김 소장! 내가 건축을 모른다고 무시하는 건가? 내가 젊을 때 미장 데모도를 했었다고!"

그는 국가 공인 전문가인 건축사보다 자신이 집에 대해 더 잘 안다고 확신하는 듯 보였다.

그의 주장은 이거였다.

"내가 현장에 모르는 건 없어! 내가 돈 주는 거니까, 내 말대로 하라고!"

거기다 더 어이가 없었던 건, 건축가의 태도였다.

굽실거리며 이렇게 말했었다.

"네! 알겠습니다. 사장님."

진정한 건축 전문가인 소장은 고개를 숙이고, 미장 보조

경험이 전부인 집주인이 현장을 주관하고 있었다.

'주객전도도 그 정도면…….'

그 사건은 20년이 지난 지금도, 어이없는 기억으로 남아 있다.

성훈이 뭘 하려는지 눈치를 챈 것인가?

한석의 얼굴이 부끄러움으로 붉어졌다.

진지해진 한석에게 말을 이었다.

"벽돌만 쌓을 줄 알면, 건축에 대해 아는 거냐?"

"하지만 자기 집 아닙니까?"

"물론 자기 생각은 말할 수 있지. 그들의 생각을 모르면 설계를 시작할 수도 없으니까. 내가 허용할 수 있는 건축주의 의견은 '난 이런 집을 원한다' 정도야."

한석을 보며 말을 이었다.

"왜 그런지 알아? 그건 내가 전문가이기 때문이야!"

"그렇죠."

"요청 외의 건축주의 다른 말은 월권이야."

"꼭 그렇게까지 단정할 필요는……."

"네가 의사인데, 환자가 이래라저래라 하면 어떻게 할래?"

"……."

"난 다른 의사를 찾아가라고 할 거다. 환자가 원하는 대로 다 해주는 의사가 있을지 모르겠지만."

성훈이 말을 이었다.

"있다면, 그건 돌팔이거나, 의술을 잘못 배운 거지."

"하지만 한국에서는……."

“잘못된 건 잘못된 거야. 삼풍 사고가 왜 일어났는데! 건축가가 단가 낮춰서 푼돈 빼먹으려고 그랬을까?”

제정신 박힌 사람이라면, 그런 일을 하지 않았을 것이다. 일관되지 않은 오더가 중첩되다 보니 그렇게 되지 않았을까 추측할 뿐. 몰상식한 건축주의 천박한 갑질이 만들어낸 폐해였고, 피해자는 무고한 시민들이었다.

“어떤 이유가 되었든, 건축가의 책임이 없다고는 말할 수 없지. 건축가에게 신념이 있었다면, 공사를 중단하는 게 마땅한 행동이었으니까.”

조용히 경청하던 한 교수가 맞장구쳤다.

“암! 돈에 휘둘리니, 그런 일이 생기는 거지.”

성훈이 그 말을 받았다.

“어쩌면 백화점을 지어봤다는 타이틀이 필요했을 수도 있죠. 그 사람에게는 명예가 될 테고. 다음 백화점을 따낼 수도 있구요.”

한 교수도 수긍하듯 고개를 끄덕였다.

“성훈이 말대로다. 돈과 명예, 아니, 그 할애비가 온다고 해도, 물러서지 말아야 할 게 있지.”

한석이 고개를 끄덕였다.

“무슨 말인지 알겠습니다. 교수님.”

뭔가 더 들어보고 싶은 듯, 한 교수가 물었다.

“그게 다냐?”

“그럴 리가요. 지금 말한 건, 건축가의 기본이고. 이것뿐이면 굳이 건축을 택하지 않았죠.”

피식 웃는 성훈을 보며, 한 교수도 마주 웃으며 물었다.

"호. 건축을 택한 다른 이유가 있다는 말이냐? 마저 말해봐라."

한석의 눈도 성훈을 바라보았다.

뭘 해도 잘할 것 같은 성훈이 굳이 건축을 선택한 이유가 있다는 것에 관심이 쏠렸다.

"한석아, 건축만큼 즐거운 일이 어디 있냐?"

그 말에 한석이 떫은 표정으로 물었다.

"건축이 즐겁다고요? 매일 현장을 돌아다녀야 하는데요?"

그의 반박에 성훈이 웃었다.

"당연하지. 현장을 돌아보는 건, 내가 지시한 대로 진행되는지 확인하는 절차에 불과해. 아무리 계획을 잘해도 그대로 안 되면 헛일이 되니까."

한석이 고개를 절레절레 저었다.

"힘들다면 몰라도 즐겁다니……. 저는 잘 이해가 안 됩니다."

"내가 만들고 싶은 걸, 다른 사람이 부탁한다고! 거기다가 돈까지 얹어 주면서! 거기다가 네 녀석이 말하는 명예와 존경은 덤이고 말이야."

한 교수는 눈썹을 으쓱했지만, 한석은 이해할 수 없었다.

"그건 유명한 사람이나 그런 거고요. 저 같은 애송이는……."

"찾아야지. 내 작품을 사줄 사람을!"

"미켈란젤로라고 처음부터 사람들이 부탁했겠어? 아니, 미켈란젤로라는 이름이 있어도, 자신이 원하는 건물이 아닌데, 투자를 하겠어?"

"그 말이 그 말이죠!"

발끈하는 한석에게 성훈이 말했다.

"그 사람들이 매혹될 정도의 작품을 만들어내라고. 어디에서나 볼 수 있는 작품이 아니라, 김한석! 너만이 할 수 있는 디자인을 사람들에게 각인시키는 거지. 그러면 사람들이 알아서 돈 보따리 들고 찾아올 거다."

터무니없는 소리에 한석이 한숨을 내쉬었다.

"그 정도가 되려면, 시간이 얼마나 걸릴지……."

"당연하지. 하루아침에 되는 건 없거든."

한숨을 내쉬는 한석을 위로했다.

"그러니까 너만의 디자인과 건축에 대한 소신을 만들라고! 시간 투자 없이 돈과 명예를 탐하면……."

한 교수가 그 말을 받았다.

"그건 모래성이지. 쿡 찌르면 무너지는."

성훈이 설명을 덧붙였다.

"그래. 성급할 필요가 없어. 하루하루 벽돌을 쌓는 기분으로 탄탄하게 자신을 만드는 거야."

"그래. 성훈이 말대로 공든 탑은 쉽게 무너지지 않는 법이다."

"알겠어요. 하지만 휴. 말만 들어도 가슴이 먹먹해지네요."

입술을 삐죽이는 한석에게 성훈이 말했다.

"시간은 좀 걸리지만, 확실한 자신만의 브랜드가 완성되지."

"그래서 언제 성공하겠어요?"

"운이 좋으면 일찍 발견될 수도 있고, 운이 나쁘면 좀 늦을 수도 있겠지만 그래도 반드시 드러나게 되어 있어. 진정한 실력자는…….”

“휴.”

“그리고 또 하나의 장점이 있지.”

“그게 뭡니까?”

“기회가 왔을 때 놓치지 않지.”

“그건 또 무슨 이유로요?”

“기본이 탄탄한 데다, 너만의 확실한 무기가 있을 테니까. 남들과 전혀 다른.”

“그래 봤자 기회가 올 때까지 기다려야 하잖아요. 언제 올지도 모르고.”

녀석의 불안한 마음을 왜 모르랴?

답답해하는 한석을 한 교수가 위로했다.

“답답하고 더디게 보여도, 착실하게 전진하는 게 성공을 오래 누릴 수 있는 가장 확실한 길이야. 그리고!”

한 교수가 말을 이었다.

“반드시 나타난다. 널 알아봐 주는 사람이. 이건 내 인생을 걸고 말할 수 있다.”

하지만 한 교수의 호언장담이 그다지 미덥지 않은 듯, 한석은 입술을 삐죽거렸다.

“어차피 그때가 되면, 교수님은 계시지도 않을 거면서…….”

어지간히 늙어서 성공할 거로 생각한 모양이다.

“허허허. 네놈은 어떤 성공을 바라는 거냐?”

“하지만 선배님은 이미…….”

그 말에 한 교수가 눈을 동그랗게 떴다.

"녀석아! 기도 안 차네. 너야말로, 비교할 놈이랑 비교해라. 딴 놈도 아니고, 이런 놈이랑……."

"칫!"

그는 어이없는 웃음을 지었다.

"이런 맹랑한 놈을 봤나? 성훈이 이 녀석은 괴물이야. 사람 같지가 않아! 그냥 천재라는 말로 설명이 안 되는 놈이라고. 그리고 이번 건은 성훈이에게도 설계에서는 새로운 도전이란 말이다."

"하지만 선배님은 이미, 스타 타워를 설계한 경험이……."

"야! 그건 얻어걸린 거고. 어차피 세계에서는 알아주지도 않아. 코딱지만 한 한국에서 인정받은 게 무슨 의미가 있어?"

한 교수의 냉정한 평가였다.

허나 그의 말, 어디에 반박할 점이 있는가? KT팀이 나름대로 인지도가 있다고는 하지만, 그건 건설업계에서의 명성이었다. 성훈이 한국에서 50층짜리 건물 설계한 건, 건축계에서 아무도 알아주지 않는다. 아니, 알려지지도 않았을 것이다. 단지 한국에서의 작은 해프닝에 불과했다.

"성훈이도 그걸 아니까, 이번 공모전에서 뭔가를 보여주려고 하는 거란 말이다. 안 그러냐?"

성훈이 씁쓸하게 웃었다.

"그런 셈이죠."

"그동안 착실하게 실력을 쌓았기 때문에 이런 기회도 오는 거란 말이다. 지금 한석이 네 경력으로는 턱도 없어!"

한석에게 호통치며 그가 말을 이었다.

"저 명성 자자한 건축가들 사이에서 어깨를 겨눈다는 게 보통 일인 줄 알아? 상식적으로 말도 안 되는 말이라고! 모르겠냐? 성훈이가 이번 공모전에 참여하기 위해서 얼마나 노력을 했는지? 그런 모습을 보고 배우란 말이다. 안 되는 깜으로 눈만 높이 두지 말고."

성훈을 바라보는 한석의 눈빛이 바뀌었다.

'존경합니다. 선배님.'

성훈이 머쓱하게 존경의 눈길을 피하며, 입맛을 다셨다.

'딱히 큰 노력을 기울인 건 아닌데…….'

칭찬이 때로는 부담스러울 때가 있다.

지금 성훈이 그런 심정이었다.

'그렇다고 미주알고주알 설명하기도 뭐하고.'

어색함에도 가만히 한 교수의 칭찬을 듣고 있었다.

'나 잘했죠?' 하고 맞장구치고 뭐하고.

성훈이 눈을 데굴거렸다.

'화제 바꿀 거리가 없나?' 하면서 말이다.

다행스럽게 그런 어색한 상황은 금세 깨졌다.

"교수님, 성훈 씨가 그렇게 노력한 건 아닌 것 같던데요?"

"뭐! 응?"

한석의 말대꾸인 줄 알고 대뜸 호통을 치려던 한 교수가 말을 버벅거렸다.

"아! 소피아구나. 뭐, 뭐가 아니라는 말이냐?"

찻잔을 내려놓으며 소피아가 말했다.

"교수님 말씀처럼 말이 안 되잖아요. 다른 건축가분들과 비교하면 명성이 부족한 성훈 씨가 그분들과 어깨를 나란히 한다는 게요."

"소피아, 그러니까 대단하다는 거 아니냐? 불가능을 가능으로……."

소피아가 새침하게 말을 끊으며, 성훈에게 눈을 흘겼다.

"저도 들은 말이 있다고요."

이실직고하라는 눈초리였다.

성훈이 당황하며 물었다.

"누, 누구?"

"……."

"곽 이사님?"

"네! 곽! 부사장님요."

"그, 그래……? 언제 만났어?"

"차 타러 가다가요."

성훈이 볼을 씰룩거리며 투덜거렸다.

"입도 가벼우시지, 그새 그걸 또 말씀하셨대?"

아무리 입단속을 시켜도 안 되는 사람이 있다.

'그게 왜 소피냐고? 약점 잡힌 것도 아닐 텐데.'

하지만 코 닿을 거리에 있는데, 그 말이 안 들릴 리가 있나?

소피아가 물었다.

"왜요? 제가 들으면 안 되는 비밀인가요?"

"뭐 그런 게 비밀까지야……."

한 교수가 턱을 내밀며 물었다.

"어떻게 된 일이냐?"

"별건 아니고요. 일이 풀리려고 하니까, 이렇게도 풀리더라고요."

"뭐가?"

차를 들이켠 성훈이 대답했다.

"별건 아니에요. 이제 팀도 안정됐잖아요? 일머리도 잡혔고, 명성도 좀 얻었고요."

"하긴 더 올라갈 곳도 없지."

"이제 제가 딱히 간섭하지 않아도, 잘 돌아가겠더라고요. 다들 능력이 좋으시니까."

모두가 고개를 끄덕였다.

기사들 면면으로는 세상 어느 현장에 꿇리지 않는다는 평가를 듣는 KT팀이었다.

달리 세계 최고라는 평을 듣겠는가?

찻잔을 들고 소파에 기대며 성훈이 말을 이었다.

"제가 할 일이 없더라고요. 심심하기도 하고."

"그런데?"

"그러던 차에 압둘이 공모전 한다는 소문을 들은 거죠."

한 교수가 눈썹을 모으며 물었다.

"그래서 끼워달라고 했다고?"

"네."

"간도 크다. 그분들을 보고도 그런 말이 나오더냐?"

성훈이 어깨를 으쓱했다.

"뭐. 저야 밑져야 본전이잖아요. 안 된다면 그만인 거죠. 그 정도 말은 할 수 있죠. 우리 사이에."

"압둘이 아무 말 없이 승낙하더냐?"

아무렇지 않은 듯, 성훈은 차를 또 한 모금 머금었다.

"소피, 차 맛있네."

그러고는 말을 이었다.

"경험하고 싶다고 둘러댔죠. 설령 당선이 안 된다고 해도, 건설은 제가 해주기로 하고."

"그래서 허락했다고? 그 깐깐한 압둘 왕세자가?"

'저한테는 전혀 깐깐하지 않던데요?'

고개를 끄덕이며 답했다.

"네. 좋은 경험이 될 거라면서, 흔쾌히 승낙하던데요."

"허허허. 그렇게 쉽게 되었다?"

"어차피 압둘이 결정권자니까, 시비 걸 사람은 없죠."

주최자가 하겠다는데, 누가 뭐라고 딴죽을 걸 건인가?

하지만 한 교수에게는 충격이었던가 보다.

참여한 건축가들 하나하나가 한 교수에겐 명함도 못 내밀 정도의 거장들이 아니던가?

눈도장만 찍어도 영광인 사람들이었다. 적어도 건축을 하는 사람이라면 말이다.

그의 입에서 허탈한 웃음이 터져 나왔다.

"하하하. 그렇게 쉽게……."

그의 눈이 서서히 천정을 향했다.

소피아가 대견하다는 눈초리로 물었다.

"그래도 용케 허락을 얻어냈네요. 저도 압둘 되게 깐깐하게 봤는데, 보기보다 좋은 사람이네요."

하지만 마냥 좋은 친구는 아니지.

앞으로 삼 년간 공사 일정이 꽉 차 있다는 걸 알면서도, 자기 현장을 먼저 해달라고 말도 안 되는 땡깡을 부렸으니까. 그래도 기회를 준 것은 분명한 사실이었다.

하지만 한석은 실망한 듯, 김빠진 소리를 냈다.

"에이. 그럼 그냥 대충 경험 쌓는 거예요?"

큰 노력 없이 참여할 수 있었다는 점에서, 한석은 흥미가 반감된 듯했다.

'제 녀석이 따온 것도 아니면서, 그렇게 실망할 건 또 뭐냐?'

하지만 성훈도 처음에 받은 느낌은 그랬다.

'이렇게 쉽게? 이래도 되는 거야?'라는 느낌.

'안 돼도 그만'이라는 생각으로 찌른 거지만, 그렇게 덥석 허락해 줄 거라는 예상은 못 했거든.

'다른 건설팀에게 공사를 맡기고 싶지 않았던 것도 많은 부분을 차지했겠지만.'

한 교수는 아직도 천정을 바라보는 가운데, 소피아는 묘한 미소를 띠고 있었다.

"성훈 씨, 대충 경험만 쌓을 건가요?"

그녀에게 미소로 화답하며 찻잔을 내려놓았다.

"그건 압둘 생각이고!"

그러고는 입술을 씰룩거리며 말을 이었다.

"그럴 거면 시작도 안 했지!"
"그럼요?"
"쉽게 왔다고, 쉽게 보낼 생각은 추호도 없다고. 뽕을 뽑아야지."
한석이 투덜거렸다.
"그래 봐야 일등은 요원한데요. 뭘."
"다들 그렇게 생각하겠지."
"우리 말고는 다 이름만 대면 아는 거장들이라고요. 휴."
한석의 염려를 왜 모르랴!
그의 말처럼, 공모전은 제로섬 게임이다.
'일등!' 아니면 전부 '나가리!'
참가상 따위는 타봤자, 아무런 의미가 없다. 어떤 사람은 거장들과 함께 참여했다는데, 의의를 둘지 몰라도!
'난 추호도 그럴 생각이 없거든!'

한편, 소피아가 한석을 타박했다.
"한석, 그런 소리 하지 마! 누군 처음부터 거장 소리 들었겠니?"
"상대를 보고도 그런 소리가 나오냐? 넌?"
말을 해놓고도, 너무 기분 처지는 말을 했다고 생각했던지, 한석은 곧바로 말을 이었다.
"기회를 준 것만으로도, 압둘 왕세자께 고마워해야겠네요."
그의 말에 성훈이 코웃음 쳤다.
"확실히 압둘에게 고맙다는 생각은 해."

"그런데요?"
성훈이 입술을 말았다.
"감사는 하지만, 솔직히 자존심이 상했다고."
꼬인 스케줄은 풀면 되지만, 기분을 푼다고 자존심이 회복되는 건 아니다.
소피아가 물었다.
"어쩌려고요? 그래도 고맙게 받았잖아요."
"그렇지. 하지만 이번뿐이야. 다음에는……."
"다음에는요?"
소피아의 말에 성훈이 의미심장한 미소를 지었다.
"압둘이 부탁하게끔 만들어야지."
"제발 설계 좀 해달라고요?"
"그렇지!"
한석이 어깨를 으쓱하며 말했다.
"선배님, 저도 패기가 있는 놈이라, 이런 말씀 안 드리는데 말입니다. 무슨 수로 그 거장들을 이기냐고요?"
"한석이는 그만하고!"
이제야 충격에서 벗어났는지, 한 교수가 성훈에게 물었다.
각오를 다잡은 표정이었다.
"승산은 있겠지?"
"교수님은 왜 또 열을 올리세요. 그냥 경험……."
"애초에 할 생각 없는 놈은 닥치고!"
한 교수의 일갈에 한석이 입을 다물었다.
처음에는 인정받은 거로 생각하고 마냥 기뻐했는데, 이건 억지로 비집고 들어간 것이 아닌가?

그것도 압둘의 호의로.

물론 그것만 해도 대단한 거지만.

'이건 시험대야!'

한 번 발을 삐끗하면, 다시 회복하는 데 드는 시간은 예상할 수 없다.

'기회가 마냥 약이라고 생각하면, 그거야말로 착각이지.'

한 번 놓쳐버린 기회는 돌아오지 않는 법! 하지만 그는 성훈에 대해 믿는 바가 있었다.

'나이보다 노련한 놈이라고. 아무 대책 없이 승부를 걸 녀석이 아니지.'

삼 년 동안 묵혀 뒀던 박람회 팀을 불렀다고! 그것만으로도 성훈이 이번 기회를 어떻게 생각하는지 보이는 것 아니던가?

"계획을 말해봐라."

"계획은 무슨…… 거장들을 이기면 되는…… 으윽!"

소피아가 눈을 부라리며, 한석의 옆구리를 쥐어뜯고 있었다.

좌중을 돌아보며, 성훈이 입을 열었다.

"경쟁 구도라서 한석이, 네가 그렇게 생각하는 모양인데…… 훗. 그만 싸우고."

한석이 억울한 표정으로 소피아에게 눈을 흘기고 있었거든.

성훈이 말을 이었다.

"우리는 거장들을 상대할 필요가 없어."

"선배님, 그게 무슨 말도 안 되는……."

한 교수가 끼어들었다.

"그게 무슨 말이냐? 자세히 말해봐라."

"이 게임의 타깃은 거장들이 아니라, 압둘을 우선으로 둬야 한다는 말이죠."

"흠……."

공모전에 승리하려면, 주최자가 우선인 게 너무나 당연한 일! 그런 걸 굳이 입 아프게 할 성훈이 아니다. 뭔가 눈치를 챈 한 교수가 한 손으로 턱을 받치며, 눈으로 성훈을 재촉했다.

"누가 더 뛰어난 설계를 하는가를 겨루는 게 아니란 말이죠. 그리고 압둘은 아무리 마음에 드는 게 있어도, 두 개를 선택할 수는 없죠."

"그건 맞는 말이지."

반대로 '설령 마음에 드는 게 없더라도 반드시 하나는 선택해야 한다'는 말과 같다.

공모전은 그런 룰에서 치러지는 경기다.

"그리고 이건…… 제 느낌인데."

"뭐든 말해봐라. 정보는 많으면 많을수록 좋으니까."

경쟁에서 오로지 설계 실력만으로 결과가 정해진다고 믿고 있으면 절대 당선될 수 없다. 상황은 끊임없이 변하고, 게다가 결과를 결정하는 것은 열 길 물속보다 깊은 '사람의 마음'이다.

성훈이 진지하게 말을 이었다.

"지금 압둘은 마음이 급해요."

"왜 그렇게 생각하는 거냐?"

"깐깐하다고 소문난 압둘이고, 또 그 별명에 걸맞게 국정을 잘 운영해 왔죠."

"아주 잘하고 있지."

"그런데 수조 원이 들어가는 사업이 '건설적 미래'라는 말 하나로 뭉뚱그려져 있다고요. 지금까지의 압둘과는 다르죠. 다급하다는 거죠."

"흠. 공모전 기간이 짧은 것도 그 이유인가?"

"마찬가지 이유라 추측합니다."

"그런데 굳이 왕세자가 그렇게 급할 이유가 있을까?"

"쿠웨이트 국왕의 건강이 최근 들어 많이 안 좋으시거든요."

"아! 그래…… 기사를 본 적이 있구나."

"게다가 압둘은 부왕에 대한 존경이 깊은 거로도 유명하죠."

"흠……."

한 교수는 진지하게 고개를 끄덕였다.

성훈이 말을 이었다.

"부왕께서 돌아가시기 전에, 뭔가 보여주고 싶을 거예요, 압둘은."

한 교수가 고개를 갸웃했다.

"하지만 이건 전부 네 추측일 뿐이잖냐?"

눈에 보이지 않는 것은 확인할 수 없다. 하지만 보이지 않는 심상은 보이는 현상에 의해 그 흐릿한 정체를 드러낸다.

성훈이 씨익 웃으며, 의문에 답했다.

"이번 공모전 주제를 보세요. 별다른 알맹이가 없죠."

한 교수는 묵묵히 고개를 끄덕이며, 수긍했다.

"흠…… 그건…… 그런데 그게 무슨 상관이냐?"

"국책사업입니다. 하지만 보이는 현상으로만 판단하면, 대신들과의 깊이 있는 논의는 거치지 못한 거로 보인다는 말이죠!"

한 교수가 고개를 갸웃했다.

그사이, 한석이 답답해하며 끼어들었다.

"선배님, 이제 공모전만으로도 머리가 아플 텐데, 남의 나라 내정까지 신경 써야 하는 겁니까?"

한 교수가 손을 들어 제지하며 물었다.

"그게 거장들과 경쟁할 필요가 없다는 것과는?"

그의 날 선 물음에 성훈이 입꼬리를 올렸다.

"대신들과 논의가 된 상황에서 시행된 공모전이라면, 압둘 혼자서 당선을 결정할 수 없죠."

"당연하지. 다들 한 표를 가지고 있을 테니."

"그런데 만약 대신들과 깊은 논의가 없이, 압둘이 일방적으로 정했다고 하면요?"

한 교수의 입술이 비스듬히 올라갔다.

"흐흐흐. 압둘의 마음만 사로잡으면 된다? 몇 프로?"

얼마나 확신하냐는 물음이었다.

"압둘과 통화하면서 감 잡았고, 곽 이사님이 확인하고 오셨죠."

"곽 이사, 그 양반이?"

성훈의 입가에 미소가 어렸다.

'사람 간 보는 데는, 곽 이사 따라갈 사람 별로 없거든요.'

한 교수도 짐작이 가는 듯, 고개를 끄덕였다.

"흠. 그럼 확실하다고 봐도 무리가 없겠군."

"거의요."

한 교수의 얼굴에 웃음이 어렸다.

"압둘 왕세자도 답답하겠군. 흐흐흐. 마음은 있는데! 그런데 방법은 몰라."

"돈으로 방법을 찾고자 하는 거죠."

기분 좋게 차를 들이켠 한 교수가 고개를 끄덕였다.

"압둘 왕세자의 답답한 상황만 타개해 주면 되겠군."

"네. 나머지는 저 하기 나름이죠."

한 교수가 능청스럽게 웃었다.

"그럼 다 된 밥이나 마찬가지네?"

그 말에 한석이 의아하게 물었다.

"다 된 밥이라뇨?"

성훈 쪽을 힐끗 쳐다보며 미소 지었다.

"압둘이 성훈이, 너한테는 호구잖냐!"

"에이! 압둘 왕세자가 호구라뇨? 그 사람이 얼마나 장사 잘하기로 소문났는데요? 알리 왕세자면 몰라도."

알리와 성훈의 관계는 알 만한 사람은 다 아는 사실이었다. 현 사우디아라비아 국왕이 성훈을 얼마나 예뻐하는지도 말이다.

한석의 반박에 성훈이 능청스러운 웃음으로 받아쳤다.

"그래요! 호구라뇨? 그 인간이 얼마나 꼼꼼한데요? 절대로 자기 손해 볼 짓은 안 하거든요."

하지만 그런 말은 한석에게나 통하지, 압둘과 알리를 몰딩 하나로 저울질하는 걸 눈앞에서 본 한 교수다.

그는 어이없다는 표정으로 코웃음 쳤다.

"훗! 저 녀석한테는 알리나 압둘이나 그 나물에 그 밥이야!"

뭐가 마음에 안 드는지, 한석이 뚱한 얼굴로 투덜거렸다.

"그래도 선배님. 이건 너무 야비한 거 아닙니까?"

"뭐가?"

"잘은 몰라도, 압둘 왕세자의 급한 상황을 이용하는 것 아닙니까?"

성훈의 얼굴이 살짝 찌그러졌다.

'잘 이야기하고 있는데, 왜 딴죽이야. 이게 내가 만만한가?'

그 표정을 봤는지, 한 교수가 먼저 나섰다.

"한석아, 야비한 거랑은 다르지. 다른 건축가들도 그의 상황은 대충 눈치채고 있을 거라고. 그리고 그걸 적극적으로 이용할 거야."

"이용하다뇨? 무슨?"

"아직 정해지지 않은 압둘의 마음을 자기 쪽으로 돌리려고 말이야."

"이해가 잘 안 갑니다만?"

한석의 갸웃거림에 한 교수가 설명을 이었다.

"거장들이 오로지 건축 실력만으로 지금의 위치를 획득했다고 생각하면 큰 오산이야!"

단정하는 그의 말에 한석이 실망스러운 표정을 지었다.

"여기서도 정치를 하는 건가요?"

단순한 한석의 생각에 성훈이 피식 웃었다.

"정치가 아니라, 정보를 말하는 거지!"

"정보요?"

"그래. 고객에 대한 정보 없이, 그저 실력만으로 설계하면 되는 거냐? 그걸 누가 인정하는데? 고객의 상황과 전혀 맞지 않는데?"

기름값 걱정하는 고객에게 최고급 벤츠를 권하는 영업사원이나 뭐가 다른가?

멍하니 듣는 한석을 보며 말을 이었다.

"고객, 그 고객이 원하는 걸 만들어주는 게 기본이기는 하지. 하지만 때로는 고객이 원하는 게 반드시 그에게 꼭 필요한 게 아닐 수도 있어. 아니, 어쩌면 일치하지 않을 때가 더 많아."

도저히 이해가 안 되는지, 한석이 인상을 찌푸렸다.

"도무지 무슨 말인지 모르겠습니다. 선배님!"

그 말에 한 교수가 손을 들어 제지했다.

"한석아, 잠깐만."

"……."

잠시 고민 후, 한 교수가 말을 이었다.

"음…… 아! 이게 좋겠군. 한석이 너, 이 아픈 적 있냐?"

"당연히 있죠!"

"그때 어떻게 하고 싶었냐?"
한석은 한 치의 망설임도 없이 답했다.
"몽땅 뽑아 버리고 싶었죠!"
한 교수가 예상한 답이었던가 보다.
"큭큭. 그게 환자들이 원하는 거라고! 당장 아파 죽겠으니까."
"당연한 거 아닙니까?"
"그래서 가서 뽑아달라고 하니까, 뽑아주디?"
한석이 입을 크게 벌리며 대응했다.
"이거 안 보이십니까? 저 사랑니가 하나도 없다고요! 그 이후로 사랑니 때문에 아파본 적은 한 번도 없습니다."
그는 당연하다는 얼굴로 말을 이었다.
"고객이 뽑아 달라고 하면 뽑아주는 게 당연한 거 아닙니까?"
"그 의사가 아무 말도 안 하디?"
"당연하죠. 그분, 유명하다고요. 친절하기로!"
한 교수가 찝찝한 표정으로 혀를 찼다.
"쯧쯧. 돌팔이를 만났구나!"
"네? 돌팔이라뇨. 굉장히 친절하셨는데요?"
얼굴 가득 비웃음을 지으며, 한 교수가 말했다.
"잘 봐라."
"뭘요?"
한 교수가 입을 쩌억 벌렸다.
말로는 설명이 안 되면 직접 보여주는 수밖에.
'대체 뭘 보라고?'
말하고 싶은 게 뭐냐고 눈으로 묻는 한석에게 말을 이었다.

"난 사랑니 4개 다 멀쩡하게 살아 있다."

"그런데요?"

"치통이 너무 심해서 병원에 갔었다. 어찌나 아프던지, 당장 뽑아달라고 진상을 떨었지! 아파 죽겠는데 눈에 보이는 게 있었겠어?"

수긍이 가는 듯, 한석이 고개를 끄덕였다.

"그런데요?"

"의사가 말리더라고. 무작정 뽑는 게 능사가 아니라고. 치료하고 관리만 잘 되면 문제 될 게 아니라고."

"……."

"한 시간 동안 싸우다가 설득당했다."

"설득했다고요? 의사가? 뭐라고요?"

그런 전개는 생각도 해본 적도 없는 한석이었다.

"나중에 어금니에 문제가 생기면, 그걸로 대체할 수도 있고, 무작정 뽑으면 치열이 벌어질 수도 있다고."

한석은 진지한 표정으로 말이 없었다.

"혹여 어금니에 문제가 생기더라도, 임플란트보다 자기 이빨로 대체하는 게 훨씬 좋다고 하더구나. 대신 관리만 잘하면 된다고."

똥 씹은 표정의 한석이 물었다.

"그래서 하고자 하시는 말씀이……."

"어떤 의사가 더 올바른 판단을 한 거냐? 아! 물론 나도 아픈 적 없다. 오히려 그 뒤로 더 이빨 관리를 더 잘하게 되었지."

대답을 못 하는 그에게 한 교수가 물었다.

"환자가 원한다고 다 해주면 좋은 의사냐? 환자가 자기 상태에 대해서 뭘 안다고? 응!"

입술을 씰룩거리던, 한석이 투덜거렸다.

"그래도 아직은 괜찮다고요."

"나중에 문제가 생기면?"

"……."

꿀 먹은 벙어리가 된 한석에게 말을 이었다.

"이 문제는 건축가에게도 동일하게 적용할 수 있다. 누군가 너에게 상가 건물을 의뢰했다 치자. 그가 말하는 대로 선만 찍찍 그어주는 게 옳은 거냐? 아니면 그가 더 돈을 많이 벌 수 있는 건물을 고민하는 게 옳은 거냐?"

"……."

무슨 대답이 필요하랴?

"당연히 후자겠지?"

"네."

"깊게 고민할 필요도 없어. 고객의 생각보다 건축가가 할 수 있는 건 많거든. 괜히 전문가겠어?"

"흠……."

실제로 해보지 않으면 모르는 것들.

해보지 않았기에 겁을 내는 것들.

그 마음을 하는 한 교수는 바로 설명을 이었다.

"이를테면 말이다. 전체 경관을 해치지 않으면서 다른 건물들을 압도할 비주얼을 뽑을 수도 있고, 주변 상권과의 연계해서 고객의 동선을 내가 원하는 곳으로 향하도록 조종할 수도 있고. 예를 들자면 끝이 없겠지.”

성훈이 그 말에 슬며시 웃음 지었다.

‘그런 건축가가 제대로 된 거지.’

도면 그려주는 사람이 아니라고! 허가 도장 찍어주는 사람은 더더욱 아니고! 허가는 건축가가 아니라, 구청이 할 일이다.

한석이 말했다.

“말씀은 알겠습니다만, 그래도 지금 압둘의 상황을 이용하는 건 제가 보기에…….”

한 교수가 검지를 좌우로 돌렸다.

“‘아’ 다르고 ‘어’ 다른 거야. 지금의 거장들은, 네가 비열하다고 하는 그것에 가장 능한 사람들이야.”

“음. 그래도 저는…….”

자꾸 투덜대는 게 보기 싫었던지, 한 교수가 일갈했다.

“하기 싫으면 울산으로 내려가!”

허나 목적 달성도 못 했는데, 내려갔다가는 학생회장의 위엄이 뭐가 되겠는가?

한석이 암말도 못 하고 입을 다물었다.

“한석아, 착각하지 마라. 그들은 단지 건물을 높이 올려서 유명해진 게 아니야. 건축주에게 최고의 솔루션을 제공했기 때문인 거지. 그들 마음에 쏙 들게 말이다.”

척 본다고 고객에 대해 파악할 사람은 없다.

모두 치열한 정보전의 결과라고 봐야 합당하지 않겠는가?

한석도 인정한 듯 고개를 주억거렸다.

"과연…… 그렇군요."

"그래서 건축가는 고객에 대해 철저히 조사하지. 그건 고객에 대한 관심이고 건축가의 의무야. 그걸 무시하면 건축가로서 자격 미달이고, 더 나아가 직무유기야. 단언컨대! 그런 과정 없었다면, 그 거장들도 명작을 탄생시키지 못했어!"

단호한 말에 한석이 고개를 끄덕이자, 한 교수가 입을 벌리며 놀렸다.

"쯧쯧. 고객에게 득 되는 게 뭔지는 생각도 안 하고 뽑아 달라면 뽑아주다니, 그것도 4개 몽땅! 그게 돌팔이지, 다른 게 돌팔이냐? 흥! 펜치 질만 잘하면 치과 의사 하겠다! 응?"

"큭. 왜 또 그 말씀을……. 안 그래도 속 쓰려 죽겠구만! 으이그. 그 돌팔이!"

이미 뽑아 버린 이빨을 다시 박을 수도 없고!

돌팔이를 떠올리며 분개하는 한석을 진정시키며, 성훈이 말했다.

"그런데 지금 상황은 더 복잡해."

한 교수가 설명을 덧붙였다.

"그렇지. 압둘은 지금 자신이 뭘 원하는지도 모르는 것 같단 말이지!"

"그럼 어떡해야 하는 겁니까?"

"별수 있어? 뭘 원하는지 알아내야지."

"어떻게요?"

한 교수는 어깨를 으쓱하며, 성훈에게 바통을 넘겼다.

"그건 성훈이 녀석이 하는 거지. 나한테 왜 묻냐? 나 따위가 압둘 왕세자에게 말이나 붙일 수 있겠어?"

반응이 너무 태평하지 않은가?

한석이 답답한 듯 소리쳤다.

"대책도 없으시면서, 아까는 호구라면서요?"

한 교수가 되레 큰 소리로 반박했다.

"야! 그건 이 녀석한테나 그런 거지. 압둘 왕세자랑 핫라인으로 통화하는 놈이라고. 집사 간섭없이! 세상에 그런 사람이 몇이나 되겠어?"

그러고는 투덜대며 말을 이었다.

"그리고 솔직히 난 그 사람 눈이 얼마나 높을지 상상도 안 된다구!"

한석도 한숨을 내쉬었다.

"그러니까요. 저도 상상이 안 된다고요."

실제로 상상이나 할 수 있을까?

세계에 손꼽히는 부자 나라의 왕이다. 압둘이 뭘 먹고, 어떤 것을 보는지. 이들이 상상하는, 그 이상의 것을 매일 눈으로 볼 터! 어찌 범인의 머리로 그 안목의 높이는 상상할 수 있으랴!

한 교수가 투덜거리며 말을 이었다.

"이런 상황은 다른 건축가들도 알고 있겠지?"

"아마도요. 다들 사무장들이 다녀갔다니까, 어느 정도는 예측하고 있겠죠. 노련한 사람들이니까."

"흠……. 그래도 너와 압둘의 관계는 모를 테지?"

"네. 프랭크 교수님은 눈치채셨을 수도 있지만, 다른 사람들은 아직 모를 겁니다."

그라면 알 수도 있으리라.

성훈에게 관심이 많은 프랭크인 데다, 성훈이 사우디아라비아에 처음 방문했을 때, 함께 자리하지 않았던가.

"흠. 스승님은 알 수도 있겠군! 하지만 너한테는 알리 일로 빚진 것도 있으니, 말하지 않을 가능성도 배제할 수는 없지."

예전에 프랭크가 투자금이 구멍 나서 곤란할 때, 알리에게 전화했던 일이 떠오르자, 피식 웃음이 나왔다.

"고작 그런 걸 신세라고 할 수 있겠어요?"

"아니지. 그때 스승님이 얼마나 고마워했는데?"

하지만 성훈은 전혀 신경 쓰지 않는 듯했다.

"말해도 상관없습니다."

"뭐? 그래도……."

하지만 이내 성훈의 말을 이해했다.

"하긴…… 알아도 할 수 있는 게 없을 테니."

수년간에 걸쳐 만들어진 신뢰 관계다. 하루아침에 극복할 수 있는 것이 아니질 않던가?

'프랭크의 백 마디보다 성훈의 한 마디가 더 크겠지. 백 마디라도 할 수 있을 때 얘기겠지만…….'

이런 생각이 떠오르자, 한 교수는 실없는 웃음이 나왔다.

"흐흐흐. 그건 네 말이 맞구나. 긴장할 필요도 없었네."

한 교수가 웃으며 말을 이었다.

"압둘을 설득할 계획은 있는 거냐?"

"일단 원하는 게 뭔지 정확히 파악해 봐야죠."

대수롭지 않은 듯 말하고 있었지만, 의미심장한 눈빛에 한 교수는 감잡히는 게 있었다.

그가 슬쩍 떠보듯이 물었다.

"그 과정에서 네 생각도 슬쩍 집어넣을 거고?"

"정 모르면 가르쳐주기도 하는 거죠."

성훈이 어떻게 할건지, 감 잡은 그는 웃음을 참을 수 없었다.

"흐흐흐. 이런저런 게 있고, 그게 당신한테는 가장 어울린다, 뭐 이 정도?"

성훈과 함께한 시간이 얼마이던가?

'척하면 척이지. 슬쩍 집어넣는 정도가 아니라, 아예 세뇌를 시키겠지!'

성훈이 어쩔 수 없다는 듯 어깨를 으쓱했다.

"뭐. 그것도 한 방법이구요."

'아' 다르고 '어' 다르다고 했던가?

하지만 엄연히 반칙은 아니질 않은가?

"둘이서 마음이 딱 맞을 수도 있고 말이지?"

"얘기가 잘되면, 그보다 더 좋을 수는 없죠."

역시 압둘을 자기가 원하는 대로 몰아가려는 거 아닌가?

'압둘에게 확실한 요구가 있었다고 하면, 과연 지금과 달랐을까?'

한 교수가 조용히 고개를 저었다.

'별로 달라질 건 없겠지. 오히려 설득하려 들겠지.'

둘의 대화를 들으며, 한석이 입술을 삐죽거렸다.

'공모전이 원래 이렇게 쉬운 거야?'

막말로 이 대화만 듣고 있으면, 벌써 당선된 것 같지 않은가? 뭔가 음모를 꾸미는 것도 같고. 얍삽하게 건축주를 꾀어서 자기 쪽으로 표를 주게끔 하는 비리 건축가처럼 말이다.

'하지만 내가 모르는 내막이 있는 건가?'

성훈에게 은근히 물었다.

"선배님, 그럼 당선은 이미 우리가 떼어 놓은 당상이겠네요?"

성훈이 눈썹을 씰룩하며 물었다.

"뜬금없이 그게 무슨 말이냐?"

"선배님께서 왕세자를 어떻게든 꼬실, 아니, 설득할 거 아닙니까?"

한석의 말에 성훈이 실소를 흘렸다.

"허 참! 너 바보냐?"

"네?"

"네가 무슨 생각을 하는지 알겠는데, 내가 압둘에게 어떤 말을 하든, 그의 마음이 어떻게 바뀌든, 그건 사실 그렇게 중요하지 않아. 정보전에서 약간의 우위를 점하는 거? 그건 겨우 코딱지만큼 거장들과의 거리를 좁힌 것에 불과해."

성훈이 말을 이었다.

"결국은 작품에서 어떤 이상을 보여주느냐 하는 실력 승부야! 그들은 압둘이 원하는 것, 그 이상을 만들 거라고. 압둘이 원래 소망이 그거였다고 착각할 정도로."

"흠. 그건 생각도 못 했네요."

거장이 달리 거장인가?

설령 정보가 다소 부족하다 해도, 그걸 눈 깜짝할 새에 뒤집을 실력이 있으니 거장인 거다.

그들의 작품을 처음 보는 사람은 대부분 입이 딱 벌어진다.

“왕세자와 의견이 안 맞을 수도 있겠네요?”

성훈이 가당치 않다는 듯 코웃음 쳤다.

“훗. 압둘에게서는 뭘 원하는지만 들으면 돼.”

이해가 안 되는 듯, 한석이 되물었다.

“다른 건축가와 다르게 선배님은 듣는 게 많을 거 아닙니까?”

“그런데?”

“그럼 중간중간에 마음이 바뀔 수도 있는 거 아닙니까?”

“그런데?”

“그럼 그 의견도 수용하는 게 좋은 거 아닙니까?”

“왜 그걸 수용해야 하는데?”

“그가 건축주니까요. 그리고 그가 당선을 결정하잖아요. 그 정도 권리는…….”

“그래서 그가 말하는 의견을 다 수용하자고?”

“그게 원래는 맞는 거 아닙니까?”

“아니지. 건축주는 맨 처음 주제만 확실하게 해주면 돼. 그 이상은 월권이야. 다른 건축가들도 마찬가지로 생각할걸?”

“정말 그렇게 생각하십니까?”

“당연하지. 건축주 말에 일일이 휘둘리다가는 아무것도

할 수 없어. 적당한 선에서 잘라야지."

단호하게 끊는 말에 한석이 반박했다.

"그래도 그가 돈을 내는데도 말입니까?"

"돈 낸다고 제 맘대로 할 거면, 지가 설계하지. 나한테 왜 맡겨? 설계에서는 건축가가 갑이야! 이미 설계를 시작한 건축가에게 배 놔라 감 놔라 하는 건 되지도 않는 갑질이라고. 그건 내가 사양한다."

"옳거니!"

한 교수의 추임새를 무시하며 말을 이었다.

"그리고 명확한 대가를 지불하기 전까지는 설계는 내 권한이야! 아무도 간섭할 수 없어. 압둘은 최종 결과물을 보고 결정하면 되는 거야. 살 건지 말 건지!"

그러자 한석이 어이없는 탄성을 터뜨렸다.

"헐! 선배님, 건축주하고 싸우시게요?"

"당연하지. 원래 건축가는 건축주하고 싸우는 게 일이야."

균형을 잃은 협상은 망작을 만들어 낼 뿐이다.

"헐. 돈 주는 사람하고 싸우다니. 왕세자가 기분 상해서 안 한다고 하면요?"

"압둘을 몰라서 하는 소리. 그는 그렇게 가볍지 않아. 감정에 치우쳐 판단을 그르칠 정도로."

그의 확신에 한석이 한 발짝 물러섰다.

"휴. 그렇게 했는데도 당선이 안 되면 어떡하죠?"

충분히 일리 있는 말이었다.

성훈이 태연한 표정으로 답했다.

"깨끗이 승복해야지. 내 계산이 잘못된 거니까. 고객의 니즈를 파악하지 못했으니, 탈락이 당연해."

한석이 입을 딱 벌렸다.

'되면 되고, 안 되면 마는 겁니까? 도박입니까?'

수백 명이 머리를 짜낸 프로젝트가 허공으로 공중분해 되어버리는 것이다. 그 손해는 돈으로 환산하기도 어려울 것이다.

그가 허탈한 표정으로 한숨을 푹 내쉬었다.

"그럼 이 일은 모두 허사가……."

공모전이 그런 것 아니겠는가? 승자독식의 시스템!

하지만 성훈은 코웃음을 쳤다.

"왜 허사야? 걱정하지 마. 기왕 만든 거, 다른 곳에 활용해야지."

기가 막힌 한석이 물었다.

"하지만…… 선배님. 그건 쿠웨이트에나 맞는……."

"쿠웨이트나 사우디아라비아나 그 나물에 그……."

실언이라고 느꼈던지, 성훈이 헛기침을 뱉으며 말을 이었다.

"큼! 사우디아라비아에 맞게 수정하면 돼!"

"혹시 알리 왕세자에게 팔……."

"압둘만 부자냐? 알리도 상황은 비슷해. 한 번 찔러나 봐야지. 양부한테 비비는 방법도 있고."

눈을 동그랗게 뜬 한석이 물었다.

"그런 게 정말 가능합니까? 선배님?"

성훈이 대수롭지 않게 대꾸했다.

"물론 그 전에 알리에게 기름 좀 쳐놔야겠지만."

대뜸 한석이 반박했다.
"그럼 압둘이 뭐라고 할 거 아닙니까? 자기 공모전에 내놓은 걸 다른 데 판다고."
"뭔 헛소리야? 내가 이거 설계하면서 압둘한테 일 전 한 푼이라도 받았어? 어디서 씨알도 안 먹힐 권리를 주장하는 거야?"
"그래도 도의상……."
"개소리하지 말라 그래. 제 발로 찬 걸 누구한테 팔든 뭔 상관이야? 이 설계는 내 거야!"
이미 팔 곳을 정해뒀다는데, 더 무슨 말을 할 것인가?
적어도 쓸데없는 일을 할 걱정은 덜었다.

한 교수가 물었다.
"그래서 어떻게 할 거냐?"
"이겨야죠. 거장들도 입을 딱 벌릴 작품을 만들어야죠. 압둘이 딴소리 못 하게. 뭐? 경험 삼아 해보라고? 으휴!"
"흐흐흐. 다음에는 압둘이 부탁하게 만들겠다?"
"당연하죠. 기분 문제라고요! 앞으로는 절대……."
한 교수가 흐뭇하게 고개를 주억거렸다.
'저러니 압둘이 호구가 될 수밖에!'
시작이야 어찌 되었든, 결과는 만족할 수밖에 없다. 누군들 신뢰하지 않을 수 있겠는가?
'지금의 녀석은 녀석 스스로가 만든 거지.'
'친할수록 예의를 지키라!' 했던가?

성훈은 그것을 몸소 실천하고 있었다.

"그건 당연한 말이고. 어떤 작품을 만들 건지 생각해 둔 건 있냐?"

"네. 큰 그림은 대충 완성됐어요."

"흐흐흐. 디테일은 박람회 애들을 쥐어짤 거고?"

"그러려고 불렀으니까요."

"알겠다. 우리 애들한테도 단단히 각오하고 있으라고 할 테니, 맘껏 부려먹어라.

"안 그래도 그럴 생각입니다."

얼마나 제자들이 괴로워질지 누구보다 잘 아는 한 교수의 얼굴에 미소가 어렸다.

'이게 끝나면, 모두 한 꺼풀 벗겠군!'

제자의 성장은 스승에게 무엇보다 큰 기쁨.

성장을 위해 그들의 아픔은 잠시 잊기로 했다.

대화가 끝나가는 듯하자, 소피아가 찻잔을 치우며 일어났다.

한석이 그녀에게 눈을 찡긋하며 물었다.

"소피는 궁금한 거 없어? 왜 한마디도 없어?"

잠시 눈을 위아래로 굴리던 소피아가 물었다.

"참! 국세청장님하고 만나기로 하셨다면서요?"

"응. 왜?"

"언제요?"

"이번 달 말?"

"어디서요?"

"당연히 댁이지. 개인적인 상담인데, 업무 시간을 빼앗을 수는 없지!"

청초한 소피아의 얼굴에 썩은 미소가 지어졌다.

"아하! 그렇군요. 집이군요?"

영문을 모르는 성훈이 되물었다.

"왜 문제 되는 거라도 있어? 공무가 아니니 당연히……."

소피아가 소반을 챙겨 들고 팽하니 돌아섰다.

"흥. 안부나 전해주세요?"

"엥? 무슨 소리야? 교수님, 소피아가 청장님하고 알아요?"

어이없다는 듯, 한 교수가 되물었다.

"알 거라 생각하냐?"

멀어져 가는 그녀의 등을 보며, 성훈이 물었다.

"한석아! 뭔 소리냐? 그리고 나한테는 왜 저래? 감정 있는 사람처럼?"

"선배님이 무슨 실수를 했는지 곰곰이 생각해 보십셔!"

실수? 무슨?

실수한 적이 없는데, 생각을 되짚는다 해도 떠오르는 것은 없었다.

한 교수를 보며 타박했다.

"그러니까 하고 싶은 애만 데리고 오라니까, 억지로 끌고 오셨죠?"

"훗. 그렇게 생각하냐?"

"당장 내려보내세요. 괜히 불편하기 싫으니까."

한 교수가 고개를 절레절레 저었다.

"안 돼! 그것도 힘들어!"

총책임자는 성훈, 자신이 아니던가?

그런데도 한 교수는 힘들다고 확신하고 있었다.

"왜요?"

"어르신과 귄터도 합류하기로 했다. 모레쯤 오실 거다."

"그 어르신들이 왜요? 여기서 할 일이 뭐 있다고?"

"학교 인선은 나한테 맡긴 거 아니었냐?"

한 입으로 두말하는 성훈은 아니었다.

"그렇기는 해도, 그 두 분은 영……."

대하기 쉽지 않은 두 사람 중의 둘이 아니던가?

한 교수가 작게 한숨을 쉬었다.

"야! 나도 좀 살려주라. 두 분이 하시겠다는데, 내가 무슨 힘이 있어서 말리겠냐?"

그의 고충을 이해한다는 듯, 입맛을 다셨다.

"쩝! 힘드시겠네요. 교수님도……."

그러고는 대수롭지 않게 말을 이었다. 왜 그들이 오는지는 관심도 없는 듯이 말이다.

"후학을 양성하시겠다는데, 막을 수도 없고. 참! 두 분을 써먹을 곳을 생각해 봐야겠네요."

뜻하지 않은 인원의 보충에 머리를 굴리는 성훈을 보며, 한 교수가 중얼거렸다.

"꼭 그런 목적만은 아닌 것 같더라만…… 쯧쯧."

"네? 뭐가요?"

"아니다. 모르면 됐다."

한석은 짐작 가는 게 있었지만, 말하지 않았다.

그러고는 눈치를 보다가 얼른 엉덩이를 들었다.

'여기 있어 봤자 얻어맞기밖에 더하겠어?'

한 교수에게 물었다.

"교수님, 안 가십니까?"

더 할 얘기가 있는 듯, 한 교수를 손사래를 쳤다.

"먼저 가 있거라. 내일 발표 준비 잘하고."

"네. 걱정은 접어두십시오."

인사하고 나가는 한석을 보며 성훈이 말했다.

"터무니없는 거라도 괜찮으니까, 아무 생각이나 뱉으라고 해! 알았어?"

"넵! 선배님. 충성!"

to be continued

8클래스 마법사의 회귀

인류 최초의 8클래스 마법사 이안 페이지.
배신 끝에 30년 전으로 돌아오다.

설령 세상이 무너지는 한이 있더라도.
상상을 초월한 적이 눈앞에 나타나더라도.
지키고픈 이들을 반드시 지켜낼 수 있는 힘.

'그 힘이 적당할 필요는 없어.'

소중한 이들을 지키기 위한,
8클래스 이안 페이지의 일대기!

강화학개론

빈형 게임 판타지 장편소설

[+15 초보자용 하급 단검 강화를
성공했습니다!]

사고와 함께 찾아온 특별한 능력.
남들이 메인 시나리오 퀘스트를 쫓을 때
한시민은 강화 명당을 찾는다!
가상현실 게임 '판타스틱 월드'에서의 강화를 위한 모험!

"아, 빌어먹을. 9강부터 이 X랄이네."

그 유쾌하고 통쾌한 이야기가 시작된다!

Wish Books

천마사냥꾼

운경 현대 판타지 장편소설

마수가 창궐한 세계.
염동 능력자이자 천마신공의 전수자 적시운.
그가 해야 하는 일은 단 하나.

'살아서 집으로 돌아간다.'

*천마(天魔)[명사]

검은 안식일 이후 지상에
창궐하게 된 마수 무리의 지배자.

*사냥꾼[명사]

사냥하는 자.

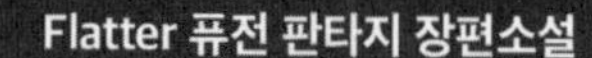

일천회귀록

사내는 강고하게 선언했다.
"다음 삶에서야말로 나는 너를 죽인다."

『기대하지.』

세상과 함께, 사내의 심장이 찢겼다.

20,000년이 넘는 세월을 살아 왔다.
히든 클래스 전직과 비기 획득도 지겨웠다.
모든 것에 지쳐갔다.
마황에게 죽임을 당하는 순간조차도.

바로 오늘, 강윤수는 999번 회귀했다.
죽거나, 죽이거나.

모든 클래스를 마스터한 남자의
일천 번째 삶이 시작된다.